EDGAR WALLACE

Der Unheimliche

Buch

Eine Razzia in London bringt Unruhe in das Leben einiger Herrschaften, die sich bei ihren dunklen Geschäften stets sicher gefühlt hatten. Auch der alte Maurice Tarn reagiert äußerst nervös auf die Aktivitäten der Polizei. Wenig später ist er tot. Ralf Hallam könnte der nächste sein, doch der Rauschgifthandel ist viel zu lukrativ, um ihn wegen einer bloßen Drohung aufzugeben...

Autor

Edgar Wallace (1875–1932), als uneheliches Kind in Greenwich geboren und von einem Fischhändler adoptiert, verließ mit vierzehn die Schule und trat mit achtzehn in die Armee ein. Er nahm am Burenkrieg teil und arbeitete später als Reporter in Südafrika. Sein erster Krimi, *Die vier Gerechten*, erschien 1905; 172 weitere Bücher sowie 17 Dramen sollten im Laufe der Jahre folgen. Noch in den sechziger Jahren wurden viele seiner Bücher in Deutschland und England verfilmt.

Edgar Wallace im Goldmann Verlag:

Das Steckenpferd des alten Derrick (97) • Das Verrätertor (45) • Der Derbysieger (242) • Der Diamantenfluß (16) • Der Frosch mit der Maske (1 / 5914) • Der grüne Brand (1020) • Der Hexer (30) • Der Mann im Hintergrund (1135) • Der Mann mit den zwei Gesichtern (5144) • Der Safe mit dem Rätselschloß (47) • Der sentimentale Mr. Simpson (1214) • Der schwarze Abt (69) • Die Bande des Schreckens (11) • Die blaue Hand (6) • Die gebogene Kerze (169) • Die Gräfin von Ascot (1071) • Die seltsame Gräfin (49) • Die unheimlichen Briefe (1139) • Die gelben Narzissen (37) • Gucumatz (248) • In den Tod geschickt (252) • Mr. Reeder weiß Bescheid (1114) • Töchter der Nacht (1106)

EDGAR WALLACE

Der Unheimliche

Roman

Aus dem Englischen von
Mercedes Hilgenfeld

GOLDMANN

Die Originalausgabe erschien 1924 unter dem Titel
»The Sinister Man«
bei Hodder & Stoughton, London

Umwelthinweis:
Alle bedruckten Materialien dieses Taschenbuches
sind chlorfrei und umweltschonend.
Das Papier enthält Recycling-Anteile.

Der Goldmann Verlag
ist ein Unternehmen der Verlagsgruppe Bertelsmann

Neuausgabe 11/97

Umschlaggestaltung: Design Team München
Umschlagfoto: Südd. Verlag Bilderdienst,
Horst Manz, München
Druck: Elsnerdruck, Berlin
Krimi 55
AB · Herstellung: sc
Made in Germany
ISBN 3-442-00055-6

25 27 29 30 28 26 24

1

»Du bist schön«, sagte Mr. Maurice Tarn bedächtig, »und du bist jung. Wahrscheinlich wirst du mich um viele Jahre überleben. Ich hätte nichts dagegen, wenn du dich wieder verheiratest. Solange ich lebe, wird es dir gut gehen, und nach meinem Tode erbst du ein großes Vermögen. Sicher wird es dir nie eingefallen sein, einmal in mir deinen Ehemann zu sehen, aber es ist ja schon öfter vorgekommen, daß ein Vormund sein Mündel geheiratet hat. Der Altersunterschied dürfte auch kein unüberwindliches Hindernis sein.«

Er sprach, als ob er eine sorgfältig einstudierte Rede hielte, und Elsa Marlowe hörte bestürzt zu. Maurice Tarn, ein Mann von sechsundfünfzig Jahren, unrasiert und ungepflegt, saß am Frühstückstisch. Mit zitternder Hand, eine Folge des Trinkgelages der letzten Nacht, strich er über seinen struppigen grauen Schnurrbart. Er hatte ihr tatsächlich einen Heiratsantrag gemacht!

Elsa starrte ihn aus weitgeöffneten Augen an und konnte es kaum fassen.

»Du glaubst, ich bin verrückt«, fuhr er langsam fort. »Ich habe es mir aber reiflich überlegt, Elsa. Soviel ich weiß, bist du noch nicht gebunden. Was sollte also einer Ehe im Wege stehen – es sei denn der Altersunterschied.«

»Aber Mr. Tarn!« Sie stotterte fast vor Überraschung. »Das ist doch ganz unmöglich!«

Elsa glaubte, er sei noch betrunken. Seit fünfzehn Jahren lebte sie in seinem Hause, und sie hatte keinen großen Respekt vor ihm. Wenn dieser Antrag nicht wie ein Blitz aus heiterem Himmel gekommen wäre, hätte sie vermutlich laut gelacht.

»Ich will Sie nicht heiraten – ich will überhaupt niemanden heiraten. Es ist sehr – sehr gut von Ihnen gemeint, und ich fühle mich sehr –«, Elsa konnte das Wort kaum über die Lippen bringen, »– geehrt. Aber es ist absurd!«

Er betrachtete sie aus müden Augen. »Ich muß wegfahren – irgendwohin. Ich muß nun etwas für meine Gesundheit tun. Seitdem Major Amery im Geschäft aufgetaucht ist, kann ich auf keinen Fall mehr so weitermachen.«

»Weiß Ralf schon, daß sie fort wollen?« erkundigte sie sich neugierig.

»Nein!« schrie er heftig. »Er weiß es nicht, und er soll es auch nicht wissen! Verstehst du, Elsa: Ralf darf es auf keinen Fall erfahren! Was ich dir gesagt habe, muß unter uns bleiben.«

Zu ihrer großen Erleichterung beendete er mit einer Handbewegung die Unterhaltung und versank in brütendes Schweigen. Das junge Mädchen blickte auf die abgetretenen Rasenflächen vor dem Fenster. An sonnigen Tagen war der Schatten des großen Baumes inmitten des Platzes ein bevorzugter Aufenthalt für die Kindermädchen und ihre kleinen Schützlinge; zu dieser frühen Stunde war die Wiese jedoch noch verlassen.

Elsa warf einen kurzen Blick auf Maurice Tarn. Sein Kragen war angeschmuddelt, denn gewöhnlich mußte ein Hemd drei Tage bei ihm reichen. Seine schäbige, schwarze Krawatte war verknüllt, und die Ärmel seines altmodischen Gehrocks waren durchgescheuert. Elsa schüttelte sich, wenn sie ihn sich als ihren zukünftigen Ehemann vorstellte. Früher hatte sie oft versucht, ihn dazu zu bewegen, sich neue Anzüge zu kaufen und sich besser zu kleiden. Maurice Tarn hatte immer unwirsch abgelehnt. Er hatte ein sehr gutes Einkommen und hatte sie vor einiger Zeit mit der Mitteilung überrascht, daß er ein sehr hohes Bankguthaben besitze, aber er war geizig. Elsa mußte ihm für einiges dankbar sein: für die Erziehung in einer der billigsten Schulen, für ein kleines Taschengeld, das er nur zögernd herausrückte, für einen Kurzkurs in einer überfüllten Handelsschule und dann für eine Ausbildung, die sie befähigt hatte, als Privatsekretärin beim alten Amery einzutreten. Außerdem lebte sie in seinem Hause.

Elsa hatte sich oft darüber Gedanken gemacht, welch großmütige Laune ihn wohl dazu gebracht hatte, das verwaiste Kind eines entfernten Verwandten bei sich aufzunehmen, bis er ihr einmal erklärte, daß er die Einsamkeit verabscheue und lieber ein Kind als einen Hund im Hause habe.

Während er sein gebratenes Huhn in winzige kleine Stücke schnitt, fragte er plötzlich: »Was gibt es Neues in der Zeitung?«

Er las die Zeitung niemals selbst, und seit Jahren gehörte es zu Elsas Pflichten, ihn auf die wichtigsten Nachrichten im Morgenblatt aufmerksam zu machen.

»Nichts Besonderes«, antwortete sie. »Über die Parlamentskrise sind Sie ja bereits unterrichtet.«

»Sonst nichts?«

»Nur noch der Rauschgiftskandal«, erklärte sie.

Er blickte plötzlich auf. »Rauschgiftskandal? Was schreibt die Zeitung darüber?«

»Es geht um zwei Banden, die Rauschgift eingeführt haben. Interessiert Sie das?«

Zufällig schaute sie ihn an und hätte beinahe vor Überraschung die Zeitung fallen lassen. Maurice Tarn war immer blaßgelb im Gesicht, aber jetzt wurde er kreideweiß.

»Was ist mit den zwei Banden?« krächzte er. »Lies schnell vor!«

»Ich dachte –«, begann sie.

»Es kommt nicht darauf an, was du dachtest – lies endlich vor!« befahl Tarn ungeduldig.

Elsa verbarg ihr Erstaunen und begann:

›Gestern morgen fand unter der Leitung des Kriminalinspektors Bickerson eine Razzia in einer Warenniederlage in Whitechapel statt. Beträchtliche Mengen an Opium und Kokain konnten sichergestellt werden. Offenbar befand sich hier der Lagerraum einer der beiden Banden, die nicht nur bei uns, sondern auch in den Vereinigten Staaten eine bedeutende Rolle im Rauschgifthandel spielen.

An der Spitze der einen Bande soll ein japanischer Geschäftsmann, ein gewisser Soyoka, stehen. Andere Informationen besagen jedoch, daß Soyoka nur als Strohmann vorgeschoben ist und daß die Transaktionen von Männern durchgeführt werden, die eine angesehene gesellschaftliche Position einnehmen. Angeblich sollen sogar zwei Beamte der indischen Verwaltung die Hand im Spiel haben.

Über die Mitglieder der anderen Bande war bisher kaum etwas bekannt. Man wußte nur, daß beide Organisationen Hunderte von Agenten beschäftigen. Die vor kurzem erfolgte Festnahme eines Griechen in Cleveland, Ohio, und seine Aussagen vor einem Gericht der Vereinigten Staaten geben Scotland Yard jetzt aber die Möglichkeit, gewisse Spuren in Großbritannien zu verfolgen. Bei seiner Vernehmung gab der verhaftete Grieche an, daß es sich bei den Rädelsführern der zweiten Bande um einen englischen Arzt und einen bekannten Londoner Geschäftsmann handle.‹

Tarn stöhnte laut.

»Was ist?« fragte Elsa erschrocken.

Er winkte ab. »Hole mir etwas Kognak – aus dem Schränkchen in meinem Arbeitszimmer«, murmelte er. Sie brachte ein halbgefülltes Glas, das er in einem Zuge gierig austrank. Langsam kehrte die Farbe in sein Gesicht zurück, und er zwang sich zu einem schiefen Lächeln.

»Du bist schuld«, brummte er. »Ein Mann in meinem Alter sollte so früh am Morgen keine Heiratsanträge machen. Aber überlege es dir noch einmal, Elsa! Ich bin dir doch immer ein guter Freund gewesen.«

»Soll ich Ihnen noch etwas vorlesen?«

Tarn schüttelte den Kopf. »Das ist alles Unsinn! Weiter nichts als eine Zeitungsente. Die leben ja von Sensationen!«

Mühsam erhob er sich. »Wir wollen im Büro weiter darüber sprechen.«

Dann ging er mit unsicheren Schritten hinaus und schlug die Tür seines Arbeitszimmers hinter sich zu. Er hatte sich noch nicht wieder sehen lassen, als Elsa schon in den Autobus stieg, der sie zum Geschäftshaus von Amery & Amery im Osten Londons brachte.

2

Das Kontor der Firma Amery & Amery befand sich noch immer in demselben Gebäude wie schon vor Jahrhunderten, als der große Brand halb London zerstört hatte. Dank der Tatkraft des Firmengründers, der mit allen seinen Angestellten den Kampf mit dem Feuer aufnahm, konnte das Haus damals gerettet werden und ragte nach der Katastrophe als einziges, hoch und schmalbrüstig, aus den verräucherten Ruinen der Wood Street auf. Im Verlauf der Zeit waren im Inneren mancherlei Umbauten vorgenommen worden, aber das äußere Gesicht des Amery-Hauses war noch das gleiche wie an jenem Tag, als die ›Mayflower‹ aus dem Hafen von Plymouth auslief und beinahe das Schicksal der ›Pleasant Endeavour‹, jenes stolzen Ostindienseglers der Amery Brothers, teilte.

Das Schicksal der Firma hatte sich im Laufe der Jahrhunderte recht wechselhaft gestaltet. Ein Amery hatte eines Abends in Whites Gasthaus fast seine gesamte Handelsflotte beim Würfelspiel verloren, ein anderer Amery hatte später jedoch den Gegenwert im Teegeschäft wieder hereingeholt. Unverändert hatte nur das Haus der Zeit getrotzt, dieses enge Haus mit den ungleichmäßigen Fußböden, den niedrigen Decken, seinen altertümlichen Schränken und den gewundenen Treppen. Noch immer stand die verblaßte Aufschrift ›Amery & Amery, Export und Import‹ über den dicken, grünlichen Fensterscheiben, in denselben Lettern, die ein Amery am Todestage König Georgs des Dritten ausgewählt hatte.

Elsa, die an diesem sonnigen Frühlingsmorgen vor ihrem alten Schreibtisch saß, schien ebensowenig in die düstere Umgebung zu passen wie der kleine Maiglöckchenstrauß auf ihrem Tisch.

Elsa Marlowe war von zierlichem Wuchs, hatte ein rundes Kinn, eine gerade Nase und feines goldenes Haar. Ihre zarte Gesichtsfarbe veranlaßte sogar Frauen, sie ein zweites Mal anzuschauen, und ihre Augen waren von einem tiefen Graublau.

Sie zog die Stirn kraus, während sie ihrer lebhaften Kollegin nur widerstrebend zuhörte. Elsa schätzte Miss Tames Meinung nur, soweit sie sich mit der Stenographie beschäftigte; ihre sonstigen Ansichten fand sie romantisch und ziemlich überspannt. Aber wenn Miss Tame die Geschäfte der Firma Amery & Amery als ›undurchsichtig‹ bezeichnete und Paul Roy Amery ›unheimlich‹ nannte, mußte Elsa ihr beipflichten.

»Viele Leute lachen über das Kino«, erklärte Miss Tame ernsthaft, »aber man kann da doch eine Menge Charaktere kennenlernen. Ich habe im Film schon Schurken gesehen – aber ich habe noch nie jemanden gesehen, der dem Major gleicht. Wirklich unheimlich! Man braucht ihn ja nur anzusehen, Miss Marlowe. Mir ist einfach unbegreiflich, warum Ihr Onkel, der beste Mann der Welt, Sie überhaupt hier arbeiten läßt!«

»Wir werden uns schon an Amery gewöhnen«, sagte Elsa seufzend. »Neue Leute sind immer erst etwas unbequem, und wahrscheinlich ist er neu im Geschäftsleben. Ich habe gehört, daß er in Indien Beamter war ...«

Sie brach ab, ehe sie zuviel ausplauderte. Sie durfte nichts von den geheimnisvollen Briefen erwähnen, die Amery ihr diktierte und in denen ganze Zeilen in unverständlichen Codewörtern vorkamen.

»Mr. Tarn weiß bestimmt mehr über ihn«, bemerkte Miss Tame. »Sie waren gestern stundenlang beisammen – ich habe es gehört, weil sie sehr laut gesprochen haben!«

Elsa schaute die andere verwundert an. »Haben sie etwa Streit gehabt?« fragte sie ungläubig.

»Sie haben einen wahnsinnigen Krach gehabt!« erklärte Miss

Tame triumphierend. »Ich habe so etwas noch nicht erlebt. Sie waren gerade zum Lunch fort, Miss Marlowe. Wenn ich ›stundenlang‹ sage, meine ich ›zwanzig Minuten‹. Ihr Onkel war furchtbar aufgebracht.«

Mr. Maurice Tarn war in den letzten Tagen leicht gereizt, und Elsa glaubte, daß es ihre Schuld war. Doch warum sollte Mr. Amery mit seinem Geschäftsführer streiten? Sie kannten sich doch kaum, denn Paul Amery hatte erst vor einem Monat die Leitung der Firma übernommen.

»Täuschen Sie sich auch nicht?« fragte sie.

Bevor Miss Tame jedoch antworten konnte, ertönte ein lautes Klingelzeichen. Elsa ergriff hastig Stenoblock und Bleistift und öffnete die Tür zum Arbeitszimmer ihres Chefs.

Der Mann hinter dem großen Schreibtisch starrte auf einen vor ihm liegenden Brief und schien seine Sekretärin nicht zu bemerken. Mit gespannter Aufmerksamkeit las er das Schriftstück durch und schien sich jedes Wort einprägen zu wollen. Fast eine Minute verging, ehe Paul Amery mit jenem Ausdruck in seinem scharfgeschnittenen Gesicht aufschaute, den Elsa verabscheute.

Es war nur die Andeutung eines spöttischen Lächelns; aus seinen kalten blauen Augen fiel ein forschender Blick, den Elsa fast als beleidigend empfand.

»Nun?«

Seine Stimme klang kühl, als er fragend aufblickte. Elsa fand, daß er ein gutaussehender Mann war. Die heiße Sonne Indiens hatte sein Gesicht gebräunt, und er schien etwas vom Wesen jener Dschungeltiere zu haben, die er gejagt hatte. Jedesmal, wenn sie ihn geräuschlos durch die äußeren Geschäftsräume kommen sah, mußte sie an einen Panther denken.

»Nun?«

Er erhob niemals seine Stimme, er verriet auch keine Ungeduld, und doch war sein »Nun?« wie ein Peitschenschlag durch die Luft.

»Sie haben geläutet – und Sie wollten auch die Frachtbriefe von Chi Fung und Lee sehen, Mr. Amery«, stotterte Elsa und ärgerte sich über ihre Befangenheit. Ohne ein Wort zu sagen, nahm er die Papiere, die sie hereingebracht hatte. Schweigend überflog er sie und legte sie dann zur Seite.

»Warum fürchten Sie sich vor mir?«

Diese Frage kam Elsa so unerwartet, daß sie ihn nur verdutzt anstarrte. Endlich hatte sie sich gefaßt.

»Ich fürchte mich nicht vor Ihnen, Mr. Amery«, erwiderte sie und versuchte, ihrer Stimme Sicherheit zu geben. »Was für eine seltsame Frage! Ich habe vor niemandem Angst!« fügte sie herausfordernd hinzu. »Das wäre wohl auch nicht die richtige Einstellung einer Sekretärin zu ihrem Chef.«

Amery schien gar nicht auf ihre Worte zu achten. Er schaute aus dem Fenster in die sonnige Wood Street, und seine Gedanken beschäftigten sich anscheinend mit den Lastwagen, die die enge Straße versperrten, oder mit dem Polizisten, der bemüht war, die Durchfahrt zu regeln.

Elsa atmete tief auf.

»Soll ich die Papiere hier lassen?« erkundigte sie sich.

»Nein. Nehmen Sie einen Brief auf an Fing Li Tsin, 796 Bubbing Well Road, Shanghai.«

Er begann, in chinesischer Sprache zu diktieren, unterbrach sich dann aber ärgerlich. »Verzeihen Sie, Sie verstehen ja kein Chinesisch.«

Dann fügte er schnell hinzu: »Fing kann ausgezeichnet englisch schreiben und lesen. Schreiben Sie also:

›Ich suche einen vertrauenswürdigen Mann für die Provinz Nangpoo. Feng Ho ist bereits angekommen, Sie können ihm hierher schreiben. Wenn Sie das Lange Schwert von San Yat sehen, sagen Sie ihm ...‹«

Er hielt inne und reichte Elsa einen Zettel. Darauf standen in Druckbuchstaben die Worte:

›Bahre, Tendenz, Notbehelf, Kerze, Schablone, Seitenstück, Ahorn, Gipfel, Hamlet, Wunsch.‹

Amery schaute sie nachdenklich an, während sie las, und als sie ihren Kopf hob, trafen sich ihre Blicke. Elsa errötete.

»Ist das nicht eine gute Stellung?« fragte er. »Nicht übermäßig viel zu tun und gutes Gehalt!«

Es war das erste Mal, daß er für sie die geringste Teilnahme zeigte. Bis jetzt hatte Elsa das Gefühl gehabt, als wenn er sie nur wie einen beweglichen Gegenstand im Hause betrachtete.

»Ja, es ist eine gute Stellung«, erklärte sie verlegen. »Ich hoffe, daß meine Arbeit zufriedenstellend ist.«

Amery gab keine Antwort, und Elsa ergänzte die Liste seiner Untugenden noch durch ›flegelhaftes Benehmen‹.

»Haben Sie meinen Großonkel Bertram Amery noch gekannt?«

Er blickte sie bei dieser Frage nicht an.

»Nur ganz flüchtig«, erwiderte Elsa. »Ich bin erst wenige Monate, bevor er starb, hier eingetreten. Er kam jeden Tag auch nur kurz ins Geschäft.«

»Dann hatte der Alte also freie Verfügungsgewalt«, stellte Amery fest.

»Der Alte?« Elsa verstand nicht gleich, aber dann begriff sie, daß er Maurice Tarn meinte.

»Mr. Tarn gehörte immer zur Geschäftsführung«, äußerte sie etwas steif.

»So, Mr. Tarn gehörte immer zur Geschäftsführung«, wiederholte er nachdenklich. Dann schaute er plötzlich auf. »Danke, das ist alles!«

Elsa war schon an der Tür, als er sie zurückrief. »Was zahlt Ihnen denn die Stanford-Gesellschaft?«

Sie blickte ihn verwundert an.

»Die Stanford-Gesellschaft, Mr. Amery?«

Seine scharfen Augen ließen sie nicht los.

Dann sagte er ruhig:

»Entschuldigen Sie, ich sehe, daß Sie diese Gesellschaft nicht kennen.«

Er entließ sie mit einer Kopfbewegung, und erst als Elsa wieder an ihrem Schreibtisch saß, begann sie, sich über diese sonderbare Frage Gedanken zu machen.

3

Was hatte Amery nur gemeint? Sie wußte nichts von einer Stanford-Gesellschaft. Glaubte er etwa, daß sie heimlich noch für eine andere Firma arbeitete? Wenn Elsa sich mit ihrem Onkel besser gestanden hätte, wäre die Lösung dieses Rätsels nicht schwer gewesen, aber augenblicklich ging sie ihm lieber aus dem Wege.

Elsa schrieb ihr Diktat in die Schreibmaschine, als die Tür ihres Zimmers aufging. Das Mädchen schaute auf und erblickte den großen, hohläugigen Mann, dem sie gerade heute nicht begegnen wollte.

Er blieb eine Weile stehen, seine Finger spielten mit dem borstigen grauen Schnurrbart, und seine Augen waren mißmutig auf sie gerichtet. Dann kam er langsam durch das Zimmer und blieb neben ihr stehen. Mr. Tarn war außergewöhnlich groß und für den Geschäftsführer eines vornehmen Hauses sehr schäbig gekleidet.

»Wo ist Amery?« murmelte er.

»In seinem Zimmer, Mr. Tarn.«

»Hm!« Er rieb sich das unrasierte Kinn. »Hat er etwas gesagt?«

»Was denn?«

»Er wird doch irgend etwas gesagt haben!« rief Tarn ungeduldig.

Elsa schüttelte den Kopf. Sie wollte ihm schon von Major Amerys seltsamer Frage erzählen, doch dann brachte sie es nicht über sich, Maurice Tarn in ihr Vertrauen zu ziehen.

»Hast du dir noch einmal die Angelegenheit überlegt, über die ich heute früh mit dir gesprochen habe?«

Tarn schaute sie schnell an und las die Antwort auf ihrem Gesicht.

»Nein, ich – ich brauche nichts zu überlegen.«

Ihr Vormund blinzelte heftig, und sein Gesicht verzog sich gequält.

»Wohl zu alt, wie? Aber ich würde jede Vereinbarung annehmen, die du mir vorschlägst. Ich hasse es, allein zu sein. Ich brauche einfach jemanden, dem ich vertrauen und mit dem ich reden kann. Verstehst du? Auf jedes Übereinkommen würde ich eingehen!« betonte er noch einmal nachdrücklich.

Elsa verstand nur zu gut und seufzte. »Müssen wir darauf zurückkommen?« fragte sie nervös. »Ich kann meine Meinung nicht ändern, Mr. Tarn. Das Leben wäre für mich unerträglich!«

Er rieb sich noch immer das Kinn, und seine Blicke wanderten zur Tür von Amerys Zimmer.

»Ist etwas nicht in Ordnung?« erkundigte sich das Mädchen.

Gereizt schüttelte Tarn den Kopf. »Was soll denn nicht in Ordnung sein? Ich werde jetzt hineingehen und mit ihm reden.«

Aus seiner Stimme klang eine Herausforderung, die Elsa überraschte. So kannte sie Maurice Tarn gar nicht. Aber dennoch hatte sie das Gefühl, daß er Angst hatte. Seine Hand, die über den Schnurrbart strich, zitterte, und er schien sich gewaltsam zusammenzunehmen.

»Ich werde verreisen«, sagte er leise, »ich muß hier weg, egal wohin!«

Hinter ihm ging die Tür auf, und Tarn wandte sich erschrocken um. Paul Amery stand auf der Schwelle, auf seinen schmalen Lippen spielte jenes verhaßte Lächeln.

»Ich wollte Sie sprechen, Major Amery«, stieß Tarn hervor.

Wortlos öffnete Paul Amery die Tür etwas weiter, ließ seinen Geschäftsführer eintreten und ging langsam zu seinem Schreibtisch. Er setzte sich jedoch nicht hin, sondern blieb mit den Händen in den Taschen stehen, den Kopf etwas vorgebeugt, die kalten Augen forschend auf Tarn gerichtet.

»Nun?«

Tarn rang nach Worten; endlich brachte er mit unnatürlich klingender Stimme hervor:

»Ich bin Ihnen wegen des gestrigen Auftritts eine Erklärung schuldig, Major Amery. Ich hatte meine Beherrschung verloren, aber Sie werden verstehen, daß jemand, der im Hause Amery eine Vertrauensstellung innehat und der von Ihrem Onkel geschätzt wurde . . .«

»Setzen Sie sich!«

Tarn gehorchte.

»Mr. Tarn, ich bin ein Neuling in diesem Geschäft. Ich hätte schon vor acht Monaten herüberkommen sollen, als mein Onkel gestorben war und ich sein Vermögen geerbt hatte. Damals wußte ich aber gewisse Dinge noch nicht, die mir jetzt bekannt sind. Damals glaubte ich noch, daß Amery & Amery sehr gut auch ohne mich vorankommen würden – ich wußte nicht, daß die Firma Amery ein Gegner ist, den ich bekämpfen muß.«

Maurice Tarn starrte ihn an. »Ich verstehe nicht, Major Amery.«

»Wer steht hinter der Stanford-Gesellschaft?« Die Frage kam wie aus der Pistole geschossen. Tarn zuckte zusammen, gab aber keine Antwort.

Amery fuhr ruhig fort: »Die Firma hat ihren Sitz in einem der großen Häuser in der Threadneedle Street. Anscheinend betreibt sie keinen schwunghaften Handel, denn ihr Kontor besteht nur aus einem Zimmer, und es gibt keine Angestellten. Die ganze Arbeit wird von einer geheimnisvollen Person getan, die nach Büroschluß kommt und kurz vor Mitternacht das Haus wieder verläßt. Dieser Mensch schreibt seine Briefe selbst auf der Maschine und behält keine Durchschläge zurück. Er hat Besprechungen mit seltsamen Leuten von schlechtem Ruf – und obgleich der Name der Stanford-Gesellschaft nicht in unseren Büchern erscheint, bin ich doch überzeugt, daß unser angesehenes Haus als Tarnung für einen gewissen verbrecherischen Handel verwandt wird.«

»Major Amery!« Maurice Tarn fuhr hoch, doch schnell schmolz

seine tugendhafte Entrüstung vor den blitzenden Augen des anderen dahin. »Wenn Sie das annehmen«, murmelte er, »wird es das beste sein, wenn ich aus der Firma Amery ausscheide. Ich habe Ihrem Hause fünfunddreißig Jahre treu gedient, und ich glaube kaum, daß Sie mich gerecht beurteilen. Doch, ich kenne die Stanford-Gesellschaft – ich erinnere mich jetzt. Ein durchaus reelles Unternehmen!«

Amerys eisige Blicke ließen ihn verstummen.

»Sie wollen also bis zum Schluß bluffen? Nun, wie Sie wollen! Tarn, Sie treiben etwas, das ich nicht billige – um es mild auszudrükken. Und ich werde es unterbinden – auch wenn Sie dabei zugrunde gehen. Verstehen Sie mich? Sie wissen, wer ich bin – Sie erraten noch viel mehr, als Sie wissen. Sie stehen mir im Wege, Tarn! Ich hatte nicht erwartet, derartige Verhältnisse hier vorzufinden!«

Amery ging ein paar Schritte auf und ab und blieb dann vor seinem Geschäftsführer stehen.

»Ich will noch deutlicher werden«, fuhr er fort. »Der Rauschgifthandel bringt ein Vermögen ein, das werden Sie nicht nur aus der heutigen Morgenzeitung wissen. Doch für zwei Banden ist kein Platz – ist das klar?«

Tarn war aschfahl geworden; er brachte kein Wort hervor.

Amery stand jetzt am Fenster und beobachtete aufmerksam das Leben und Treiben auf der Wood Street.

»Kein Platz für zwei – kaum für eine!« wiederholte er. »Die zweite Bande sollte das Geschäft aufgeben und sich schleunigst davonmachen. Die Lage ist äußerst gefährlich. Soyokas Anhang duldet keine Konkurrenz!«

Tarn biß sich auf die Lippen.

Amery fragte: »Steckt das Mädchen mit drin?«

»Nein«, murmelte Tarn. Dann blickte er Amery verstört an: »Sie selbst sind Soyoka! Mein Gott – das hätte ich mir nicht träumen lassen! Sie haben von Indien aus gearbeitet – und ich hatte keine Ahnung, daß Sie der Boß sind!« Seine Stimme sank zu einem unverständlichen Flüstern herab.

Amery antwortete nicht. Mit einem Nicken entließ er Tarn, der wie im Traum durch die Geschäftsräume schlurfte. Elsa schaute ihm erstaunt nach.

Als Amery allein war, ging er langsam an seinen Schreibtisch, setzte sich und stützte das Kinn in die Hände. An der gegenüberliegenden Wand hing ein Bild in altmodischem Goldrahmen – das

Gemälde stellte einen älteren Mann dar, der einen einfachen braunen Rock trug und dessen volles Kinn in einer Spitzenkrause versank; in der Hand hielt er eine aufgerollte Weltkarte. Der Gründer des Hauses Amery! – Der letzte des Geschlechts schaute in die grauen Augen seines Ahnherrn und nickte ihm zu.

»Ehrwürdiger Vorfahre – die Schwindelfirma Amery entbietet dir ihren Gruß!«

4

In der Mittagspause verließ Elsa das Büro und eilte in Richtung Cheapside. Sie rief ein Taxi, und nach einer Viertelstunde stieg sie vor der Tür eines kleinen Hauses in der Half Moon Street aus. Sie war noch dabei, den Fahrer zu bezahlen, als sich schon die Haustür öffnete und ein etwa dreißigjähriger Mann ihr entgegenkam.

»Welche Überraschung! Ist die vornehme Firma Amery etwa pleite?««

Elsa ging ihm ins Haus voran, und erst als sie in dem kleinen Eßzimmer angelangt waren, wo zum Lunch gedeckt war, antwortete sie.

»Ich bin völlig durcheinander, Ralf. Nein, mein Lieber, ich möchte nichts essen, aber laß du dich nicht stören.«

Ralf Hallam schickte seinen Diener hinaus, dann fragte er besorgt: »Was ist denn passiert?«

Elsa kannte Ralf Hallam schon, als sie noch ein Schulmädchen war. Er war mit ihrem Vormund befreundet und ein häufiger Besucher in ihrem Haus in Bayswater. Er hatte Medizin studiert, war aber nach seinem eigenen Eingeständnis ein sehr unfähiger Arzt und hatte nach Beendigung der Assistentenzeit im Krankenhaus niemals seinen Beruf ausgeübt. Jetzt war er ein tüchtiger Geschäftsmann, der mit einem kleinen, von seiner Mutter ererbten Vermögen außerordentlich gewinnbringend gearbeitet hatte.

Hallam war blond, hatte klare Augen und mochte gerade die Dreißig überschritten haben, doch sein knabenhaftes, glattrasiertes Gesicht sowie sein unverwüstlicher Humor ließen ihn jünger erscheinen.

»Du bist doch nicht etwa krank?« erkundigte er sich beunruhigt, und als Elsa lächelnd den Kopf schüttelte, atmete er erleichtert auf.

»Ein Glück, sonst hätte ich einen richtigen Arzt holen müssen!«

Er nahm ihr Mantel und Handschuhe ab, und Elsa sagte langsam:

»Du weißt doch, daß Mr. Tarn nicht wirklich mein Onkel ist?«

»Wie?« Hallam schaute sie verdutzt an. »Gewiß – er ist dein Vetter oder etwas ähnliches. Ein komischer alter Knabe! Langweilt er dich nicht manchmal sehr?«

»Stell dir vor, Ralf, er will mich heiraten!«

Hallam nahm gerade ein Weinglas aus dem Schrank, doch vor Überraschung entglitt es seinen Fingern und fiel zu Boden.

»Das kann doch nicht wahr sein! Wiederhole das noch einmal! Er will dich heiraten – dieser ...«

Elsa nickte ernsthaft. »Das ist wirklich seine Absicht. In den letzten Wochen ist er überhaupt so seltsam gewesen. Er hat sich sogar mit Amery gestritten.«

»Jetzt setze dich erst mal hin und erzähle mir alles. Amery ist doch der Mann aus Indien?«

Elsa erzählte, was vorgefallen war, und Ralf Hallam pfiff leise vor sich hin.

»Dieser alte Schurke!« meinte er empört. »Was ist nur in ihn gefahren? Wieso will er dich plötzlich heiraten? Es muß nicht sehr lustig sein, die Hausfrau in Elgin Crescent zu spielen!«

»Er will ja gar nicht in Elgin Crescent bleiben, er beabsichtigt, ins Ausland zu gehen. Darum will er ja auch in solcher Eile heiraten! Aber das sollte ich dir nicht erzählen.«

Zu spät erinnerte sie sich an das Verbot ihres Vormunds. Wenn Ralf Hallam von dieser Neuigkeit überrascht war, ließ er es sich jedenfalls nicht anmerken.

»Du wirst ihn selbstverständlich nicht heiraten, Elsa! Das wäre ja, als ob Dezember und Mai zusammenträfen!«

Elsa hatte den Eindruck, als ob er noch etwas sagen wollte, und einen Augenblick fürchtete sie, daß der Tag ihr noch einen Heiratsantrag bringen würde, denn er hatte sie so bedeutsam angeschaut. Sie hatte Ralf Hallam gern – aber nicht in dieser Art. Zu ihrer großen Erleichterung begann er aber, über Amery zu reden.

»Was ist dieser Inder eigentlich für ein Mann?«

»Ich weiß nur sehr wenig über ihn«, antwortete sie. »Angeblich soll er nicht einmal Engländer sein, sondern dem amerikanischen Zweig der Amerys angehören. Sein Großonkel soll ihm die Stellung in Indien verschafft haben. Er ist sehr seltsam.«

»Verlieb dich nur nicht in ihn«, lachte Ralf. »Um aber wieder auf Tarn zurückzukommen – vielleicht wäre es gut, wenn du dich für ein paar Tage von ihm trenntest. Hast du meine Schwägerin schon kennengelernt?«

»Ich wußte gar nicht, daß du eine hast«, erwiderte Elsa erstaunt.

»Sie wird dir gefallen«, sagte er einfach. »Ich werde sie bitten, dich einzuladen.«

Elsa erhob sich, um zu gehen, als ein Taxi vor der Haustür hielt. Hallam blickte auf die Straße.

»Warte!«

»Wer ist es?« fragte sie.

»Der wunderliche Tarn«, meldete er. »Es ist wohl besser, wenn er dich nicht hier antrifft. Geh für einen Augenblick ins Arbeitszimmer! Wenn ich ihn ins Eßzimmer hereinlasse, kannst du ungesehen verschwinden. Ich werde schon dafür sorgen, daß er dich nicht sieht.«

Als die Klingel ertönte, eilte Elsa ins Arbeitszimmer, und gleich darauf hörte sie Maurice Tarns tiefe Stimme. Wenige Augenblicke später schlüpfte sie aus dem Hause.

Tarn, dessen Nerven gereizt waren, hörte die Tür zuschlagen und sah sich mißtrauisch um.

»Wer war das?«

»Mein Diener ging hinaus«, antwortete Ralf kühl. »Was ist denn mit Ihnen los?«

Tarn ließ sich mit einem Seufzer in einen Sessel fallen und vergrub das Gesicht in den Händen.

»Ist es wirklich so schlimm?« fragte Hallam.

»Er weiß Bescheid!« stieß Tarn hervor.

»Wer ist ›er‹ – der Herr aus Indien? Und was weiß er?«

»Alles! Hallam, er ist Soyoka!«

Ralf schaute ihn verblüfft an.

»Sie sind ja verrückt – Soyoka?«

»Ja, entweder ist er Soyoka selbst oder doch einer der maßgebenden Anführer der Bande. Wir haben immer gewußt, daß die Beamten in Indien mit Soyokas Bande Hand in Hand arbeiteten. Woher hätte er sonst auch wissen können, in welchen Büchern er unsere Ladungen suchen mußte? Er war vollkommen im Bilde. Er riet mir, zu verschwinden, und das werde ich auch tun. Hallam, es bedeutet den Tod, gegen Soyokas Bande aufzutreten. Die schrekken vor nichts zurück. Ich bin dem nicht mehr gewachsen, ich bin für dies Geschäft zu alt!«

»Man sagt mir aber, nicht zu alt, um zu heiraten?«

Tarn schaute schnell auf. »Was meinen Sie damit?«

»Das was ich sage. Ich hörte, daß Sie zusammen mit einer Dame verschwinden wollen.«

Maurice Tarn zuckte die Achseln. »Ich weiß noch nicht, was ich tun werde. Ich habe einfach Angst!«

»Das merke ich.« Ralf Hallams Stimme klang unangenehm; sein Gesicht hatte einen bösartigen Ausdruck angenommen, und seine Lippen verzogen sich verächtlich. »Wenn Sie glauben, daß Sie gehen müssen, dann gehen Sie! Geld haben Sie genug, um Ihre Nerven in Ordnung zu bringen. Wahrscheinlich wollen Sie nach Südamerika – gehen Sie so schnell wie möglich! Sie haben die Nerven verloren, und für mich sind Sie wertlos. Sie sind sogar eine Gefahr. Wir wollen so schnell wie möglich teilen, dann können Sie meinetwegen sogar zum Teufel gehen!«

Er fixierte Tarn: »Aber Sie werden allein gehen. Ich brauche eine Mitarbeiterin.«

»Elsa?« stotterte Tarn.

»Ja, Elsa!« bestätigte Ralf Hallam kalt. »Ich werde sie für meine Zwecke erziehen, das ist eine Leichtigkeit. Ich brauche Elsa, Maurice. Sie gefällt mir, und ich kann verstehen, daß Sie sie haben wollen. Aber ich will sie auch haben!«

Tarn schaute ihn entsetzt an. Eine einsame Zelle in seinem Gehirn, wo einst die Moral wohnte, arbeitete angestrengt. »Aber Sie können Elsa doch gar nicht heiraten, Ralf! Sie sind ja verheiratet.«

»Wer spricht denn von Heirat«, wies Hallam ihn ab.

5

Es war bereits halb drei Uhr, als Elsa die enge Treppe in ihr Büro hinaufeilte, in der Hoffnung, daß ihr unangenehmer Chef noch nicht nach ihr geläutet habe. Als sie die Tür zu ihrem Zimmer öffnete, sah sie einen Mann auf einem Stuhl am Fenster sitzen. Obgleich es warm war, hatte er seinen Mantel anbehalten. Er hatte ihr den Rücken zugewendet und schien aufmerksam den Straßenverkehr zu beobachten, doch nun drehte er sich um und stand auf. Elsa starrte ihn verdutzt an – es war ein Chinese!

Er war höchst elegant nach europäischer Mode gekleidet, doch

Elsa starrte auf sein Gesicht. Die unergründlichen Augen hinter den wimperlosen Lidern, die gelbe, pergamentartige Haut, die blutlosen Lippen, die vorstehenden Backenknochen – Elsa hatte noch nie etwas so Häßliches gesehen. Als könnte er ihre Gedanken lesen, sagte er in einwandfreiem Englisch: »Man ist eben so, wie einen die Natur gemacht hat. Ich bin Feng Ho, Bachelor of Arts«, und mit einer Verbeugung überreichte er ihr seine Karte, die sie mechanisch entgegennahm.

»Sie wünschen Major Amery zu sprechen?« fragte sie, als sie ihre Fassung wiedergewonnen hatte.

»Ich habe bereits mit ihm gesprochen. Er bat mich, einen Augenblick zu warten, damit ich Sie kennenlerne. Ich fürchte, daß ich ein häufiger Besucher sein werde.«

Elsa lächelte gezwungen. »Warum nicht, Mr. ...« Sollte sie ihn Mr. Feng oder Mr. Ho nennen? Wiederum schien er ihre Gedanken zu erraten.

»Feng Ho ist ein zusammengesetzter Name«, erklärte er, betrachtete selbstgefällig seine tadellosen Handschuhe und fügte hinzu:

»Major Amery ist eben eingetreten.«

»Ich habe ihn nicht gehört«, widersprach sie.

Der Chinese nickte energisch. »Doch, jetzt geht er durch das Zimmer – er ist vor dem Kamin stehengeblieben.« Lauschend streckte er den Kopf vor. »Nun ist er am Schreibtisch und hat ein Papier aufgehoben. Haben Sie das Rascheln eben nicht gehört?«

Elsa schaute ihn argwöhnisch an. Hielt dieser Mensch sie zum Narren?

»Ich höre alles«, fuhr er fort. »Jetzt hat er sich in seinen Sessel gesetzt.«

Das Mädchen öffnete die Tür zum Zimmer des Majors und schaute hinein: Amery saß vor dem Schreibtisch und hatte gerade die Hand nach der Klingel ausgestreckt, um sie hereinzurufen.

»Kommen Sie!« befahl er schroff. »Feng Ho hat Ihnen wohl eine Probe seines Gehörs gegeben? Das ist sein größter Stolz.«

Er blickte sich nach Feng Ho um, der über das ganze Gesicht grinste.

»Schließen Sie bitte die Tür!« verlangte Amery. Als Elsa es tun wollte, hörte sie Amery eine Reihe unverständlicher Worte murmeln und bemerkte, wie Feng Ho seine Arme verschränkte und sich verbeugte.

»Sie werden Feng Ho wahrscheinlich jetzt öfter sehen. – Nehmen Sie diesen Brief auf!«

Während der nächsten Viertelstunde flogen ihre Finger über den Stenogrammblock, denn wenn Amery diktierte, sprach er so schnell, daß sie ihre Fähigkeiten aufs äußerste anspannen mußte. Als er geendet hatte, schaute sie auf und erwartete, entlassen zu werden, doch Amery blickte sie nachdenklich an.

»Sie werden bemerkt haben, daß Feng Ho Chinese ist. Soyoka dagegen ist Japaner – ein sehr kapitalkräftiger Japaner!«

Der Name kam Elsa bekannt vor, doch konnte sie sich im Augenblick nicht daran erinnern, wo sie ihn gelesen oder gehört hatte.

»Ich glaube, Sie täten besser daran, wenn Sie für ihn, anstatt für jene Bande von Amateuren arbeiteten. Soyoka zahlt gut.«

Er beobachtete sie scharf und merkte, daß sie immer noch vor einem Rätsel stand.

Betroffen fragte Elsa: »Wünschen Sie denn, daß ich Sie – daß ich die Firma Amery verlasse? Wer ist Soyoka? Ich glaube, ich habe den Namen schon einmal gehört.«

»Soyoka ist ein sehr reicher und sehr mächtiger Japaner«, erklärte er, »und seine Freunde sind sehr hilfsbereit. Soyoka hätte nichts dagegen, jemand anzustellen, der für die Konkurrenz gearbeitet hat, er würde diese Gelegenheit vermutlich sogar begrüßen. Und, wie ich schon sagte, er zahlt sehr gut.«

Elsa schüttelte den Kopf.

»Ich verstehe nicht, Major Amery. Ich weiß tatsächlich nicht, wer Soyoka ist, und außerdem – ich möchte auch nicht für einen Asiaten arbeiten.«

Amery ging über ihre Antwort hinweg und fuhr fort:

»Übrigens können Sie Feng Ho vertrauen. Er besitzt alle Tugenden und keines der Laster des Ostens. Die meisten Chinesen sind liebenswürdige Leute, und Feng Ho gewinnt durch nähere Bekanntschaft. Ein Flußpirat tötete seinen Vater; Feng Ho folgte dem Mörder in das Ningpogebirge und brachte in seiner Reisetasche sieben Piratenköpfe mit. Ein seltsamer Mensch, nicht wahr?«

Elsa war entsetzt. »Dieser kleine Mann?« fragte sie ungläubig. »Das ist schrecklich!«

»Es ist allerdings schrecklich, wenn dem eigenen Vater der Hals durchgeschnitten wird«, erwiderte Amery kalt; und dann fügte er hinzu: »Feng Ho ist der Tod für Soyokas Gegner – merken Sie sich das!«

»Wer ist eigentlich Soyoka?« fragte sie etwas erbittert. »Sie haben ihn schon dreimal erwähnt, Major Amery. Vielleicht begreife ich etwas schwer, aber ich kann das alles nicht verstehen.«

Amery gab keine Antwort – das war eine seiner Eigenheiten, die sie aufs äußerste reizte und verletzte.

»Was fangen Sie sonntags an?« fragte er kurz.

Als Antwort erhob Elsa sich und nahm ihre Sachen auf.

»Sie wollen diese Briefe noch vor der Nachmittagspost haben, Major Amery?«

»Sie haben mir nicht geantwortet.«

»Ich glaube nicht, daß Sie das etwas angeht«, antwortete sie mit einem Anflug von Stolz.

Seine Finger trommelten auf dem Schreibtisch. »Im Gegenteil. Das Privatleben meiner Angestellten interessiert mich sogar sehr. Aber vielleicht ist es nicht Sitte in diesem Land, sich darum zu kümmern. Mir ist nur aufgefallen, daß Ihr Landhaus zu einsam und zu nahe am Fluß steht, außerdem sollten die Fenster Ihres Zimmers Eisengitter haben. Jeder gewandte Mensch könnte auf den Vorbau klettern und Ihr Zimmer betreten, bevor Sie auch nur einen Ton hervorbrächten.«

Elsa mußte sich setzen. Woher kannte dieser Mann Maurice Tarns kleines Landhaus am Oberlauf der Themse, in dem sie die Wochenenden verbrachten? Und woher kannte er die Lage ihres Zimmers?

»Was bedeutet das alles, Major Amery? Hinter all diesen Fragen steckt doch etwas!«

Sie ärgerte sich über ihr eigenes Versagen, niemals konnte sie sich diesem Mann gegenüber durchsetzen. Und nun fing er zu ihrem Erstaunen zu lachen an! Noch niemals hatte sie ihn lachen hören, und sie starrte ihn hingerissen an. Er war völlig verändert, und für einen Augenblick sah er ganz menschlich aus – doch schon war er wieder ernst und unnahbar.

Elsa betrat völlig verwirrt ihr eigenes Büro. Feng Ho war verschwunden.

6

Nur wenige Leute, die Mrs. Trene Hallam in ihrer vornehm ausgestatteten Wohnung in Herbert Mansions besuchten, brachten ihren Namen mit dem des jungen und wohlhabenden Arztes in der Half Moon Street in Zusammenhang. Sie war eine hübsche Frau mit blondem Haar und hellblauen Augen, aber einem schmalen, harten Mund.

Mrs. Hallam lebte von ihrem Mann getrennt und bezog von ihm eine Entschädigung unter der Bedingung, jeden Anspruch auf ihre Ehe aufzugeben. Sie züchtete Pekinesen, war Mitglied zweier Bridgeklubs und anscheinend eine Dame von Welt, aber ein gewisser Mangel an Erziehung und Bildung machte sich manchmal sehr unangenehm bemerkbar.

Hallam hatte als Student bei ihrer Mutter gewohnt, und sie hatte ihn geheiratet, um aus den kleinen Verhältnissen herauszukommen. Die Ehe war nicht glücklich. Zu Luise Hallams verschiedenen anderen Fehlern kam noch eine etwas mangelhafte Auffassung über die Ehrlichkeit. Das Stehlen war ihr angeboren, und nicht einmal die veränderten Umstände brachten sie von dieser Untugend ab. Zweimal mußte Hallam tief in die Tasche greifen, um einen Skandal zu vermeiden. Einmal hatte sie diese Kleptomanie beinahe ins Gefängnis gebracht. Nach diesem Vorfall lebten sie getrennt, und in Anbetracht der ›Entschädigung‹, die sie jetzt bezog, war sie bereit, den gegenwärtigen Zustand bis an ihr Lebensende hinzunehmen.

Hallam war ein seltener Besucher in Herbert Mansions, und als er in den Salon geführt wurde, wo sie bei einer Tasse Kaffee und einer Zigarette Siesta hielt, war ihre Überraschung durchaus echt.

»Willkommen, Fremdling!« rief sie heiter. »Das tut meinen Augen wohl. Was ist los?«

»Ich wünschte, du gewöhntest dir diese Gassenmanieren ab«, sagte er mürrisch.

Sie war gegen seinen Vorwurf unempfindlich, diesen Ton kannte sie schon seit Jahren.

»Was willst du?« fragte sie unumwunden. »Eine Ehescheidung?«

Bevor Hallam antwortete, steckte er sich eine Zigarette an.

»Nein, von dieser Narrheit bin ich kuriert. Wenn ich an all die Frauen denke, die ich geheiratet hätte, falls ich mich damals hätte von dir scheiden lassen, bin ich sehr dankbar. Du bist mein Sicherheitshafen, Lou. Laß dich niemals von mir scheiden!«

»Nur keine Bange!« erwiderte sie selbstzufrieden. »Das werde ich nicht. Es sei denn, daß ich wieder heiraten wollte – aber eine Ehe genügt mir! Sag einmal, Ralf, was tust du eigentlich jetzt?«

»Was meinst du damit – was soll ich denn tun?«

»Nun, du verdienst eine Menge Geld, und ich frage mich, auf welche Art und Weise. Du hast meinen Zuschuß erhöht, dafür besten Dank! Und als ich dich bat, mir jenen kleinen Landsitz zu kaufen, hast du es ohne jeden Widerspruch getan. Du kannst das nicht mit deinem kleinen Erbteil bestreiten. Wo ist hier der Haken?«

»Kümmere dich nicht darum, wie ich mein Geld verdiene!« bemerkte er kurz. »Es wäre besser, du würdest dir das deinige auch selbst verdienen. Ich habe dir doch das Leben angenehm gemacht, Lou?«

Sie zuckte die Achseln und preßte die Lippen zusammen..

»Wenn du anfängst aufzuzählen, was du alles für mich getan hast, willst du etwas von mir. Die Sache hat einen Haken. Also – wo ist der Haken?«

»Du bist zu mißtrauisch. Ich will nichts weiter als eine Auskunft von dir. Als du vor einigen Jahren die Welt sehen wolltest, habe ich dich nach Indien reisen lassen.«

»Weiter!«

»Du hattest in Indien Gelegenheit, eine Menge Leute zu treffen. Du warst viel in Gesellschaft, und du kamst mit mehr Schmuck zurück als du mitgenommen hattest – unter anderem mit einem Stern aus Brillanten.« Sie schaute ihn nicht an. »Ein Radjah schenkte ihn dir – du warst ein Jahr dort. Hast du da jemals einen Major Paul Amery kennengelernt?«

»Amery? Ich glaube, ja. Einer jener zurückhaltenden Leute, die sehr still und nachdenklich sind, bis man dann herausfindet, daß sie sich über ihr überzogenes Bankkonto Sorgen machen. Paul Amery? Aber selbstverständlich. Er war sehr nett zu mir, wie ich mich erinnere. Er war bei der Botschaft, nicht wahr?«

»Das weiß ich nicht«, erwiderte Ralf, »aber wenn er sehr nett zu dir war, möchte ich, daß du die Bekanntschaft mit ihm erneuerst.«

»Nun, eigentlich ist das albern«, meinte seine Frau und zündete sich eine neue Zigarette an. »Ich habe keine Übung mehr darin. Aber ich will gern alles tun, um meinen lieben Gatten zufriedenzustellen. Da fällt mir gerade ein, Ralf, daß mein Wagen bald museumsreif ist. Die Boyson hat einen niedlichen kleinen Wagen, einen von den neuen ...«

»Darüber sprechen wir später«, knurrte er gereizt. »Willst du den Kerl aufsuchen? Ich vermute, daß er sich mit einem – unangenehmen Geschäft abgibt. Jedenfalls möchte ich, daß du die Bekanntschaft erneuerst. Das ist das eine.«

»Und das andere?« Mrs. Hallams Augen schlossen sich halb. »So, wie ich dich kenne, ist die andere Sache wohl die Hauptsache. Von den kleinen Dingen machst du viel Aufhebens, und über die wichtigen gehst du hinweg. Also, was ist die andere Sache?«

Ralf stand lachend auf.

»Wirklich nichts von Bedeutung. Tarns Nichte, ich habe dir von ihm erzählt, hat viel Ärger mit ihm. Der alte Narr will sie heiraten, und ich glaube, man würde dem Mädchen einen Gefallen tun, wenn du sie auf ein paar Tage zu dir einladen wolltest. Du kannst für diese Zeit meine Schwägerin sein.«

»Ist sie hübsch? Darauf möchte ich fast wetten. Und du bist für sie der wunderbare Junge – der schöne Ralf! Soll ich ausgehen, wenn du sie hier besuchst?«

Er verzog ärgerlich das Gesicht. »Du wirst unverschämt, Lou.«

»Beruhige dich! Schreibe mir ihren Namen und ihre Adresse auf! Hast du ihr von mir erzählt?«

Hallam nickte.

»Also gut, du sollst deinen Willen haben«, sagte sie gleichgültig. »Und die Entschädigung, Ralf?«

»Du bekommst deinen neuen Wagen«, brummte er. »Aber vergiß nicht, Amery aufzusuchen, das ist mir sehr wichtig! Das Amery-Haus ist in der Wood-Street, und das Mädchen wirst du dort im Büro sehen. Sie heißt Elsa Marlowe. Sie wird dir gleich auffallen, sie ist sehr hübsch. Aber sei mit Amery vorsichtig, er ist sehr scharf!«

Die Frau lächelte verächtlich.

»Ich habe ein neues Kleid, das jedes Rasiermesser stumpf machen könnte. Wann soll ich hingehen?«

»Am besten noch heute, und mach dich mit Elsa Marlowe bekannt, sage ihr, du wärst meine Schwägerin.«

»Und Witwe. Mein seliger Mann muß aber mindestens schon ein Jahr tot sein, denn mein neues Kleid sieht etwas zu unternehmungslustig aus.«

Damit war der Fall für Mrs. Trene Hallam erledigt.

7

Es klopfte an die Tür, und ohne ihre Augen vom Stenogrammblock zu erheben, rief Elsa: »Herein!«

Der schwache Duft eines exotischen Parfüms ließ sie erstaunt aufschauen. Die Dame, die in der Tür stand, war ihr unbekannt. Sie war schlank und zierlich und äußerst elegant gekleidet.

»Ist das Major Amerys Büro?«

Die Stimme klang etwas gewöhnlich, doch Elsa hatte keine Zeit, darüber nachzudenken, da die Dame ihr mit einem liebenswürdigen Lächeln entgegenkam und ihr die Hand reichte.

»Sie sind gewiß Miss Marlowe?«

»Ja«, erwiderte Elsa und versuchte, ihr Erstaunen zu verbergen.

»Ich bin Luise Hallam, Mrs. Trene Hallam. Ralf hat Ihnen gewiß von mir erzählt.«

»O ja, selbstverständlich – Sie sind Ralfs Schwägerin!«

»Ja, ich war mit seinem Bruder verheiratet.« Sie seufzte und tupfte anmutig ihre Augen mit einem kleinen Batisttuch. »Er mußte so jung sterben, er war erst dreißig, einige Jahre jünger als Ralf. Es ist schrecklich!« Doch dann hob sie tapfer den Kopf und blickte sich interessiert um. »Welch ein nettes Büro! Wie kommen Sie denn mit Major Amery aus? Ich fand ihn immer sehr liebenswürdig. Ich habe ihn kennengelernt, als ich mit meinem Mann in Indien war.«

Sie seufzte wieder, doch diesmal aufrichtig, denn Indien rief viele Erinnerungen in ihr wach, heitere und trübe.

Elsa schaute sie aufmerksam an: »Ach, Sie kennen Major Amery? Was für ein Mann ist er eigentlich – ich meine im Privatleben?« Dann wurde sie rot.

»Ein liebes Wesen«, antwortete Mrs. Hallam, und da die Beschreibung so wenig auf ihn paßte, mußte Elsa lachen.

»Ich möchte ihn besuchen, und dabei kann ich gleich noch etwas anderes erledigen«, fuhr Mrs. Hallam fort und fügte mit einem schelmischen Lächeln hinzu: »Ich kenne ein hübsches kleines Mädchen, das auf eine ganze Woche zu mir zu Besuch kommen wird!«

Elsa errötete wieder, und ein unbestimmtes Gefühl ließ sie zögern: »Ich weiß nicht, ob es möglich sein wird, Mrs. Hallam.«

»Aber natürlich wird es möglich sein. Sie sollen es sehr behaglich bei mir haben. Warum hat Ralf mir so lange nichts von seiner reizenden Freundin erzählt? Sonst hätte ich Sie schon früher eingeladen. Ein Nein nehme ich nicht an. Wann können Sie kommen?«

Elsa überlegte. Sie konnte ihre eigene Zurückhaltung nicht verstehen, denn die Einladung klang recht verführerisch.

»Kommen Sie morgen, ich werde Sie erwarten!«

Mrs. Hallam nahm eine Visitenkarte aus ihrer Handtasche und legte sie auf den Tisch.

»Ich weiß nicht, ob mein Onkel ohne mich auskommen kann«, zauderte Elsa noch und bereute bereits, daß sie so gut wie zugesagt hatte.

»Ihr Onkel wird auch mal allein bleiben können! Aber jetzt möchte ich mit Major Amery sprechen. Würden Sie mich bitte anmelden?«

Elsa pochte leise an die Tür, und die scharfe Stimme ihres Chefs antwortete ihr.

»Mrs. Trene Hallam möchte Sie sprechen, Major Amery.«

»Mrs. Trene Hallam? Wie nett von ihr. Führen Sie sie herein.«

Elsa ließ die Besucherin eintreten und schloß die Tür hinter ihr.

Amery erhob sich langsam aus seinem Sessel, um den Gast zu begrüßen.

»Sie können sich meiner wohl nicht mehr erinnern, Major Amery?« begann Lou Hallam mit einem koketten Blick und lächelte halb vorwurfsvoll.

»Ich kann mich Ihrer sogar sehr gut erinnern, Mrs. Hallam. Wollen Sie nicht Platz nehmen?«

»Wir trafen uns in Poona«, sagte sie träumerisch und lehnte sich im Sessel zurück. »Erinnern Sie sich noch des zauberhaften Festes, das der Gouverneur gab – überall diese herrlichen Rosen! Die Nacht war sehr heiß, und auf allen Treppen waren große Eisblöcke aufgestellt!«

»Haben Sie Lady Mortels Brillantbrosche schon zurückgeschickt?«

Beim Klang dieser metallischen Stimme verlor sie ihr Lächeln. Sie setzte sich gerade auf.

»Ich – ich weiß nicht, was Sie meinen«, stotterte sie, »ich – ich kann Sie wirklich nicht verstehen.«

»Während Sie bei Lady Mortel zu Besuch waren, verschwand ein Brillantstern. Ein Angestellter wurde verhaftet und wegen Diebstahls zu drei Jahren Gefängnis verurteilt. Aber ich sah Sie vor einigen Tagen im Theater; Sie trugen den Brillantstern.«

Lou Hallam wurde blaß und rot.

»Ich wiederhole noch einmal, ich kann Sie wirklich nicht verstehen, Major . . .«

»Vermutlich hat Hallam Sie hierhergeschickt?« fragte er kurz.

»Hallam? Mein Mann ist tot.«

»Ach! Das ist mir neu! Heute nachmittag war er doch noch am Leben, als er Ihre Wohnung verließ. Hatte er einen Unfall?«

»Sie sind gräßlich«, wimmerte sie – keine Dame von Welt mehr, nur noch eine ertappte, kleine Diebin.

»Wenn ich gewußt hätte, daß Sie so schrecklich zu mir sind, wäre ich nie gekommen«, jammerte sie.

»Ich bin nicht schrecklich, sondern wahrheitsliebend. Aber ich muß zugeben, daß die Wahrheit sehr unangenehm ist«, sagte er. »Warum sind Sie hierhergekommen?«

»Nur um die alte Bekanntschaft . . . Um sie wieder zu treffen. Ich habe nicht erwartet –«

Wieder unterbrach Amery sie.

»Sagen Sie Hallam, er soll sich eine neue Beschäftigung suchen! Sagen Sie ihm auch, daß ich hinter ihm her bin und daß ich es ernst meine. Ich werde diese Amateurbande von Rauschgiftschiebern beseitigen.«

»Rauschgiftschieber?« japste sie.

Amery nickte. »Wußten Sie das nicht? Ich habe mich schon gefragt, ob er es Ihnen erzählt hat. Bestellen Sie ihm: Mein letztes Wort an ihn ist – raus!«

Er ging Mrs. Hallam zur Tür voraus: »Leben Sie wohl, Mrs. Trene Hallam! Trene ist Ihr Mädchenname, wenn ich mich richtig erinnere. Sie stammen doch aus Lambeth? Vergessen Sie nicht die Botschaft an Ihren Mann!«

Lou Hallam mußte ihre ganze Kunst aufbieten, um auf ihr Gesicht wieder ein Lächeln zu zaubern, als sie in das Vorzimmer trat und die Tür hinter sich schloß.

»So ein netter Mann, aber etwas verändert!« murmelte sie und drückte flüchtig die Hand des Mädchens. »Ich sehe Sie doch morgen, meine Liebe?«

»Ich will versuchen zu kommen . . .«

»Sie müssen kommen!« betonte Lou Hallam, und ihre Stimme klang unangenehm scharf. »Ich akzeptiere kein Nein.«

Sie schien es eilig zu haben, und auf dem ganzen Heimweg überlegte sie, ob wohl Major Amery und seine Sekretärin so vertraut miteinander waren, daß er ihr alles erzählte.

Nach dem eiligen Aufbruch seiner Besucherin öffnete Major Amery die Tür zu einem kleinen Kabinett, das als Kleiderablage und Waschraum diente. Der Chinese Feng Ho stand von einem alten Koffer auf, der ihm als Sitz gedient hatte, und kam in Amerys Privatbüro.

Der Major hielt Mrs. Hallams Visitenkarte in der Hand.

»Geh heute abend zu dieser Adresse und durchsuche sorgfältig die ganze Wohnung! Ich brauche jedes Dokument, das du finden kannst! Wende aber nur dann Gewalt an, wenn es gar nicht anders geht. Möglicherweise findest du nichts, es kann aber sein, daß du wertvolle Informationen ausfindig machst. Sollte es notwendig sein, gebrauche Soyokas Namen. Und nun geh!«

8

Elsa verspürte wenig Lust, nach Elgin Crescent zu gehen, und schob die Wiederbegegnung mit ihrem Vormund noch hinaus. Von der City fuhr sie mit dem Autobus zum Trafalgar Square und spazierte dann durch den Park. An den Bäumen brachen die Knospen auf, hier und da war der Ansatz der Rhododendronblüten zu sehen, die den Park bald in ein Flammenmeer verwandeln würden. Aber Elsas Gedanken beschäftigten sich mit dem seltsamen Mann, der so plötzlich in ihr Leben getreten war.

Als sie nach Hause kam, war Mr. Tarn noch nicht zurück. Er hatte angerufen, daß er spät heimkomme und daß sie nicht mit dem Essen auf ihn warten solle. Sie atmete erleichtert auf, denn sie war gar nicht in der Stimmung, die Morgenunterhaltung wieder aufzunehmen.

Das Haus Nr. 40 in Elgin Crescent war in zwei Wohnungen aufgeteilt, die untere im Erdgeschoß und die obere, die ihr Vormund bewohnte. Arbeits- und Eßzimmer lagen im ersten Stockwerk; Elsas Zimmer lag über dem Eßzimmer. Es war ein gemütlicher Raum mit einem Schreibtisch, mehreren, gut gefüllten Bücherregalen, einem bequemen Lehnsessel und einem kleinen Radioapparat.

Elsa versuchte zu lesen, aber immer wieder schob sich das Gesicht des Unheimlichen über die Buchseiten, und er lächelte sie sogar an. Das Bild wurde so lebendig, daß sie das Buch geräuschvoll zuklappte. Sie dachte darüber nach, was er wohl abends tue. Wahrscheinlich gehörte er einem Klub an. Ralf hatte ihr erzählt, daß er ihn in seinem Klub gesehen habe. Vielleicht ging er auch ins Theater. Ob er wohl Verwandte oder Freunde hatte? Fast tat er ihr leid.

Sie war schon im Begriff, ins Bett zu gehen, als sie die stolpernden Schritte Tarns auf der Treppe hörte. Dann klappte die Tür zu seinem Arbeitszimmer zu. Schnell drehte Elsa das Licht ab und war nach wenigen Minuten eingeschlafen.

Gegen Morgen wurde sie durch ein Geräusch geweckt. Erschrocken setzte sie sich auf und versuchte, in der Dunkelheit ihres Zimmers etwas zu erkennen. Doch alles war wie sonst; die Uhr tickte auf dem Kaminsims und unterstrich noch die Ruhe im Haus. Doch jetzt hörte sie es wieder – einen schwachen, schnappenden Ton, der vom Fenster herkam. Elsa sprang aus dem Bett und schlug den Vorhang zur Seite. Das weiße Mondlicht flutete herein und glitzerte auf einem Gegenstand, der vor dem Fenster lag. Es war ein Dolch, in dessen Griff chinesische Schriftzeichen eingeritzt waren.

9

Ein Dolch! Wer hatte ihn dort hingelegt? Elsa beugte sich aus dem Fenster und sah eine lange Leiter, wie Bauarbeiter sie benutzen, an die Wand gelehnt – sie reichte fast bis an ihr Fenster. Eine dunkle Gestalt sprang von der untersten Sprosse auf den Boden, blieb einen Augenblick stehen und schaute zu ihr herauf. Dann verschwand sie im Schatten des großen Baumes. Elsa hatte das Gesicht deutlich erkannt – es war Feng Ho!

Nach dem ersten Schrecken gewann sie rasch ihre Fassung wieder. Sie drehte das Licht an und schaute auf die Uhr. Es war halb vier. Mr. Tarn würde fest schlafen, und sie verspürte nicht die geringste Lust, ihn zu wecken. So zog sie ihren Morgenmantel an und ging über die dunkle Treppe ins Eßzimmer, dessen Fensterläden fest verriegelt waren. Elsa machte sich einen Tee und überlegte.

Feng Ho! »Sie werden Feng Ho oft sehen!« hatte Amery zu ihr gesagt, und unwillkürlich mußte sie lächeln. Unter ähnlichen Umständen wie heute würde sie den Chinesen jedenfalls nicht mehr sehen wollen. Das würde sie dem Major klarmachen, und zwar auf der Stelle. Mit einer herzlichen Schadenfreude stellte sie sich vor, wie das Schrillen des Telefons Mr. Amery aus dem Schlaf reißen würde. Eifrig durchblätterte sie das Telefonbuch, ja, hier war seine Privatnummer: Mayfair 1 99 16. Bevor sie es sich noch anders überlegen konnte, hatte sie die Verbindung schon hergestellt.

»Wer spricht dort?« meldete sich eine müde Stimme.

»Ist dort Major Amery?« fragte sie liebenswürdig.

»Ja. Was wollen Sie, Miss Marlowe?«

»Ich – wir hatten gerade den Besuch einer Ihrer Freunde«, erklärte sie etwas unsicher. »Hereingekommen ist er allerdings nicht.«

Seine Ruhe war erstaunlich.

»Meinen Sie Feng Ho?«

»Ja, Feng Ho. Er versuchte, über eine Leiter in mein Fenster einzusteigen«, sagte sie zornig.

»Meinen Sie, in Ihr Schlafzimmer?« fragte Amery schnell.

»Ich besitze nur ein Zimmer«, bemerkte Elsa kühl, und am anderen Ende herrschte Stillschweigen.

Nach einer Weile sprach er wieder. »Sie müssen sich geirrt haben. Es konnte nicht Feng Ho sein. Den meisten Europäern erscheint ein Chinese wie der andere. Es tut mir wirklich leid, daß Sie erschreckt worden sind.«

Die letzten Worte sagte er so freundlich, daß Elsa fast ein bißchen schuldbewußt bedauerte, ihn geweckt zu haben.

»Weiß Mr. Tarn von der Sache?«

»Nein, er schläft. Es tut mir leid, daß ich Sie bemüht habe.«

»Warten Sie!« rief er kurz. »Haben Sie auch bestimmt keine Angst?«

»Nein, Major Amery. Sie haben mich gestern morgen schon einmal gefragt, ob ich mich fürchte«, gab sie zurück.

Ihr war, als ob sie ein leises Lachen hörte, aber dann sagte er kurz angebunden: »Gute Nacht. Gehen Sie wieder schlafen!«

Als Elsa den Hörer auflegte, dachte sie, daß es typisch für ihn sei, diese seltsame Unterhaltung mit einem Befehl zu beenden. In diesem Augenblick kam Maurice Tarn, in einen alten Schlafrock gehüllt, blinzelnd ins hellerleuchtete Zimmer.

»Was ist los?« brummte er. »Mit wem hast du so früh am Morgen telefoniert?«

»Mit Major Amery.«

»Was, mit Amery?« keuchte er. »Was hast du mit ihm gesprochen?«

Er war bestürzt, und in seiner Erregung packte er ihr Handgelenk mit solcher Kraft, daß sie aufschrie.

»Tut mir leid«, murmelte Tarn. »Was war denn los, Elsa?«

»Ich habe Major Amery gesagt, daß ich einen seiner Freunde abgefaßt habe, als er vorhin versuchte, durch mein Fenster einzudringen.«

»Wer war es?« fragte Tarn ängstlich.

»Ich weiß nicht – ein Chinese.«

Sie erzählte ihm in kurzen Worten, was sie gesehen hatte, und Tarn hörte mit klappernden Zähnen zu.

»Ein Chinese mit einem Messer! Bist du ganz sicher, Elsa?«

»Vielleicht hat er es nur benutzt, um das Fenster zu öffnen?«

Elsa war über die Wirkung verblüfft, die ihr Bericht auf Tarn ausübte. Sie hatte noch nie einen Mann in so hilfloser Angst gesehen. Der Schweiß perlte ihm auf dem aschfahlen Gesicht.

»Was hat Amery dazu gesagt?«

»Er meinte, daß es keinesfalls Feng Ho gewesen ist.«

»Amery ist ein Lügner! Es war der Chinese, der gestern früh ins Büro kam. Ich habe ihn gesehen – Feng Ho! Elsa, das ist mein Ende! Sie werden jetzt auf mich lauern – in jedem Hafen.«

»Warum denn, Mr. Tarn?« fragte sie, jetzt selbst erschreckt durch die panische Angst des Mannes. »Was haben Sie denn getan...«

»Sei still, sprich nicht! Ich will nicht darüber reden. Ich habe das erwartet.« Er zog aus der Tasche des Schlafrocks einen Revolver hervor. »Aber sie werden mich nicht erwischen, Elsa!« Seine Hand zitterte so heftig, daß sie befürchtete, ein Schuß könne unbeabsichtigt losgehen. Erleichtert atmete sie auf, als er die Waffe wieder wegsteckte.

»Verdammter Amery! Ich könnte dir einiges über ihn erzählen – aber nicht jetzt. Ich gehe in mein Arbeitszimmer.«

Er wankte hinaus und verschloß hinter sich die Tür, dann drang durch die dünne Wand leises Gläserklirren. Tarn machte sich Mut für den Rest der Nacht.

10

Am nächsten Morgen erschien Mr. Tarn nicht zum Frühstück. Seine Tür war noch verschlossen, und erst nach wiederholtem Klopfen gab seine schläfrige Stimme die brummige Antwort, daß er in einigen Minuten erscheinen werde. Elsa frühstückte in aller Eile, und es gelang ihr, das Haus zu verlassen, bevor Mr. Tarn kam.

Sie war gespannt, welche Erklärung Amery ihr geben würde, aber vielleicht gab er ihr auch gar keine. Um halb zehn Uhr rief die Klingel sie in sein Privatbüro. Man sah dem Major nicht an, daß er die Nacht ohne Schlaf verbracht hatte. Er empfing sie wenig zuvorkommend und vertiefte sich sofort in seine Briefe, die er mit außerordentlicher Schnelligkeit diktierte. Erst als sie das Zimmer wieder verlassen wollte, erwähnte er die Unterhaltung, die sie in den frühen Morgenstunden geführt hatten.

»Hatten Sie mich nicht während der Nacht angerufen? Ich erinnere mich dunkel.«

»Ich hatte es schon vergessen«, entgegnete sie kühl.

»Wahrscheinlich haben Sie nur geträumt.« Er entließ sie mit einem Kopfnicken, und Elsa wünschte heftig, daß er eine andere Art finden würde, sie zu verabschieden.

Als sie nach Tisch in das Büro zurückkam, fand sie eine Mitteilung Mrs. Trene Hallams vor. ›Kommen Sie heute abend um sieben Uhr. Ich werde mit dem Essen auf Sie warten. Morgens werde ich Sie ins Büro fahren. P.S. Bitte sagen Sie Major Amery auf keinen Fall, daß Sie bei mir sind. Er könnte womöglich denken, daß ich einen Hintergedanken habe.‹

Elsa ärgerte sich. Dachte Mrs. Hallam vielleicht, daß sie mit Major Amery über Privatangelegenheiten sprechen könnte?

Inzwischen war auch Mr. Tarn eingetroffen und rief sie in sein Zimmer. »Schließ die Tür!« knurrte er. »Ich war bei meinem Rechtsanwalt und habe ein Testament gemacht.«

Diese Nachricht setzte sie in Erstaunen. Sie hatte ihren Onkel nie für so vorsorglich gehalten.

»Nigitts ist ein tüchtiger Mann, sehr tüchtig. Und«, – er räusperte sich – »im Strafrecht ist er sehr bewandert. Er meint, daß ich nicht mehr als zwei Jahre bekommen könnte. Bei einer freiwilligen Aussage könnte ich sogar mit weniger davonkommen.«

Elsa begriff nicht, wovon er sprach. Hatte er wieder getrunken? Sein Gesicht war rot und die Augen verquollen, doch er schien nüchtern zu sein.

»Ich habe mir die Sache genau überlegen müssen, denn in das Geschäft sind noch andere Leute verwickelt. Vielleicht freut es dich, daß ich an deine Zukunft gedacht habe. Ich habe dir eine kleine Summe vermacht, obwohl du vielleicht erst nach Jahren davon Nutzen haben wirst. Möchtest du gern reich sein, Elsa?«

»Ich glaube, das möchte jeder«, lächelte sie.

»Was hat Amery heute morgen getan?« fragte Tarn plötzlich.

»Gearbeitet«, antwortete sie.

»War nichts Außergewöhnliches?«

Elsa schüttelte den Kopf.

»Hör mal, ich möchte einige seiner Briefe lesen. Wo hebst du den Ordner mit den Durchschlägen auf?«

»Major Amery hat sie selbst im Safe in Verwahrung«, antwortete sie.

»Könntest du vielleicht einen zweiten Durchschlag für mich machen?«

Elsa schüttelte den Kopf.

»Das kann ich nicht tun, das wissen Sie ganz genau. Das ist unehrlich und gemein, und ich würde lieber die Firma Amery verlassen, als so etwas zu tun.«

»Du hast ihn wohl sehr gern?«

»Ich hasse ihn!« sagte sie, und Tarns Gesicht leuchtete auf.

»Das höre ich gern, liebes Kind! Der Kerl ist ein Schurke! Und einem Schurken gegenüber wird sich niemand einer Tat schämen müssen, die man sonst gemein nennen könnte.«

»Nun, dieser ›Niemand‹ bin ich. Es gibt gewisse Dinge, die ich niemals tun werde«, erklärte sie fest und verließ sein Zimmer.

11

Ralf Hallam stieg langsam die Treppe zu einem der Separatzimmer des Restaurants Fornos hinauf. Hier gab er einmal im Monat einen Lunch, zu dem er Geschäftsleute einlud, um über Politik, Theater und Sportereignisse zu plaudern. Über gewisse Geschäfte wurde erst gesprochen, wenn Kaffee und Kognak serviert waren und die Kellner sich entfernt hatten.

Als Ralf in der Tür stand und seinen Gästen lächelnd zunickte, stellte er befriedigt fest, daß die Gesellschaft doch sehr bürgerlich wirkte. Es waren alles wohlgenährte Männer im mittleren Alter, mehr oder weniger kahlköpfig, denen man ihr ruhiges und bequemes Leben ansah. Jarvie aus Birmingham begrüßte ihn herzlich und blickte dann an ihm vorbei, als ob er noch jemand erwarte.

»Der alte Herr kann nicht kommen«, sagte Hallam ruhig. »Er fühlt sich nicht ganz wohl.«

Er schüttelte allen die Hand und nahm seinen Platz ein. Als die Kellner sich zurückgezogen hatten, stand Hallam auf, verschloß die Doppeltür und kehrte auf seinen Platz zurück.

Mit einem Schlag war die Gesellschaft wie verändert. Es war, als ob während der letzten Stunde jeder eine bestimmte Rolle gespielt hätte, und als ob jede Rede und Bewegung nur Teil eines langweiligen Schauspiels gewesen wäre.

Hallam ergriff ohne Einleitung das Wort.

»Wir haben drei neue Sendungen; die größte in London, die zweitgrößte in Hull ...«

»Schon verzollt?« fragte jemand.

»Selbstverständlich verzollt«, antwortete Hallam. »Jarvie, Sie übernehmen die Verteilung! Sie geht an die Stanford-Gesellschaft in Birmingham. Die dritte kam gestern in Avonmouth an und geht nach Philadelphia weiter.«

»Was ist das eigentlich für ein Grieche, den man in Cleveland gefaßt hat?« fragte Jarvie, und plötzlich sprachen alle durcheinander.

»Sie brauchen sich nicht zu beunruhigen. Die Geschichte, daß die amerikanische Polizei einen Arzt und einen Kaufmann in der City verdächtigt, ist nur leeres Gerede. Irgendein Zeitungsmann hat das erfunden. Das ist nicht unsere Sorge, Bickerson ...«

»Hat schon jemand versucht, Bickerson breitzuschlagen«, fragte einer der Herren. »Ein paar Tausender würden ihn vielleicht rumkriegen.«

Ralf schüttelte den Kopf. »Bickerson nicht. Es hätte auch wenig Sinn, denn dann würde er nachlassen, und seine Vorgesetzten würden die Untersuchung einem anderen übertragen. Der einzige Mann, den man fürchten muß, ist Tarn; er bekommt kalte Füße! Und selbstverständlich Soyoka!«

«Soyoka?«

Jarvie nahm die Zigarre aus dem Mund, betrachtete sie nachdenklich und tat wieder ein paar Züge.

»Für Soyoka ist auch noch Platz«, sagte er.

»Das ist auch meine Meinung«, bestätigte Hallam, »aber er selbst scheint nicht dieser Ansicht zu sein. Der alte Tarn glaubt nämlich, daß sein Chef entweder Soyoka selbst oder dessen Hauptagent ist.«

»Wer ist Tarns Chef?« fragte Jarvie hastig.

»Major Amery.«

»Doch nicht etwa Paul Amery?«

»Kennen Sie ihn denn?« fragte Hallam.

Jarvie stieß einen Pfiff aus.

»Paul Amery! Ist es etwa der Paul Amery von der Indischen Botschaft, der in Shanghai den Skandal hatte?«

Aufgeregt rückte Ralf seinen Stuhl zurück.

»Kennen Sie ihn? Erzählen Sie! Das ist der Mann.«

Jarvie schüttelte den Kopf.

»Nein, ich kenne ihn selbst nicht, aber einer meiner Geschäftsführer aus unserer Niederlassung in Shanghai hat mir von ihm erzählt. Steht er mit Tarns Firma in Verbindung?«

»Er ist Amery & Amery«, erklärte Ralf. »Sein Onkel hat ihm vor einiger Zeit das Geschäft hinterlassen.«

Wieder pfiff Jarvie vor sich hin.

»Ich weiß nur, was mein Gewährsmann erzählt hat. Vielleicht wissen Sie, daß in Shanghai drei oder vier Millionärsfamilien leben, die ihr Vermögen mit Opium- und Waffenschmuggel für die Rebellen verdient haben. Amery kam nach Shanghai, um den Waffenschmuggel zu beobachten, wurde dann aber auch mit der Opiumsache betraut und mußte plötzlich abreisen. Angeblich soll er selbst beim Opiumhandel erwischt worden sein. Jedenfalls gab es einen Riesenskandal, die Presse machte allerlei Andeutungen, aber Amerys Name wurde nicht erwähnt. Erklärlicherweise, denn die Europäer in Shanghai halten natürlich zusammen. Immerhin wurde bekannt, daß sein Name von der Mitgliederliste des Französischen Klubs gestrichen wurde und daß er mit dem nächsten Dampfer verschwand. Er soll mit Soyoka zusammengearbeitet haben, der eine ziemlich bewegte Vergangenheit hat. Soyoka soll ein hervorragender Messerwerfer sein, angeblich hat er das in Neapel gelernt. Er trägt keine andere Waffe bei sich, denn damit kann er geräuschlos hantieren. – Warum glaubt Tarn, daß Amery und Soyoka identisch sind?«

»Amery hat Tarn gedroht. Und wenn er Soyokas Mann ist...«

»Wenn er wirklich Soyokas Mann ist«, unterbrach ihn Jarvie,

»dann ist er gefährlicher als ein Sack voller Klapperschlangen.«

Nachdenklich schaute er Ralf an. »Könnten Sie den Mann nicht auf irgendeine Weise kaltstellen?«

»Was meinen Sie mit – kaltstellen?« fragte Hallam betont und bemerkte, daß sich aller Augen neugierig auf ihn richteten.

»Ich meine nichts Unrechtmäßiges«, sagte Jarvie bieder. »Aber ich glaube, wenn Amery irgendeinen Schreckschuß erhielte – dann wäre er vielleicht vorsichtiger und ersparte uns einige unangenehme Augenblicke.«

»Es gibt nur einen Weg, Amery Einhalt zu gebieten, wenn er tatsächlich Soyoka ist«, erklärte Ralf kaltblütig. »Man muß ihn dahin stecken, wo er uns nicht mehr schaden kann. Was halten Sie davon?«

»Nein«, rief Jarvie, »das wäre zu weit gegangen. Ich persönlich hasse Gewalttätigkeiten, aber es müßten sich doch Leute finden lassen, um Amery – sagen wir, zu erschrecken!«

Es war vier Uhr geworden, als die Gesellschaft aufbrach und Ralf als letzter allein die Treppe hinunterging. In der Halle stand ein dicker, freundlicher Herr, dem ein Bediensteter in den Pelz half. Durch die Tür sah Ralf, wie ein wunderbarer Rolls-Royce geräuschlos vorfuhr, ein Diener heraussprang und die Tür öffnete.

»Tupperwill«, begrüßte Hallam den dicken Herrn, »ich hätte nicht erwartet, Sie in einer so entlegenen Gegend Londons zu treffen!«

Mr. Tupperwill, der Besitzer der Stebbings-Bank, drehte sich gemächlich um. Jede seiner Bewegungen war bedächtig, und seine runden blauen Augen leuchteten freudig auf, als er Hallam erkannte.

»Mein lieber Doktor«, murmelte er, »das ist aber seltsam – äußerst seltsam! Ein ungewöhnlicher Ort für den Besitzer der Stebbings-Bank – ganz gewiß!«

In der Londoner City war die Stebbings-Bank sehr angesehen. Mr. Tupperwill, der jetzige Eigentümer, pflegte zu sagen, daß er keinen Angestellten habe, der unter Fünfzig sei, obgleich er selbst höchstens fünfunddreißig Jahre alt war. Er war dick, hatte ein breites Gesicht mit einem wulstigen Doppelkinn und äußerst fleischige Hände.

Auch Ralf hatte ein Konto bei der Stebbings-Bank und war mit Mr. Tupperwill im gleichen Klub, was sie gewissermaßen zu Freunden machte. Als sie das Hotel verließen, bemerkte Hallam einen kleinen, schwächlichen Mann mit grauem Filzhut und gelben Handschuhen, der am Randstein stand.

»Ein Chinese!«

»Ein Chinese«, wiederholte Tupperwill ruhig, »ein gewisser Feng Ho, der Beschützer und Vertraute eines gewissen Major Amery, eines ganz ungewöhnlichen Herrn!«

Bevor Ralf sich von seinem Erstaunen erholt hatte und fragen konnte, was der Bankier über Paul Amery wußte, war dieser schon mit seinem Rolls-Royce davongefahren.

Feng Ho, Amerys Mann! Das war das erste Mal, daß Ralf von dem Chinesen gehört hatte, und er wollte ihn sich näher ansehen. Aber Feng Ho war verschwunden. – Ralf erinnerte sich, daß er bei seiner Frau vorsprechen wollte, rief ein Taxi und war bald darauf in Herbert Mansions. Gerade wollte er den Fahrer bezahlen, als ein anderes Taxi in einiger Entfernung hielt. Ein Mann stieg aus. Es war Feng Ho!

Ralf zögerte nicht, sondern ging auf den Chinesen zu, der ihn gleichmütig erwartete.

»Ich habe mit Ihnen zu sprechen, mein Freund!«

Feng Ho neigte ein wenig den Kopf.

»Als ich vor einer Viertelstunde bei Fornos herauskam, standen Sie auf der Straße und beobachteten mich anscheinend. Nun sind Sie mir hierher gefolgt. Was ist los?«

Feng Hos schreckliches Grinsen erschien auf seinem Gesicht.

»Was soll los sein? Nichts ist los!« erwiderte er ruhig. »Ich komme heute hierher, und morgen gehe ich vielleicht in die entgegengesetzte Richtung.«

»Wohin wollen Sie?« fragte Ralf wütend.

Feng Ho zuckte die Achseln.

»Das klingt nicht wie die gute alte englische Höflichkeit«, sagte er. »Dort ist ein Polizeibeamter, holen Sie ihn her und sagen Sie ihm: ›Verhaften Sie diesen Mann, er heißt Feng Ho, ist Bachelor of Arts und hat mich verfolgt!‹ Mr. Hallam, Sie können nirgendwo in London spazierengehen, ohne irgend jemandem zu folgen.«

»Warum verfolgen Sie mich?« fragte Hallam, ohne auf die Worte des anderen zu achten.

Wieder zuckte der kleine Mann mit den Schultern.

»Ich bin ein Wissenschaftler und interessiere mich für außergewöhnliche Dinge. Meine Spezialität sind Verbrechen, und ich will nicht nur ins Gericht gehen und zuhören, wie der Angeklagte dem

Richter vorgeführt wird und seine Geschichte erzählt, sondern ich möchte auch sehen, wie das Verbrechen begangen wird. Eine perverse Veranlagung, Mr. Hallam, aber Sie als Arzt werden das verstehen.«

»Was für ein Verbrechen erwarten Sie hier zu sehen?« fragte Ralf und beobachtete ihn aufmerksam.

»Mord!« war die schnelle Antwort.

»Mord?« Hallam fragte sich, ob der Mann einen schlechten Scherz mache, aber auf dessen unbewegtem Gesicht lag auch nicht die Spur eines Lächelns.

»Mord!« wiederholte Feng Ho befriedigt. »Ich werde dabeisein, wenn Soyoka Sie tötet. Es ist möglich, daß er auch den vorsintflutlichen Mr. Tarn oder die lebhafte Miss Marlowe ermorden wird, aber Sie wird er ganz bestimmt töten.«

Für einen Augenblick überfiel Ralf eine Panik. Der ruhige Ton des Chinesen wirkte wie ein kalter Wasserguß. Endlich fand er seine Stimme wieder.

»Ich begreife!« preßte er zwischen den Zähnen hervor. »Soll ich das als eine Warnung Soyokas auffassen? Bestellen Sie ihm, daß auch ihm etwas passieren könnte! Verstehen Sie mich? Und das nächste Mal, wenn Sie mich wieder verfolgen, gibt es einen Fußtritt. Ist Ihnen das klar, Mister Bachelor of Arts?«

Feng Ho grinste.

»Einen Fußtritt zu bekommen, ist für mich keine neue Erfahrung, gelehrter Herr, denn als armer Chinesenjunge wurde ich oft getreten. Aber jetzt, da ich ein Mann bin, ist das anders – die Leute, die mich treten wollen, verlieren ihre Zehen! So!«

Schneller, als ein Auge zwinkern kann, bückte er sich, Stahl blitzte, und mit der Spitze eines Messers, das wie durch Zauberei in seiner Hand erschienen war, zog er einen langen Strich auf dem Pflaster, keinen Millimeter vor Hallams Schuhspitzen. Schon stand er wieder, das Messer war verschwunden, und das unverändert höfliche Lächeln verzog sein Gesicht, als Ralf mit einem halblauten Schrei zurücksprang.

»Zu große Schnelligkeit verursacht optische Täuschung«, erklärte der Chinese selbstzufrieden. »Wie leicht könnte ein Arzt, der Fußtritte austeilt, ein Verblichener werden und Kränze über sich liegen haben!«

Ohne ein weiteres Wort drehte er sich um, stieg in sein Taxi und war schon fort, bevor Ralf sich von seinem Erstaunen erholt hatte.

12

Ralf kam vergeblich, Lou war nicht daheim; Verabredungen einzuhalten war nicht ihre starke Seite. Verärgert fuhr er in seine Wohnung, wo Lou ihn bald anrief. Sie hatte einige Besorgungen gemacht, da sie Elsas Besuch erwartet hatte. »Die Lauferei hätte ich mir aber sparen können«, murrte sie, »deine Freundin kann heute abend nicht kommen, weil sie zu Hause arbeiten muß.«

»Bist du bei Amery gewesen?«

»Ja, leider! Weißt du, was er zu mir gesagt hat?«

»Ich nehme an, daß er deine fatale Angewohnheit erwähnt hat. Lou, diese Kleptomanie wird dich einmal in Teufels Küche bringen. Mir sind Gerüchte zu Ohren gekommen, wonach man einige Schmuckdiebstähle in Indien mit deiner Anwesenheit in Zusammenhang gebracht hat. Ich verstehe dich nicht, Lou! Du hast genug Geld zum Leben, warum läßt du dich auf so etwas ein! Jedesmal, wenn ich in der Zeitung die Überschrift ›Ladendiebin vor Gericht‹ lese, schrecke ich zusammen.«

»Sei unbesorgt!« erwiderte sie kurz.

»Was hat Amery sonst noch gesagt?«

»Nur noch, daß er weiß, daß ich deine Frau bin. Es hatte keinen Sinn, es abzuleugnen. Ich jedenfalls habe es ihm nicht gesagt.«

»Und woher soll er es dann wissen, wenn du dich nicht selbst verraten hast?«

»Keine Ahnung, er wußte es eben. Vermutlich läßt er Herbert Mansions beobachten, denn er hat mir genau die Minute genannt, in der du meine Wohnung verlassen hast. Übrigens wollte ich dir noch sagen, daß gestern abend bei mir eingebrochen worden ist, während ich im Theater war.«

»Eingebrochen?« wiederholte er. »Was wurde gestohlen?«

»Das ist das Sonderbare: gar nichts. Mein Schmuckkasten war geöffnet, es fehlt aber nichts. Der Portier glaubt, daß der Einbrecher gestört wurde. Jedenfalls hat er meinen Schreibtisch durchsucht, denn ein kleines Büchlein mit Adressen, das sonst auf den Papieren liegt, war jetzt unter dem Stapel.«

Ralf Hallam dachte schnell nach. War das die Erklärung für Feng Hos Anwesenheit in der Nähe von Herbert Mansions? Beobachtete er Lou und ihn, und hatte er die Durchsuchung durchgeführt?

»Hast du die Polizei benachrichtigt?«

»Nein, das hat keinen Zweck.« Dann fuhr sie ungeduldig fort: »Wann kommt also Elsa Marlowe? Sie scheint etwas zurückhaltend zu sein.«

»Ich gebe dir Bescheid«, versicherte er.

Paul Amery hatte für ihn eine neue Bedeutung erlangt.

13

Kurz vor der Mittagspause rief Amery Elsa Marlowe herein und diktierte ihr Anweisungen, die zu beachten wären, wenn während seiner Abwesenheit für ihn angerufen würde. Sie bemerkte, daß er einen neuen grauen Anzug anhatte, und sie fand, daß der helle Stoff ihm gut stand. Als er das Diktat beendet hatte, lehnte er sich im Sessel zurück, und seine Blicke wanderten zum Fenster.

»Haben Sie Bekannte in Shanghai«, fragte er.

»Ich? Nein, Major Amery«, antwortete sie erstaunt.

»Ich nehme an, daß auch Sie von den Gerüchten gehört haben, die dort in Umlauf waren.«

»Nein. Ich kenne zwar die Briefe unserer dortigen Agenten, aber von Skandalen war darin nicht die Rede. Um wen geht es denn?«

»Vor allem um mich!« entgegnete er.

Elsa wurde neugierig. Sie konnte sich gar nicht vorstellen, was für eine Art von Skandal oder Gerücht diesen eiskalten Mann berühren konnte. Anscheinend besaß er doch eine menschliche Seite.

»In Shanghai kann man sehr viel Geld verdienen – ehrlich und auch auf andere Weise«, fuhr er fort, »meistens auf andere Weise. Das ist alles«, schloß er und schickte sie hinaus.

Während ihre emsigen Finger auf die Tasten der Schreibmaschine hämmerten, überlegte sie, welche Methode des Geldverdienens dem Unheimlichen wohl am meisten zusagte, und sie glaubte nicht, daß er in dieser Beziehung besonders wählerisch war.

Elsa traf Tarn, als sie in der Mittagspause auf die Straße ging, um Luft zu schöpfen. Gewöhnlich verließ Tarn das Geschäft nicht vor dem Abend, und Elsa war überrascht über sein Fortgehen. Sie mochte ihn jedoch nicht nach dem Grunde fragen, obwohl er auch nicht gröber als Amery sein konnte. Bei seinem Anblick wurde ihr klar, daß sie sein Haus bei der ersten günstigen Gelegenheit verlassen mußte, sie konnte es nicht mehr ertragen, unter einem Dach mit ihm zu leben.

Mr. Tarn war vollkommen verstört. Einen Plan nach dem anderen dachte er sich aus, um ihn wieder zu verwerfen. Sein einziger Wunsch war, Ruhe in einem anderen Land auf einer einsamen Farm zu finden.

Ralf Hallam hatte ihn zu sich gebeten.

»Ich habe mit den anderen beraten«, berichtete Ralf, »und wir sind alle der Meinung, daß es das beste wäre, wenn Sie das Land verließen. Ihre Nerven sind zum Teufel, und es scheint, als ob dieser Amery imstande wäre, einen Teil unserer Organisation zu zerschlagen.«

»Sie ist schon zerschlagen«, ächzte Tarn. »Auch nicht eine Unze kann durch Amery & Amery mehr hereinkommen. Ich wünschte, ich hätte mich nie auf die Sache eingelassen! Hier, schauen Sie sich das an. Das ist heute früh für mich abgegeben worden.«

Seine zitternden Hände brachten aus der Brusttasche einen Brief zum Vorschein, den er Hallam reichte. Er war auf sehr dickem Briefpapier mit verstellter Schrift geschrieben. Ohne Einleitung begann er:

›Sie fischen in unserem Wasser, und dank Ihrer unbeschreiblichen Dummheit arbeitet die Polizei mit Überstunden. Wenn Sie uns Ihre Agenten übergeben und Ihre Organisation auflösen, werden wir Ihnen Hunderttausend zahlen. Sollten Sie dieses Angebot ausschlagen, finden wir andere Wege, Sie auszuschalten.‹

Als Unterschrift stand ein großes ›S‹ darunter. Ralf gab den Brief mit einem Lächeln zurück. »Wenn die schon Hunderttausend dafür zahlen wollen, ist die Sache für uns eine Million wert. Was denken Sie, warum man gerade Ihnen den Wisch geschickt hat? Weil die wußten, daß Sie der einzige Mann in der Organisation sind, der Angst hat. Wann haben Sie das erhalten?«

»Es lag auf meinem Schreibtisch, als ich heute morgen ins Büro kam. Niemand scheint zu wissen, wer es hingelegt hat.«

»Vielleicht kann es Amery erklären«, meinte Hallam trocken. »War er vor Ihnen im Büro?«

Tarn nickte. »Ich will raus aus der Sache. Wir wollen das Geld teilen. Es ist so viel da, daß wir beide reich sind.«

»Haben Sie es in bar liegen?«

»Wie sonst?« äußerte der andere ungeduldig. »Wenn ich Ihren Rat befolgt und es in dieser Stebbings-Bank deponiert hätte, würden wir schon von der Polizei erwartet werden, wenn wir es abheben wollten. Das Geld ist da!« meinte Tarn, das erste Mal an diesem Tage etwas heiterer. »Wir wollen am Ende der Woche teilen. Die Überfahrt habe ich schon gebucht.«

»Sie sind ein seltsamer Vogel«, sagte Hallam belustigt. »Sie opfern ein Vermögen! Aber dieser Schritt ist wohl der einzig richtige.«

Er stand vom Tisch auf und zündete sich eine Zigarette an.

»Sie fahren doch wohl allein?«

Tarn rutschte unbehaglich auf dem Stuhl hin und her. »Vermutlich«, brummte er, »aber das geht Sie nichts an.«

»Das geht mich sogar sehr viel an. Mein lieber Freund, ich habe Ihnen schon erklärt, daß ich Elsa brauche. Sie ist gescheit, und mit etwas Anleitung wird sie Ihren Platz in der Organisation einnehmen können. Schlagen Sie sich also den Gedanken an Elsa aus dem Kopf! Sie werden nicht mehr an sie denken, wenn Sie erst in Südamerika sind. Da gibt es viele hübsche junge Damen, die mit Vergnügen einen Mann wie Sie heiraten werden. Tarn, ich glaube, Sie können froh sein, lebend aus dieser Sache herauszukommen.«

Tarn wurde grau im Gesicht. »Was meinen Sie damit?« fragte er erschrocken.

»Ich meine, daß Soyoka nicht lockerlassen wird.«

14

Den ganzen Nachmittag saß Maurice Tarn in Gedanken versunken im Büro vor seinem Schreibtisch. Die Hände hatte er tief in den Taschen vergraben, der Rücken war gekrümmt, die Augen halb geschlossen, und immer klang ihm Hallams Warnung in den Ohren.

Während der schwärzesten Stunde seines düsteren Grübelns sollte er etwas entdecken, das sich verhängnisvoll für ihn erweisen sollte – wenngleich er das noch nicht ahnte.

»Ein Telegramm, Sir«, sagte ein Angestellter. »Ich glaube, es ist im Privat-Code abgefaßt.«

Mechanisch nahm er das Blatt entgegen und warf einen flüchtigen Blick auf die Unterschrift.

Mit einem Ruck richtete er sich auf.

Der Absender war ein japanischer Kaufmann, mit dem er einige Geschäfte für die Rauschgiftorganisation getätigt hatte.

Soyoka hatte davon erfahren, und diese Bezugsquelle war mit einemmal versiegt. Aber ein Name, der mitten im Text stand, versetzte ihn in Erstaunen, und er beeilte sich, das Telegramm nach seinem Privat-Code zu entschlüsseln. Dieses Telegramm war nur durch ein Versehen an ihn adressiert worden, in Wirklichkeit war es für Soyokas Hauptagenten bestimmt. Da stand der Name! Soyoka! Jetzt hatte er seinen Konkurrenten in der Hand, und ihn überkam eine Erleichterung, wie schon seit Jahren nicht!

Auf ihrem Heimweg ging Elsa durch Cheapside und bemerkte plötzlich Ralf, der auf sie zukam.

»Was tust du denn hier in der City?« rief sie erstaunt.

»Ich muß hier jemanden besuchen«, erklärte Hallam und ging an ihrer Seite weiter. »Fährst du mit dem Bus, oder nimmst du dir ein Taxi?«

»Ich werde an meine Gesundheit denken und zu Fuß gehen«, antwortete sie und lachte.

Sie wanderten durch die Newgate Street und bogen nach Old Bailey ein. Hier blieben sie stehen, um das pompöse Gebäude des Obersten Gerichtshofes zu betrachten. Ralf zeigte ihr, wo früher das Newgate-Gefängnis gestanden und wo sich die kleine, eisenbeschlagene Tür befand, die zum Gefängnis geführt hatte.

»Das ist schauderhaft!« Elsa wandte sich ab.

»Ich möchte wetten, daß es Maurice genauso schaudern würde«, sagte er gedankenlos. Elsa blieb stehen und blickte ihn an.

»Was ist mit Tarn?« fragte sie. »Er muß etwas Schreckliches begangen haben. Weißt du, was es ist?«

Ralf winkte lachend ab und brachte die Unterhaltung auf ein anderes Thema. Er freute sich, als sie Elgin Crescent erreichten, denn er ging nicht gern zu Fuß. »Du willst doch heute abend zu Lou gehen. Hast du es dem alten Herrn schon gesagt?«

Elsa hatte ein unangenehmes Gefühl bei diesen Worten.

»Ich bin nicht sicher, ob Tarn mich verstanden hat«, meinte sie.

»Ist es überhaupt nötig, daß du mit ihm darüber sprichst«, erkundigte er sich. »Maurice ist aus irgendeinem Grund mit mir böse, und wenn er erfährt, daß du zu Lou willst, macht er vielleicht Einwendungen.«

»Aber was soll ich ihm denn sagen?« wollte sie wissen. »Ich kann ihn doch nicht belügen.«

»Sag ihm, daß du eine Woche bei einer Freundin verbringen willst! Soweit ich ihn kenne, wird er gar nicht fragen, wer es ist.«

Ganz recht schien ihr das nicht zu sein, aber sie erklärte sich dazu bereit.

»Fein, ich werde dich moralisch unterstützen«, fuhr er fröhlich fort und ging mit ihr ins Haus. Aber Maurice Tarn war noch nicht zurückgekehrt.

Elsa ließ Hallam im Eßzimmer warten und ging hinauf, um einen Handkoffer zu packen. Wieder quälte sie der alte Zweifel und ihre Abneigung gegen Mrs. Trene Hallam. Hinzu kam noch eine neue Überlegung: Würde Paul Amery es gutheißen? Dann verscheuchte sie diesen Gedanken – das war doch einfach töricht!

Bis acht Uhr war Tarn noch nicht zurückgekehrt, und Ralf versuchte Elsa zu überreden, mit ihm zu Lou zu gehen.

»Das kann ich nicht«, lehnte sie ab. »Es wäre nicht recht, fortzugehen und nur eine Mitteilung zu hinterlassen. Ich muß erst mit ihm sprechen.«

»Treues Mädchen!« sagte er lächelnd.

Nachdem Hallam fort war, wunderte sie sich, daß sie ihm nichts über Feng Hos mitternächtlichen Besuch erzählt hatte. Zweimal war sie nahe daran gewesen, aber sie hatte nicht darüber gesprochen, weil sie Paul Amery schützen wollte.

15

Inspektor William Bickerson schrieb die letzte Zeile eines langen Berichtes an seine vorgesetzte Dienststelle, faltete das Papier und steckte es in einen Umschlag. Es war ein Viertel vor neun Uhr. In diesem Augenblick kam sein Schreiber herein und fragte ihn, ob er Dr. Ralf Hallam empfangen wolle.

»Dr. Hallam? Aber selbstverständlich!«

Er begrüßte Ralf wie einen alten Freund. »Es ist schon hundert Jahre her, seit wir uns das letzte Mal gesehen haben, Doktor«, meinte er herzlich. Er schaute nach der Uhr. »Leider habe ich jetzt keine Zeit. Ich habe um neun eine Verabredung. Handelt es sich um etwas Wichtiges?«

»Wenn Sie Rauschgiftschmuggel für etwas Wichtiges halten, dann allerdings.«

Der Inspektor stieß einen Pfiff aus.

»Was wissen Sie darüber?«

»Nicht viel, aber ich kann viel erraten. Und ich glaube, auch Sie verstehen sich aufs Raten.«

Der Inspektor stutzte, dann meinte er: »Sie sind doch ein Freund von Mr. Tarn?«

Ralf nickte zögernd: »Ja, wir sind schon Freunde, aber nicht mehr so gute wie früher.«

»Was ist eigentlich mit ihm los?«

»Schwer zu sagen, aber ich nehme an, er trinkt ziemlich viel. Warum fragen Sie, ob ich sein Freund bin?«

»Weil ich um neun eine Verabredung mit ihm habe. Er bat mich bei ihm vorzusprechen, da er mir etwas mitzuteilen habe.«

»Haben Sie etwas dagegen, wenn ich Sie begleite, Inspektor?«

»Nicht im geringsten! Kommen Sie mit, obwohl ich nicht glaube, daß er in Ihrer Gegenwart sprechen wird, wenn es sich wirklich um etwas Wichtiges handelt.«

»Dann könnte ich ja wieder gehen und Sie allein lassen«, äußerte Ralf.

Bickerson war gerade aufgestanden, als das Telefon klingelte. Er nahm den Hörer ab.

»Hallo!« rief er, und Ralf bemerkte, wie seine Augenbrauen sich hoben. »Es ist unser Freund«, murmelte der Kriminalbeamte und hielt die Hand auf die Muschel.

»Sie sind es?« war Maurice Tarns Stimme verschwommen und undeutlich zu hören. »Sind Sie es, Bickerson? Kommen Sie sofort zu mir! Man wollte mich heute abend um die Ecke bringen – ja, heute abend! Sie muß auch darin verwickelt sein, das würde mich nicht überraschen. So ein Undank, nach allem, was ich für sie getan habe.«

»Wovon sprechen Sie eigentlich, Tarn?« fragte der Inspektor kurz. »Ich bin schon unterwegs.«

»Kommen Sie so schnell wie möglich! Ich kann Sie auf Soyokas Fährte bringen, ich kenne seinen Hauptagenten.«

Tarn flüsterte ein Wort, und Bickerson war betroffen. Er legte den Hörer auf und wandte sich seinem Besucher zu. »Er ist betrunken, Hallam.«

»Was hat er gesagt?«

Aber Bickerson war über das geflüsterte Wort so verblüfft, daß er nicht antwortete. Nach einer Weile erst fragte er: »Sie wollen also mitkommen?« Vom Polizeirevier bis Elgin Crescent war ein Weg von zehn Minuten, und der Inspektor nutzte die Zeit, sich näher zu informieren.

»Wo ist das Mädchen – wohnt sie im gleichen Haus?« fragte er.

»Gewöhnlich ja. Aber heute ist sie bei einer Verwandten von mir. Sie hat eine ziemlich schlimme Zeit bei Tarn durchgemacht«, berichtete Hallam, »und er wird immer unerträglicher. Tarn hat Furcht vor der Soyoka-Bande.«

»Was heißt das?« Der Beamte starrte Hallam verdutzt an. »Was wissen Sie denn über die Soyoka-Bande?«

»Nichts«, entgegnete Hallam ohne Zögern. »Das ist eine von Tarns verrückten Einbildungen. Deshalb bin ich ja zu Ihnen gekommen. Er lebt in dem Wahn, daß er Soyoka beleidigt habe.«

Jeder Polizeibeamte hat schon seine Erfahrungen mit solchen Halbverrückten gemacht.

»Eigenartig«, sagte Bickerson langsam, »aber ich hatte das Gefühl, daß Tarn mich wegen der Rauschgiftsache sprechen wollte. Gehen Sie voran – Sie kennen den Weg!«

Gemeinsam stiegen sie die Treppe hinauf, und Ralf drückte auf die Klingel zu Tarns Wohnung. Es meldete sich jedoch niemand, und plötzlich rief der Inspektor: »Die Tür scheint offen zu sein!« Er drückte dagegen, und die Tür schwang auf. Ralf tastete nach dem Lichtschalter im Hausflur, aber es blieb dunkel.

»Seltsam!« meinte er. »Die Glühbirne muß durchgebrannt sein.«

Sie ertasteten sich ihren Weg in der Finsternis und stiegen ins erste Stockwerk empor.

»Hier ist sein Arbeitszimmer!« Hallam ließ den Inspektor eintreten. Das glimmende Feuer im Kamin verbreitete nur wenig Helligkeit.

»Sind Sie hier, Mr. Tarn?« rief der Inspektor laut.

Als Antwort kam ein tiefes Schnarchen.

»Wo ist denn hier der Lichtschalter?« Der Beamte fühlte an der Wand entlang, und Ralf hörte ein Knipsen. Aber wieder versagte das Licht.

»Das ist seltsam! Wo ist er denn?«

Es war nicht schwer, den Schnarcher zu finden, und bald lag Ralfs Hand auf der Rücklehne seines großen Sessels.

»Hier ist er.«

Bei der Berührung bewegte sich Maurice Tarn unbeholfen. Sie hörten sein schläfriges Grunzen, und dann sprach er kaum verständlich, wie im Schlaf:

»Sie wollten mich um die Ecke bringen, aber ich bin zu kräftig. Ich habe eine Pferdenatur.«

Die Worte verloren sich in einem Gemurmel.

»Wachen Sie auf, Tarn!« befahl Ralf energisch. »Mr. Bickerson will mit Ihnen sprechen.«

Er faßte Tarn bei der Schulter und schüttelte ihn. Das Schnarchen hörte auf.

»Ich glaube, es wird schwer sein, ihn zu wecken.«

»Schläft er denn wieder?«

»Ich glaube, ja. Tarn wachen Sie auf!«

Dann flüsterte der Inspektor plötzlich: »Still, es ist noch jemand im Zimmer! Doktor, schnell, ein Streichholz!«

Er hatte das Scharren eines Stuhles gehört, und seine Augen versuchten die Dunkelheit zu durchdringen. Ein Geräusch in der Nähe der Tür veranlaßte ihn, sich nach vorn zu werfen, und er erwischte die Schulter des unbekannten Eindringlings. Ein kurzes Zischen folgte – ein paar chinesische Worte. Dann traf den Beamten eine kräftige Faust gegen das Kinn, und im Nu hatte sich der Fremdling vom Griff des Inspektors befreit.

Die Tür knallte zu, und schnelle Fußtritte entfernten sich über die Treppe.

»Los, machen Sie Licht«, befahl Bickerson mit heiserer Stimme. Im gleichen Augenblick, in dem Ralf ein Streichholz anriß, flammte auch das elektrische Licht wieder auf und blendete sie für einen Augenblick.

Aber dann schrie Bickerson voller Entsetzen auf: »Um Gottes willen, Tarn!«

Maurice Tarn lag zusammengesunken im Lehnstuhl, sein Kopf hing nach hinten. Die schmutzig weiße Weste war rot und naß, und darin steckte der schwarze Griff eines Messers.

»Tot!« stieß Dr. Hallam hervor. »In unserer Gegenwart ermordet!« Er blickte verstört auf den Inspektor, doch der starrte wie gebannt in eine Ecke des Zimmers. Hier hockte zusammengekauert eine bleiche Gestalt. Ihre Kleidung war in Unordnung, die weiße Bluse an der Schulter zerrissen. Über das Gesicht lief ein roter, blutiger Streifen.

Es war Elsa Marlowe!

16

Bickerson blickte noch einen Augenblick zögernd auf das Mädchen, dann eilte er zur Tür und raste die Treppe hinunter. Doch die Straße war leer, nur in einiger Entfernung stand ein gelangweilter Polizeibeamter.

Bickerson lief ihm entgegen und rief: »Haben Sie gesehen, ob jemand Elgin Crescent 409 verlassen hat? Ein Mord ist geschehen!«

»Hier kam nur ein Mann in den letzten Minuten vorbei, es war ein Chinese.«

»Ein Chinese?« fragte Bickerson hastig. »Wie sah er aus?«

»Er war gut angezogen und fiel mir auf, weil er keinen Hut trug.«

»In welche Richtung ging er?«

»Nach Ladbroke Grove hinunter, dann winkte er ein Taxi heran. Sehen Sie, dort fährt er.«

Er zeigte auf die Straße, die nach Notting Hill Gate führt. Bickerson schaute sich verzweifelt nach einem Wagen um, in dem er die Verfolgung aufnehmen konnte, aber vergeblich!

»Schnell, laufen Sie hinterher, vielleicht können Sie ihn noch anhalten! Geben Sie Ihrem Kollegen weiter unten ein Zeichen!«

»Jawohl, Sir!« Der Mann setzte sich in Trab, und Bickerson eilte ins Haus zurück.

Der Inspektor fand Elsa im Eßzimmer. Sie war sehr bleich, aber überraschend ruhig. Den Blutstreifen auf ihrem Gesicht hatte Ralf Hallam abgewaschen. Sie wandte sich Bickerson zu und fragte leise:

»Ist es wahr? Mr. Hallam sagt, daß mein Onkel ermordet worden ist.«

»Ja, Miss Marlowe, man hat ihren Onkel brutal getötet.«

»Der – der Mann hat es getan«, erklärte sie zitternd.

»Welcher Mann?« fragte der Inspektor kurz.

Elsa bemühte sich, ihre Stimme in die Gewalt zu bekommen, aber die Ereignisse der beiden letzten Stunden hatten sie beinahe hysterisch gemacht.

»Ich will Ihnen alles von Anfang an erzählen. Ich hatte heute abend hier auf Mr. Tarn gewartet, um ihm zu sagen, daß ich für eine Woche zu einer Freundin fahren will. Er wurde furchtbar wütend und benahm sich wie ein Verrückter, raste und schrie und warf schließlich ein Glas nach mir.« Sie strich ihr Haar zurück und zeigte einen kleinen Schnitt, der ihr Haar mit Blut benetzt hatte. »Er verbot mir, mich vom Fleck zu rühren, dann setzte er sich in seinen Sessel und begann zu trinken, einen Kognak nach dem anderen. Anscheinend wurde er müde, denn er schloß die Augen; ich dachte, daß er eingeschlafen sei und wollte mich leise davonschleichen. Da stürzte er sich jedoch auf mich, packte mich am Arm und schleuderte mich auf das Sofa. Er phantasierte dauernd davon, daß er es jemandem heimzahlen würde. Endlich schlief er wirklich ein, aber ich hatte nicht mehr den Mut, mich von der Stelle zu rühren. Dann ging plötzlich das Licht aus.«

»Wann etwa war das?« fragte der Inspektor. »Möglichst genau, bitte.«

»Vielleicht vor zehn Minuten«, erklärte Elsa. »Es war fast völlig dunkel im Zimmer, die Vorhänge waren zugezogen, nur das Feuer im Kamin gab einen ganz schwachen Lichtschein, es war fast heruntergebrannt. Plötzlich knarrte die Tür, und ich spürte, daß jemand hereingekommen war. Dann leuchtete der Schein einer Taschenlampe über Mr. Tarn, der ganz zusammengesunken in seinem Sessel lag. Da bewegte er sich und sagte etwas im Schlaf.«

Der Inspektor unterbrach sie wieder: »Waren Sie dabei, als Mr. Tarn telefonierte?«

Elsa nickte. »Ja, das ist länger als eine Viertelstunde her. Ich glaubte, er hat mit Ihnen gesprochen. Sie sind Mr. Bickerson?«

Der Beamte bejahte und fragte: »Ist Ihr Onkel gar nicht aufgewacht, als er angeleuchtet wurde?«

Elsa schüttelte den Kopf.

»Nicht richtig, er bewegte sich nur im Schlaf und murmelte etwas. Dann ging die Taschenlampe wieder aus, und ich hatte Angst, mich zu bewegen, denn ich hielt den Fremden für einen Einbrecher. Und dann hörte ich Ihre Stimme, als Sie die Treppe heraufkamen. Mehr weiß ich nicht!«

»Haben Sie gesehen, wie dieser unbekannte Mann Ihren Onkel erstochen hat?«

Elsa verneinte. »Es war unmöglich, irgend etwas zu sehen.«

Argwöhnisch schaute Bickerson auf das Mädchen. »Ich brauche Sie selbstverständlich als Zeugin, Sie müssen jederzeit für mich erreichbar sein. Wollen Sie nicht in ein Hotel gehen?«

»Ich bringe dich ins Palace«, schlug Ralf vor.

Er wollte nicht, daß die Polizei in den nächsten Tagen in Herbert Mansions vorspräche, und dadurch der Name seiner Frau und ihre tatsächlichen Beziehungen zueinander bekannt würden. Es war besser, Elsa in ein Hotel zu bringen.

Bickerson verständigte telefonisch das Polizeipräsidium von dem Mord und wartete jetzt auf die Fotografen und die Sachverständigen für Fingerabdrücke. Bis zu deren Eintreffen nahm er eine flüchtige Untersuchung des Arbeitszimmers vor.

Es war nur ärmlich möbliert. Ein verblichener, grüner Teppich, ein alter Schreibtisch, einige Stühle und ein Bücherschrank bildeten die Einrichtung. An den Wänden hingen einige minderwertige Ölbilder, in einer Ecke stand ein wohlgefüllter Schnapsschrank.

Auf dem Tisch waren eine volle und eine fast leere Kognakflasche, ein paar unbezahlte Rechnungen lagen dazwischen. Bickerson durchsuchte die Taschen des Toten, konnte aber nichts Besonderes finden.

Der Inspektor ging hinunter auf die Straße und hielt Ausschau nach dem Polizeiwagen. Da sah er, wie ein Mann sich dem Haus näherte. Der Beamte an der Tür hielt ihn an, und Bickerson beobachtete die kurze Unterhaltung.

Es war ein großer, hagerer Mann, der etwas gebeugt ging. Seine gebräunte Gesichtsfarbe verriet, daß er erst vor kurzem aus einem heißen Klima zurückgekehrt war. Bickerson erkannte ihn und ging auf ihn zu. »Sie sind doch Major Amery?« fragte er.

»Das bin ich«, antwortete Amery. »Ich habe gehört, Tarn sei ermordet worden.«

Der Inspektor schaute ihn kurz und mißtrauisch an. »Wer hat Ihnen das gesagt? Sind Sie ein Freund von Mr. Tarn?«

»Ich bin sein Arbeitgeber«, betonte Amery, »oder vielmehr, ich war es. Was Ihre andere Frage betrifft, so bin ich nicht blind und kann an Ihren Leuten hier vor dem Haus erkennen, daß ein Mord oder ähnliches geschehen sein muß. Mir ist bekannt, daß Maurice Tarn hier wohnt, und es gibt nur zwei Leute in diesem Haus, die ermordet worden sein könnten. Es ist also anzunehmen, daß Tarn das Opfer ist.«

»Wollen Sie hereinkommen? Vielleicht können sie mir etwas über Tarn erzählen, Major Amery? Hatte er Feinde?«

»Ich weiß nichts über sein Privatleben. – Kann ich Miss Marlowe sprechen?«

»Woher wissen Sie, daß Miss Marlowe hier ist?« Der Inspektor runzelte die Stirn.

»Nun, sie wohnt doch hier?« meinte Amery. »Wirklich, Mr. Bickerson – ja, ich kenne Ihren Namen genau –, Sie haben keinen Grund, mich zu verdächtigen.«

Bickerson überlegte schnell, und als er wieder sprach, klang seine Stimme viel milder. »Ich werde Miss Marlowe bitten, herunterzukommen, Sie dürfen Sie jetzt aber nicht mitnehmen. Miss Marlowe war im Zimmer, als der Mord begangen wurde, und ich brauche sie für weitere Aufklärungen.«

Amery nickte ernst. Er wartete und starrte düster aus dem Fenster. Bald hörte er leichte Schritte.

Elsa kam herein.

»Ich hörte, daß Sie große Unanehmlichkeiten haben?«

Aus seiner Stimme klang auch nicht die geringste Teilnahme, stellte Elsa sofort fest. Warum wollte er sie dann sprechen?

»Ich war zufällig in der Nachbarschaft und hörte von dem Vorfall. Ich dachte, vielleicht könnte ich Ihnen oder der Polizei irgendwie behilflich sein – obgleich ich zugeben muß, daß ich weniger als Sie oder irgendeiner seiner Bekannten über Mr. Tarn weiß. Wer ist jetzt bei Ihnen?«

»Mr. Hallam«, erwiderte sie. »Er war ein guter Freund von Mr. Tarn und ist auch mir ein sehr lieber Freund.«

»So, Dr. Hallam!« Amery verzog das Gesicht. Dann fuhr er in seiner gewohnten, kurzen Sprechweise fort: »Brauchen Sie Geld?«

Elsa warf ihm einen erstaunten Blick zu: »Nein, vielen Dank, Major Amery. Sie sind sehr freundlich ...«

»Ihr Onkel wird noch Geld zu bekommen haben, und Sie könnten einen Gehaltsvorschuß nehmen«, fuhr er fort. »Ich erwarte Sie morgen früh pünktlich im Büro, morgen ist Posttag, und ich habe viel zu erledigen. Gute Nacht!«

Fassungslos starrte sie ihm nach; eine derartige Gefühllosigkeit war ihr unfaßbar. Die Hauptsache für ihn war also, daß sie zur gewohnten Zeit im Büro war. Dann überkam sie ein unbändiger Zorn, und mit funkelnden Augen kehrte sie zu Hallam zurück.

»Was wollte er?«

»Soweit ich es verstanden habe, wollte er sich vergewissern, daß ich morgen pünktlich zum Dienst antrete, weil Posttag ist und er viel zu erledigen hat.«

»Ein echter Gentleman!« höhnte Hallam. »Selbstverständlich war er voller Mitleid?«

»Er fand kein freundliches Wort – er ist wirklich ein Scheusal!«

Sie war jetzt nahe daran, in Tränen auszubrechen, und sie wollte allein sein, weit fort von jener mit einem Tuch verdeckten Gestalt im Arbeitszimmer – fort von Ralf, von allen Menschen, die sie kannte.

Die Klinke an der Tür bewegte sich, und Bickerson trat ein.

»Kennen Sie den?« fragte er und zeigte ihr einen neuen, weichen Filzhut. »Ich fand ihn in einer Ecke des Arbeitszimmers. Haben Sie ihn schon jemals gesehen?«

Elsa schüttelte den Kopf. »Nein, mein Onkel hat niemals einen solchen Hut getragen.«

Bickerson betrachtete nachdenklich die Innenseite, die den Namen eines bekannten Geschäftes trug. Der Hut war grau und hatte ein schwarzes Band. Er dachte, daß der Verkäufer sich gewiß daran erinnern würde, wenn er den Hut einem Chinesen verkauft hätte.

»Sie sind ganz sicher, daß der Mann, der mit der Taschenlampe ins Zimmer kam, nicht gesprochen hat?«

»Ich bin ganz sicher.«

»Und Sie haben ihn nicht gesehen?«

»Nein, ich habe ihn nicht gesehen.«

»Aber es ist doch unmöglich, mit einer Taschenlampe einen hellen Gegenstand zu beleuchten, ohne daß der Widerschein den Besitzer verrät.«

Elsa blieb fest bei ihrer Behauptung.

»Ich habe niemanden gesehen. Ich sah nur den Lichtstrahl, und auch diesen nur einen ganz kurzen Augenblick.«

Warum tat sie das? Warum? fragte sie sich verzweifelt. Sie schützte einen Mörder – den Mörder von Maurice Tarn. Sie log, um einen grausamen und hartherzigen Schurken vor dem Gesetz zu schützen, und sie war über ihr eigenes Verhalten entsetzt. O ja, sie kannte den Mann, sie hatte ihn gesehen, so, wie der Inspektor es geschildert hatte, im Widerschein, als der Lichtstrahl auf die Zeitung gefallen war.

Der Mann war Feng Ho.

17

Elsa verbrachte eine schlaflose Nacht, obgleich sie in einem bequemen Bett in einem der ruhigsten Hotels im West End lag. Sobald sie ihre Augen schloß, erschien vor ihr das Bild dieser Schreckensnacht.

Schließlich hielt sie es nicht mehr aus, sie stand auf und ging im Zimmer auf und ab. Sie mußte Mr. Bickerson die Wahrheit sagen, darüber war sie sich klargeworden. Und Amery wollte sie nie mehr wiedersehen.

In ihrem Zimmer stand ein kleiner Schreibtisch. Sie schaltete die Lampe ein, setzte sich und begann zu schreiben:

›Sehr geehrter Major Amery! Nach diesem Vorfall fühle ich mich nicht mehr imstande, ins Büro zurückzukehren. Es tut mir leid, wenn mein plötzliches Fortbleiben Ihnen Unannehmlichkeiten verursachen sollte, aber ich bin sicher, daß Sie mich verstehen werden.‹

Aber er würde sie absolut nicht verstehen! Er würde sehr verärgert sein! Seine Lippen würden sich zu jenem höhnischen Lächeln verziehen, und vermutlich würde er sie wegen Vertragsbruch verklagen.

Elsa las den Brief nochmals durch, runzelte die Stirn und zerriß ihn. Sie fing einen neuen Brief an und saß sinnend da, bis die Uhr vier schlug und sie todmüde war. Sie drehte das Licht aus und ging wieder zu Bett.

Um acht Uhr war sie angezogen und frühstückte auf ihrem Zimmer. Wieder saß sie am Schreibtisch und begann einen neuen Brief, der nie beendet wurde. Ein Viertel vor neun Uhr zerriß sie ihn, setzte ihren Hut auf, zog den Mantel an und ging fort.

Fünf Minuten nach neun wartete Miss Tame in Elsas Büro. Sie hatte eine Zeitung unter den Arm geklemmt und zitterte vor Aufregung. Als Elsa eintrat, stürzte sich Miss Tame förmlich auf sie.

»Meine Liebe, das ist ja schrecklich! In den Zeitungen ist alles ganz genau beschrieben. Ich wäre ja vor Angst gestorben!«

»Miss Tame«, entgegnete Elsa abgespannt, »um des Himmels willen, sprechen Sie nicht davon! Ich bin nicht imstande, die Sache zu erörtern ... Ich bin nur hergekommen, um mit Major Amery zu sprechen, und dann gehe ich wieder.«

»Ich möchte wetten, Sie sind in Ohnmacht gefallen!« behauptete die sensationshungrige Dame.

In diesem Augenblick ertönte die unbarmherzige Klingel über Elsas Pult. Bevor sie wußte, was sie tat, hatte sie Mantel und Hut abgelegt, Stenoblock und Bleistift ergriffen und die Tür zum Privatbüro geöffnet.

Amery saß vor seinem Schreibtisch, die ernsten Augen auf die Tür gerichtet. Er schien es als ganz selbstverständlich anzusehen, daß Elsa erscheinen würde, sobald er klingelte.

»Ich bin etwas zeitig dran«, erklärte er, und das war das einzige persönliche Wort, das er vorbrachte, dann begann er mit dem Diktat eines fast endlosen Briefes an eine indische Firma in Delhi. Er gab ihr keine Gelegenheit zu der Erklärung, daß sie nach all dem nicht wiederkommen könne. Sie hatte nicht einmal Zeit, sich über sein Selbstbewußtsein zu ärgern. Sie hatte Mühe, mit dem Stenografieren nachzukommen.

Unmittelbar danach folgte ein Schreiben an eine Firma in Bombay, aber diesmal hielt er mitten im Brief inne und reichte ihr einen Zettel mit einer Anzahl von Wörtern, die sie an der von ihm angegebenen Stelle einfügen sollte. »Das ist alles!« verabschiedete er sie.

Elsa stand auf. »Major Amery, ich möchte ...«

»Schreiben Sie schnell diese Briefe, sie müssen sofort zur Post.«

»Und wenn schon«, erwiderte sie gereizt. »Ich muß Ihnen etwas sagen, und zwar sofort.«

Amery ließ seine Zeitung sinken, faltete sie mit bedächtiger Ruhe zusammen, legte sie auf die Seite und schaute Elsa an. »Nun?« fragte er.

»Mein Onkel ist gestern ermordet worden – von einem Mann, der schon einmal in unser Haus einbrechen wollte. Ich habe der Polizei verschwiegen, daß ich ihn erkannt habe. Ich habe ihn so deutlich gesehen, wie ich Sie sehe, und doch habe ich es der Polizei nicht gesagt ...«

»Und warum nicht?« Seine Augenbrauen hoben sich, und seine Stimme klang teilnahmslos. »Sie sind verpflichtet, der Polizei alle Aufklärung zu geben«, bemerkte er.

»Ich habe es nicht getan, weil – weil ich anscheinend verrückt bin«, entgegnete sie erzürnt.

Er schaute schnell auf und erblickte ihre funkelnden Augen.

»Wer war es?«

»Feng Ho!« rief sie heftig. »Sie wissen, daß es Feng Ho war!«

Er schaute auf den Schreibtisch nieder und schien zu überlegen. Sie bemerkte, wie er sich auf die Lippe biß, und fuhr fort:

»Ich wollte weder Sie noch Ihre Freunde in diese Sache verwikkeln. Aber das war reine Sentimentalität! Schließlich muß ich es ja doch sagen.«

Amery blickte sie fest an: »Das ist ein sehr vernünftiger Entschluß. Aber ich glaube, Sie haben sich getäuscht. Feng Ho –«

»– war bei Ihnen, natürlich!« unterbrach sie ihn mit einem Versuch, sarkastisch zu sein, der aber mißglückte.

»Wenn er bei mir war«, sagte er ruhig, »könnte Ihre Geschichte stimmen, denn als die Tat begangen wurde, war ich in Ihrer Nähe. Feng Ho aber war viele, viele Meilen von London entfernt. Glauben Sie mir, er kann ein einwandfreies Alibi beibringen.«

»Seinen Hut vielleicht auch?« bemerkte sie spitz.

Amery sprang auf. »Seinen Hut?«

»Wahrscheinlich hätte ich Ihnen das nicht sagen dürfen«, fuhr sie fort, »aber die Polizei hat einen Hut gefunden und einen Chinesen gesehen, der barhäuptig vom Haus herkam.«

Für einen Augenblick schien ein Licht in seinen ausdruckslosen Augen aufzuflackern, dann war seine Miene unbewegt wie zuvor.

»Tatsächlich?« fragte er ruhig. »Für diesen Fall wird Feng Ho ebenfalls ein Alibi haben. Das ist alles!«

Kurze Zeit später fand Elsa in ihrem Stenogramm ein Wort, das sie nicht lesen konnte, und widerstrebend klopfte sie an seine Tür, um ihn zu fragen. Das Zimmer war verlassen. Major Amery war fortgegangen und kam erst nach einer Stunde wieder, während der er an einem Treffpunkt in der Stadt die Rückkehr eines Boten erwartete, der für ihn einen grauen, weichen Filzhut, Größe sechseinhalb, mit breitem schwarzen Band gekauft hatte.

18

Dr. Ralf Hallam verbrachte einen ziemlich geschäftigen Tag in seinem Haus in der Half Moon Street. Es war ihm klar, daß der Tod Maurice Tarns ihn in große Unannehmlichkeiten, ja sogar in Gefahr bringen konnte. Hätte er nur mit Tarn unter vier Augen sprechen können, bevor das Messer des Mörders ihn tötete, so hätte er noch viel erfahren, was ihm jetzt unbekannt war.

Hallam wartete ungeduldig, bis die Dunkelheit hereinbrach. Trotz dreier Besuche Bickersons und eines Anrufs seiner Frau verging ihm die Zeit zu langsam. Ein Brief seiner Bank, die auf sein überzogenes Konto hinwies, machte ihm seine schwierige Lage noch deutlicher. In gewöhnlichen Zeiten hätte ihn so etwas nicht gestört, denn aus dem unrechtmäßigen Geschäft, das er mit Tarn betrieb, hatte sich ein großer Gewinn ergeben. Keiner der Männer vertraute diese Gelder einer Bank an, sie wurden in amerikanischen Banknoten in einem Safe aufbewahrt. Es waren umgerechnet etwa zweihunderttausend Pfund, von denen die Hälfte Maurice Tarn und dessen Erben gehörte. Hallams Gedanken wanderten zu Elsa Marlowe. Falls Tarn das Geld woanders als im Geldschrank der Stanford-Gesellschaft deponiert hätte, würde Elsa ebenso reich sein wie er selbst, wenn er mit ihr teilte. Aber er hatte nicht die geringste Absicht, mit ihr zu teilen. Alles Geld im großen, grünen Geldschrank der Stanford-Gesellschaft gehörte ihm allein, kein Erbe Maurice Tarns hatte darauf ein Anrecht. Es sei denn, Tarn hatte Einzelheiten über sein illegales Geschäft hinterlassen!

Nach Büroschluß rief er Elsa an.

»Möchtest du zu mir zum Essen kommen? Ich habe dir einiges über Tarn zu erzählen.«

Elsa begrüßte diese Zerstreuung, denn der Tag war sehr anstrengend gewesen, und sie brauchte etwas Ablenkung. »Ich werde sofort kommen.«

»Hast du Bickerson gesprochen?« erkundigte er sich.

»Ja! Er war den halben Tag im Büro! Ralf, ich habe die ganze Sache satt. Bei der Gerichtsverhandlung soll ich alles wiederholen, was Tarn zu mir gesagt hat. Hast du die Abendzeitung schon gelesen? Darin ist ein Foto, wie ich mittags das Büro verlasse!«

Hallam lächelte vor sich hin. »Ich hatte den ganzen Tag mit Reportern zu tun«, meinte er, »komm her, dann ärgern wir uns zusammen darüber.«

Nachdenklich legte er den Hörer auf die Gabel. Er hatte schon einen Plan, wie er Tarns Vermögen an sich bringen konnte. Eigentlich war er froh, daß Tarn tot war. Der Mann hatte seine Nerven verloren, er hatte sich selbst an Amery verraten. Soyoka! Tarn hatte an jeder Straßenecke Soyoka gesehen und in jedem Menschen den geheimnisvollen Anführer der Rauschgiftbande vermutet. Wer hatte den Chinesen in Maurice Tarns Haus gesandt? Soyoka mußte gute Gründe haben, seine Konkurrenten zu vernichten.

Die Organisation, an deren Spitze Ralf Hallam und Maurice Tarn standen, war nur durch einen Zufall ins Leben gerufen worden. Vor fünf Jahren wurde Ralf von seinen Gläubigern verfolgt, die drohten, ihn vor das Konkursgericht zu bringen. Eines Abends, als er mit Tarn in einer Bar im West End saß, kam ein Bekannter herein – ein Rauschgiftsüchtiger, der ihn anflehte, ihm ein Rezept zu geben. Ralf gab es ihm, und durch vorsichtige Nachfragen in gewissen Kreisen erfuhr er, daß es trotz der strengen Polizeikontrolle eine einflußreiche Organisation gab, die sich mit Rauschgifthandel abgab.

Maurice Tarn hatte die beste Gelegenheit, in dieses Geschäft einzusteigen. Er stand an der Spitze einer der ältesten Importfirmen der Londoner City, denn der Eigentümer war ein alter, kranker Mann, der sich nur selten sehen ließ und keinen Einblick hatte. Als Hallam Maurice Tarn den Vorschlag machte, zögerte er anfangs, aber nachdem ihm die ungeheuren Verdienstmöglichkeiten dieses ›Geschäfts‹ vor Augen geführt wurden, konnte er doch nicht widerstehen. So wurde eine Organisation gegründet, die ihre Agenten im gesamten Empire und eine große Zweigniederlassung in Amerika besaß.

Mit Ralf Hallams Titel als Arzt waren gewisse Privilegien verbunden, die die Tätigkeit der Bande an Ort und Stelle deckten. Anfangs war der Erfolg gering, aber Ralf war ein tüchtiger Geschäftsmann und lernte durch seine Fehler. Er verbesserte die Organisation, so daß die ›Amateure‹ doch ins Geschäft kamen und dem schon lange etablierten Soyoka sehr unangenehm wurden.

Soyoka! Vielleicht war es doch keine Einbildung Tarns gewesen ... Eine halbe Stunde später kam Elsa, die sehr müde und abgespannt aussah.

»Ich glaube, ich werde verrückt, wenn das so weitergeht«, stöhnte sie. »Morgen ist mein letzter Tag bei Amery.«

»Weiß er schon, daß du fortgehst?«

Sie schüttelte den Kopf. »Ich habe noch keine Gelegenheit gehabt, mit ihm darüber zu sprechen. Du glaubst gar nicht, was er für ein Mann ist – absolut unmenschlich! Schließlich war Tarn doch dreißig Jahre bei der Firma, man sollte meinen, daß Amery Mitgefühl für ihn hätte. Aber durchaus nicht. In Onkels Zimmer war heute ein neuer Geschäftsführer! Ralf, dieser Mann ist unausstehlich! Er hat mir auch nicht eine Sekunde Ruhe gegönnt. ›Ich wünsche, daß Sie nicht länger als eine halbe Stunde Mittagspause machen‹, sagte er. Hätte ich doch überhaupt keine gemacht, denn draußen warteten schon die Pressefotografen auf mich.«

»Du solltest so schnell wie möglich Amery verlassen.«

»Er nimmt es offenbar als selbstverständlich an, daß ich da bin. Vermutlich gehöre ich zum Mobiliar. Aber wir wollen nicht weiter über diesen Unheimlichen ... Ich möchte die Firma Amery vergessen! Worüber wolltest du mit mir sprechen? Hoffentlich über etwas Erfreuliches.«

»Das hat bis nach dem Essen Zeit«, winkte er ab.

Nachdem der Diener den Kaffee serviert und die Tür geschlossen hatte, begann Ralf zu erzählen.

»Hast du jemals von der Stanford-Gesellschaft gehört?«

Elsa machte große Augen. »Ja, Major Amery hat mich gefragt, ob ich für sie arbeite.«

Ralf pfiff vor sich hin. »Zum Teufel! Wann war das?«

»Erst vor kurzem.«

»Du hast ihm doch selbstverständlich gesagt, daß du sie nicht kennst? Das entspricht ja auch der Wahrheit.«

»Kannte Onkel Tarn die Gesellschaft?« fragte sie verdutzt.

»Ja. Um die Wahrheit zu sagen – dein Onkel betrieb nebenbei ein kleines Geschäft. Er versuchte gewissermaßen«, Hallam sprach mit großer Zurückhaltung, als wenn er das Geheimnis Tarns nicht verraten wollte, »er versuchte, für sich eine Geschäftsverbindung aufzubauen, für eine Zeit, wo eine Zusammenarbeit mit Amery für ihn nicht mehr tragbar sein würde. Ich hatte versucht, ihm davon abzuraten, aber er war so eingenommen von seinem Plan, daß ich nichts dagegen ausrichten konnte.«

»Dann war Tarn die Stanford-Gesellschaft?«

»Ja. Es ist eine Importfirma oder so etwas Ähnliches«, warf Hallam nachlässig hin. »Ich bin einmal im Büro gewesen. Tarn erzählte mir, daß im Geldschrank Dokumente lägen, von denen er nicht wünsche, daß sie ans Tageslicht kämen. Ich habe darüber nachgedacht, und ich bin der Ansicht, daß wir Tarn diesen letzten Dienst erweisen und die Papiere herausholen müssen, bevor die Polizei dazukommt. Ich möchte nicht, daß sein Name befleckt wird, denn Amery würde dieses doppelte Spiel übel auslegen.«

»Aber wie willst du an die Papiere kommen, wenn sie im Geldschrank sind?«

Als Antwort zog er einen Schlüssel aus seiner Tasche.

»Tarn und ich waren, trotz der letzten Auseinandersetzung, gute Freunde, und er hat mir diesen Schlüssel übergeben, weil ich der einzige Mensch war, dem er vertraute.«

Die Threadneedle Street ist am Abend eine Einöde. Das Gebäude, in dessen drittem Stock sich das Büro der Stanford-Gesellschaft befand, wurde gerade gereinigt. An einer Tür, die auf den engen Flur führte, stand ›Stanford-Gesellschaft‹. Hallam schloß sie auf, und Elsa wunderte sich, daß es mit demselben Schlüssel geschah, den er ihr als den Safeschlüssel gezeigt hatte. Hallam drehte das Licht an, ließ sie in ein kleines Zimmer eintreten und verschloß die Tür.

Es war ein wenig imponierendes Büro. Ein wackliger Tisch, ein Stuhl, ein moderner Geldschrank in einer Zimmerecke, das war die ganze Einrichtung.

»Ziemlich primitiv!« meinte Ralf.

Er stellte seine Aktenmappe auf den Tisch, ging an den Geldschrank, steckte den Schlüssel in das Schloß und drehte ihn zweimal um. Die schwere Tür schwang auf, und Hallam schaute forschend in das Innere des Safes. Plötzlich stieß er einen Fluch aus: »Der Schrank ist leer!« knurrte er heiser. »Es ist überhaupt nichts drin!«

Elsa drehte sich hastig um, jemand hatte an die Glasscheibe der Tür geklopft. »Ralf, es ist jemand an der Tür.«

Sie konnte auf der undurchsichtigen Scheibe einen Schatten erkennen, den Schatten eines Mannes. Einen Augenblick war Hallam so bestürzt, daß er nicht verstand, was sie sagte. Sie faßte ihn am Arm.

»An der Tür?« flüsterte er. »Es wird wohl eine der Putzfrauen sein.« Dann rief er mit lauter Stimme: »Gehen Sie weiter!«

»Zuvor möchte ich Sie aber sprechen«, ließ sich eine Stimme vernehmen, und Elsa wäre beinahe ohnmächtig geworden, als sie sie erkannte. Es war die Stimme Paul Amerys.

19

Elsa schloß die Tür auf und trat einen Schritt zurück, um Amery eintreten zu lassen. Er trug einen Smoking und hatte den Mantel über dem Arm. Erst schaute er auf Elsa und dann auf Ralf, und Elsa sah das halb verächtliche und halb spöttische Lächeln auf seinen Lippen, das sie so sehr haßte.

»Sie haben also doch Verbindung zu Stanford, Miss Marlowe!« stellte er fest. »Wissen Sie, daß ich Ihnen tatsächlich geglaubt habe, als Sie mir erklärten, Sie hätten noch niemals von dieser unternehmungslustigen Gesellschaft gehört?«

Ralf Hallam war zuerst verdutzt, doch dann fiel ihm Maurice Tarns Warnung ein. Das war Soyoka!

»Ich habe Miss Marlowe hierhergebracht, um das Geld ihres Onkels aus dem Safe zu holen«, erläuterte er und blickte Amery fest in die Augen. »Aber es scheint, daß ich etwas zu spät gekommen bin, denn vor mir war schon jemand anderer da.«

Der Eindringling blickte unbekümmert erst auf den offenen Geldschrank und dann auf Elsa. Ihr Gesicht verriet ehrliches Erstaunen.

»Geld? Ralf, du hast mir nichts von Geld gesagt.«

Einen Augenblick war er verwirrt. »Nun, hier lagen sowohl Papiere als auch Geld«, äußerte er eifrig. »Auf alle Fälle ist beides verschwunden. Vielleicht kann uns Major Amery mitteilen, wer es geholt hat?«

»Ich sollte meinen – Tarn«, war die kühle Antwort. »Wer hatte denn sonst ein Recht dazu?«

Er schaute Elsa an, die unter seinen forschenden Blicken errötete.

»An Ihrer Stelle, Miss Marlowe, würde ich mich von dieser Sache fernhalten«, fügte er hinzu. »Es gibt gewisse Beschäftigungen, die für kleine Mädchen absolut unpassend sind.«

Seine Bevormundung war ihr unerträglich, sie zitterte vor Ärger.

Ralf mischte sich ein. »Es scheint, daß Sie sehr viel über die Stanford-Gesellschaft wissen? Ich glaube nicht, daß Soyoka über einen kleinen Einbruch erhaben ist!«

»Glauben Sie, was Sie wollen!« sagte Amery und wandte sich Elsa zu. »Ich bin der Meinung, Miss Marlowe, daß es für Sie besser ist, in Ihr Hotel zurückzukehren.«

Elsa bekam einen roten Kopf, länger konnte sie sich nicht zurückhalten. »Major Amery, Sie haben kein Recht, mir vorzuschreiben, was ich zu tun habe. Ich dulde auch nicht, daß Sie mich als ›kleines Mädchen‹ behandeln. Dies ist das Büro meines Onkels, und ich würde mich freuen, wenn Sie es verließen. Übrigens habe ich bis heute nicht gewußt, daß dies sein Büro ist.«

Mit einem Achselzucken ging Amery zur Tür und auf den Gang hinaus; im nächsten Augenblick folgte ihm Ralf Hallam und stellte ihn.

»Amery, wir wollen die Angelegenheit gleich hier klären!« forderte er. »Ich sehe, daß in England nicht für uns beide Platz ist, und ich versichere Ihnen – wenn eine der beiden Organisationen kracht, dann ganz gewiß nicht meine! In jenem Safe war Geld – sehr viel Geld. Vor wenigen Tagen war es noch da, heute abend ist es verschwunden. Sie wissen über die Stanford-Gesellschaft schon längst Bescheid. Das bedeutet, daß Sie hier nach Belieben ein- und ausgehen konnten.«

»Mit anderen Worten: ich habe Ihr Geld gestohlen?« Die grauen Augen schauten belustigt. »Ich will Ihnen einen Rat geben, denselben, der Ihrem Partner gegeben wurde: Halten Sie sich von Soyoka fern! Er ist gefährlich!«

Mit diesen Worten entfernte sich der Major.

Ralf kehrte haßerfüllt zu Elsa zurück.

»Ist er fort?« erkundigte sie sich.

Ralf wollte antworten, aber die Wut schnürte ihm die Kehle zu.

»Also das ist Amery«, brachte er schwer atmend hervor. »Ich werde an den Schurken denken!«

»Ralf, hat hier Geld gelegen? Du hast mir nichts davon gesagt.«

»Selbstverständlich war hier Geld«, meinte er ungeduldig. »Ich wollte dich überraschen. Es war ein ziemliches Vermögen, Tarn hat mir erst vor einigen Tagen davon erzählt.«

Er durchsuchte nochmals den Safe und schrie plötzlich überrascht auf.

»Was ist los?«

»Ach, nichts!« entgegnete er und versteckte hastig einen mit Bleistift beschriebenen Zettel, den er in einem der hinteren Fächer entdeckt hatte. »Ich dachte nur, daß ich etwas gefunden hätte.«

Plötzlich schien er große Eile zu haben, das Büro zu verlassen, denn er stieß Elsa fast in den Gang hinaus und verschloß hastig die Tür.

»Das ist eigentlich überflüssig«, brummte er, »denn wenn der Mann das ist, was ich annehme, wird ihn so ein Türschloß auch nicht aufhalten.«

»Sprichst du von Major Amery?« fragte sie erstaunt. »Was sollte das bedeuten, Ralf, als du sagtest, es sei nicht Platz für euch beide in England – und daß das Geld plötzlich verschwunden sei? Glaubst du, daß er es genommen hat?«

In ihrer Verwirrung glaubte sie, daß das Geld vielleicht bei der Firma Amery unterschlagen worden war, und daß der Unheimliche sich aus diesem Grunde dafür interessierte. Hatte Maurice es gestohlen? Ihr Herz blieb bei diesem Gedanken fast stehen. Das Benehmen Maurice Tarns erschien ihr in einem neuen Licht.

»Wurde das Geld unterschlagen?« stotterte sie vor Aufregung. »War Mr. Tarn ...?«

»Um Himmels willen, frag nicht weiter!«

Auf dem Rückweg zum Hotel schwiegen beide, und Elsa war froh, als Ralf sich am Eingang verabschiedete. Auch sie brauchte Ruhe, um über alles nachzudenken.

Hallam erreichte die Half Moon Street und bemerkte dann, daß er kurz vor seinem Haus zwei Männer überholte. Er hatte schon den Schlüssel ins Schlüsselloch gesteckt, als eine plötzliche Eingebung ihn veranlaßte, sich umzudrehen. So verfehlte ihn der Schlag, der auf seinen Kopf gerichtet war, um Haaresbreite. Hallam konnte den ersten Angreifer niederwerfen, aber der zweite durchbrach seine Deckung. Er sah Stahl blitzen und fühlte, daß die Spitze ihn traf.

»Das hier kommt von Soyoka!« zischte der Mann, als er zustach.

Hallam trat mit den Füßen nach ihm und zog seinen Revolver. Im nächsten Augenblick liefen seine Angreifer die Straße hinunter in Richtung Piccadilly. Ralf überlegte, daß ein Schuß nur unliebsames Aufsehen erregen würde, und steckte die Waffe wieder in die Tasche zurück.

An allen Gliedern zitternd, trat er in sein Arbeitszimmer.

Soyoka hatte den zweiten Schlag geführt!

20

Am nächsten Morgen sprach Hallam in der Stebbings-Bank in der Old Broad Street vor. Er wurde gleich in das pompöse Zimmer Mr. Tupperwills geführt.

Mr. Tupperwill lächelte ihm wohlwollend entgegen und streckte ihm seine große, fleischige Hand hin.

»Ich will gleich zur Sache kommen«, begann Hallam. »Ich habe Ihren Brief erhalten, und ich glaube, daß es das beste ist, wenn ich persönlich mit Ihnen spreche. In den nächsten Tagen erwarte ich Geld – einen ziemlich hohen Betrag. Sie werden meinem überzogenen Konto bis dahin wohl etwas mehr Luft geben können.«

Mr. Tupperwill spitzte die Lippen, als ob er pfeifen wollte, doch schien er es sich anders überlegt zu haben. »Sie können selbstverständlich Ihr Konto überziehen, mein Lieber, aber ... Wieviel brauchen Sie?«

Hallam nannte ihm seine Forderung, und Tupperwill machte sich eine Notiz.

»Das wäre erledigt!« nickte er. »Und nun möchte ich eine Frage an Sie richten. Eigentlich wollte ich Sie schon vorgestern, nachdem ich Sie getroffen hatte, anrufen, aber ich wollte Sie nicht damit behelligen. Wer ist Amery?«

»Sie meinen Paul Amery? Aber ich dachte, Sie kennen ihn«, sagte Hallam erstaunt.

Mr. Tupperwill neigte zustimmend den Kopf. »Ich kenne ihn und auch seinen umherschweifenden Henkersknecht. Hallam, wenn ich Ihnen sage, daß Amery bei uns ein ganz erhebliches Konto hat, verstoße ich eigentlich gegen die Prinzipien der Bank. Er wurde sehr gut empfohlen, aber ich weiß nicht, was ich mit ihm machen soll. Ich selbst neige dazu, sein Konto zu schließen.«

»Warum?« stieß Ralf überrascht hervor.

Mr. Tupperwill schien mit sich zu kämpfen. »Mit der Kundschaft, wie wir sie haben«, sagte er langsam, »können wir es uns nicht leisten, uns auf zweifelhafte Unternehmungen einzulassen.«

Hallam dachte an die unendlich vielen Male, an denen er die Bank für seine eigenen obskuren Zwecke gebraucht hatte, und mußte innerlich lachen.

»Warum sind Sie gegen Amery mißtrauisch?« wollte er wissen.

Der dicke Mann blickte sich um, als ob sich irgendein unberufener Lauscher in dieses stille Zimmer eingeschlichen haben könnte, und fuhr mit gedämpfter Stimme fort: »Hallam, ich betrachte Sie als Freund, denn sonst würde ich es Ihnen nicht sagen. Amery hat gestern bei mir einen sehr großen Betrag deponiert. Ich darf über die Höhe der Summe nicht sprechen, aber es waren ...«

Ralf unterbrach ihn hastig: »Zweihunderttausend Pfund in amerikanischen Banknoten?«

Tupperwill starrte ihn an: »Woher wissen Sie das?«

Hallam holte tief Atem. »Stimmt der Betrag?«

»Beinahe. Wie haben Sie das erraten?«

Aber Ralf war nicht bereit, ihn darüber aufzuklären.

Der Bankier erhob sich und schritt schweigend langsam im Zimmer auf und ab.

»Ich werde Sie jetzt noch mehr ins Vertrauen ziehen, obwohl Sie mich damit in der Hand haben. Amery hat nicht nur das Geld in den Tresor gelegt, sondern auch noch einen großen versiegelten Umschlag mit der Aufschrift: ›Beweise gegen Hallam, die, falls erforderlich, für S. benutzt werden können.‹ Ja, ›Beweise gegen Hallam‹ – und wer ist ›S‹? Ich bin nicht neugierig, aber ich hätte viel Geld dafür gegeben, wenn ich diese Siegel hätte aufbrechen können!«

Ralf wurde blaß.

»Heute morgen war er da«, fuhr der Bankier fort, »und hat den Umschlag abgeholt. Er gab dazu eine Erklärung ab, was völlig unnötig war. Er sagte: ›In meinem Arbeitszimmer wird er besser aufgehoben sein!‹«

Ralf gab eine ziemlich lahme Erklärung, die Tupperwill nicht zu überzeugen schien, da er ganz plötzlich das Thema wechselte.

»Nächstens möchte ich mit Ihrem Freund Mr. Tarn sprechen«, begann er, und Hallam starrte ihn verblüfft an.

»Ja, wissen Sie es denn nicht? Haben Sie nichts gelesen?«

»Was soll ich gelesen haben? Ich habe heute morgen nur die Finanzzeitung gesehen. Ist etwas passiert?«

»Tarn ist vorgestern abend ermordet worden – in meiner Gegenwart«, berichtete Ralf.

Tupperwill trat einen Schritt zurück.

»Um Himmels willen! Ist das Ihr Ernst?«

Ralf nickte. »Es ist wahr. Wie seltsam, daß Sie darüber nichts gehört haben. Es hat in allen Zeitungen gestanden.«

Mr. Tupperwills Gesicht hatte einen seltsamen Ausdruck angenommen.

»Wenn ich das gewußt hätte, lieber Freund, hätte ich Ihnen nicht diesen unglückseligen Brief geschrieben.« Er schüttelte bedauernd den Kopf. »Aber ich lese keine Zeitungen außer meinen Fachblättern, und mein Diener, der mich sonst mit den Tagesereignissen auf dem laufenden hält, ist verreist. Das ist schrecklich, ganz schrecklich! Erzählen Sie mir, wie es geschah.«

Ralf erzählte die Geschichte ziemlich genau, und der Bankier hörte bis zum Ende zu, ohne ihn zu unterbrechen.

»Weiß man, wer der Mann im Zimmer war?«

»Man vermutet es. Aber unglücklicherweise hat der Mann, den wir verdächtigen und der auch, dessen bin ich ganz sicher, der Mörder ist, sein Alibi nachgewiesen. Er wurde gestern abend, als er aus Mittelengland zurückkehrte, festgenommen. Eigenartigerweise trug er den Hut, den man als Beweisstück gegen ihn verwenden wollte. Sein Alibi hatte also keine Lücke.«

Ralf erzählte weiter, daß Bickerson von der Polizei in Birmingham erfahren hatte, daß sich Feng Ho dort, zur Stunde der Tatzeit, gemeldet habe. »Ein Chinese sieht wie der andere aus«, bemerkte er, unbewußt Paul Amerys eigene Worte gebrauchend. »Ich glaube, daß das Alibi völlig falsch ist und daß die Person, die sich in Birmingham meldete, gar nicht Feng Ho war.«

»Doch nicht etwa Major Amerys Feng Ho?« fragte der Bankier.

»Kennen Sie ihn denn? Ach ja, natürlich, Sie hatten mich neulich auf ihn aufmerksam gemacht.«

Mr. Tupperwill war jetzt außerordentlich erregt.

»Ich kenne den Chinesen, weil er einmal mit Major Amery hier war. Feng Ho! Das ist sehr überraschend und sehr beunruhigend. Was ist mit der armen jungen Dame geschehen?«

»Ich glaube, für sie ist ganz gut gesorgt«, versicherte Hallam und bemühte sich, dieses Thema nicht weiter zu verfolgen.

Tupperwill wurde wieder ganz Geschäftsmann.

»Was das Überziehen Ihres Kontos betrifft, mein lieber Hallam, so können Sie ohne weiteres Gebrauch davon machen, wenn Sie das Geld benötigen. Nein, nein, Sie haben nicht zu danken. Ich habe die Warnung ausgesprochen und damit meiner Pflicht genügt.« Dann schweiften seine Gedanken wieder zu dem Verbrechen: »Die gerichtliche Untersuchung ...«

»... wird heute sein«, ergänzte Ralf. »Ich will eben hin.«

Wieder schien der Bankier in Gedanken versunken zu sein.

»Haben Sie etwas dagegen, wenn ich Sie zur Gerichtsverhandlung begleite? Solche Verhandlungen sind allerdings sehr deprimierend – aber ich habe einen Grund, warum ich mitgehen möchte.«

Ralf fragte sich, welcher Art Tupperwills Interesse sein könnte, aber die Erleichterung, daß er diese schwere finanzielle Krise überstanden hatte, bewog ihn, die Gesellschaft Tupperwills zu erdulden. Sie betraten den Gerichtssaal, als gerade Hallams Name aufgerufen wurde.

Er hatte Elsa erst gesehen, als er vor dem Zeugentisch stand, und an ihrem Gesicht erkannte er, daß sie ihre Zeugenaussage bereits gemacht hatte. Die Untersuchung dauerte fast bis fünf Uhr und wurde dann vertagt. Während dieser Zeit hatte Hallam keine Gelegenheit, sich ihr zu nähern, und erst außerhalb des Gerichtsgebäudes konnte er mit ihr sprechen.

»Ich war gestern abend ziemlich gereizt, Elsa, bitte verzeih. Aber meine Nerven sind fast ruiniert.«

»Meine auch«, gab sie zurück. Dann erblickte sie Mr. Tupperwill, der sich im Hintergrund hielt.

Hallam stellte ihn vor, und der Bankier ergriff Elsas Hand mit einem Ausdruck melancholischer Teilnahme auf dem Gesicht.

»Ich kannte Ihren Onkel«, sagte er pietätvoll, »ich will nichts weiter hinzufügen.« Und nachdem er blumenreich sein tiefempfundenes Beileid ausgedrückt hatte, verabschiedete er sich.

»Wer ist dieser Tupperwill?« erkundigte sich Elsa.

»Der Eigentümer der Stebbings-Bank und ein großartiger Mensch«, erklärte Ralf. »Gehst du heute abend zu Lou?«

Elsa schüttelte den Kopf. »Nein, ich kann heute abend nicht ausgehen, ich muß noch einmal ins Büro.«

»Willst du damit sagen, daß Amery dich noch zurückerwartet?«

»Er erwartet es nicht nur, sondern er verlangt es sogar«, erwiderte sie ärgerlich. »Ich scheide am Sonnabend aus der Firma aus und habe eine entsprechende Mitteilung für ihn hinterlassen. Aber er hat überhaupt keine Notiz davon genommen. Bitte, sprich nun nicht mehr über ihn! Kannst du mich ein Stückchen begleiten?«

»Den ganzen Weg«, brummte Ralf.

Am Ende der Wood Street verabschiedete er sich, und Elsa eilte unruhig ins Büro zurück und entschuldigte sich, daß sie so spät käme.

Amery stand in seinem Zimmer vor dem Kamin. Die Hände hielt er auf dem Rücken, die Blicke starrten ärgerlich zu Boden. Auf dem Schreibtisch lag Elsas geöffneter Brief, und Amerys Macht über sie war so stark, daß sie nervös wurde, wenn sie daran dachte, wie er diese Kündigung aufnehmen würde. Er sprach auch sofort darüber.

»Sie wollen uns also verlassen, Miss Marlowe? Damit haben Sie mir die Mühe, Ihnen zu kündigen, abgenommen.«

Diese Worte verscheuchten all ihre Furcht. »Sie sollten wenigstens so höflich sein, mir diese Beleidigung zu ersparen«, versetzte sie aufgebracht. »Ich will Ihnen den Grund sagen, warum ich Sie verlasse. Kein Mädchen mit Selbstachtung kann bei Ihnen arbeiten, so ungezogen benehmen Sie sich; es ist einfach erniedrigend, auf Ihren Wink warten zu müssen.«

Er starrte sie erstaunt an.

»Tatsächlich?« war alles, was er entgegnete. Dann fuhr er fort: »Sie hatten mir versichert, daß Sie nichts von der Stanford-Gesellschaft wüßten.«

»Ich habe auch nichts gewußt«, gab sie ärgerlich zurück. »Zweimal haben Sie mich durch Andeutungen als Lügnerin hingestellt, und ich hoffe, Sie werden Ihre Beleidigungen nicht wiederholen.«

Amery war verblüfft über ihre Heftigkeit, doch bevor er antworten konnte, fuhr sie fort:

»Ich war der Überzeugung, daß die Stanford-Gesellschaft nur in Ihrer Phantasie existierte. Ich hatte keine Ahnung von dem Geschäft, das mein Onkel betrieb, aber aus Ihrem Verhalten muß ich schließen, daß es ein unpassendes war. Wieviel Geld er hatte und wie er dazu gekommen ist, weiß ich ebenfalls nicht. Ich hatte nicht einmal eine Ahnung, daß überhaupt Geld vorhanden war. Dr. Hallam hat mir nur erzählt, daß in Mr. Tarns Büro Dokumente lägen. Jetzt ist mir klar, daß es Ihr Geld gewesen sein muß. Mein Onkel hat es unterschlagen – ist das richtig?«

»Nein, Ihr Onkel hat von der Firma Amery kein Geld gestohlen«, erklärte Amery. »Soviel ich weiß, war er ein zuverlässiger Mann – soweit es das Geld der Firma betraf.«

Er wandte sich wieder der Betrachtung des Teppichs zu.

»Es tut mir leid«, entschuldigte er sich, obwohl aus seiner Stimme auch nicht der leiseste Ton des Bedauerns zu hören war. »Ich scheine mich geirrt zu haben. Selbstverständlich wußten Sie nichts von der Stanford-Gesellschaft. Er hat Ihnen gewiß nichts darüber erzählt.«

»Mr. Tarn hat nie mit mir über seine Geschäfte gesprochen.«

»Ich denke jetzt nicht an Mr. Tarn«, meinte er nachdenklich, »ich denke an Ihren ausgezeichneten Dr. Hallam, der, soweit ich es überblicken kann, einer sehr bewegten Zeit entgegengeht.«

Es entstand wieder eine lange Pause, dann fuhr er fort: »Es tut mir wirklich leid! Ich nehme meine Bemerkung über Ihre Entlassung zurück, obgleich ich die Absicht hatte, Ihnen zu kündigen. Wenn Sie also in Ihrer Stellung bleiben wollen, steht es Ihnen frei.«

»Ich habe kein Verlangen danach«, erwiderte sie kurz, setzte sich auf den Schreibtisch und öffnete ihren Stenoblock.

Amery blieb noch immer am Kamin stehen.

»Ein dicker Mann, dieser Tupperwill«, sagte er zusammenhanglos, »und ein Liebhaber von schönen Dingen. Erstaunlich, daß Hallam einen solchen Mann als Freund hat.«

Elsa Marlowe tat, als ob sie seine Bemerkung überhörte, und wartete geduldig, den Bleistift bereit.

»Feng Ho meint, daß Sie ganz wunderbar sind.«

»Major Amery, es interessiert mich nicht im mindesten, was Feng Ho von mir hält. Falls Sie keine Briefe zu diktieren haben, möchte ich nach Hause gehen, ich habe Kopfschmerzen.«

Amery warf ihr einen Blick zu.

»Sie halten mich für ein Scheusal – weil ich Sie nicht zur Ruhe kommen lasse. Ich will Ihnen aber etwas sagen, Miss Marlowe: Ich habe Ihnen absichtlich keine Zeit zum Überlegen gegeben. Ich habe für Sie Arbeit gefunden, um Ihre Gedanken von einem bestimmten dunklen Zimmer in Elgin Crescent abzulenken, wo Tarn das erhalten hat, was ihm seit langer Zeit zukam. Er war gewarnt!«

»Von Ihnen?« fragte Elsa ruhig.

»Von mir und von anderen.«

Dann riß er sich von seinen Gedanken los, die anscheinend nicht gerade angenehm waren, und begann ohne weitere Vorbereitung einen Brief zu diktieren, der sehr lang zu werden schien. Aber mitten im Brief hörte er ebenso plötzlich auf wie er angefangen hatte. »Ich denke, das ist alles für heute abend«, meinte er abschließend. »Sie brauchen ihn erst morgen früh zu schreiben.«

Er folgte ihr ins Vorzimmer, den Mantel über dem Arm und Hut und Stock in der Hand.

»Sie wohnen im Palace-Hotel, nicht wahr? Möglicherweise muß ich Sie bitten, heute abend zu mir zu kommen.«

»Das wird leider nicht gehen, ich habe eine Verabredung«, erwiderte sie mit kühler Höflichkeit.

In diesem Augenblick öffnete sich die Tür, und Miss Tame kam herein. Sie wurde ganz verlegen, als sie den gefürchteten Chef sah, und wollte sich schleunigst zurückziehen.

»Miss Tame! Vielleicht habe ich heute abend noch etwas zu erledigen. Sollte das der Fall sein, bitte ich Sie, mit Miss Marlowe zu mir zu kommen – in die Brook Street 304. Würden Sie sich mit ihr in Verbindung setzen?«

Elsa wollte eine Einwendung machen, aber bevor sie sprechen konnte, war er schon gegangen, ohne sie zu beachten.

»Ich werde keinesfalls hingehen – unter gar keinen Umständen«, empörte sie sich. »Ich habe ihm gesagt, daß ich eine Verabredung habe, und sein Haus betrete ich nicht.«

Miss Tame war jedoch sehr neugierig. »Ich möchte es unbedingt sehen«, schwärmte sie. »Ich möchte wetten, daß es da überall Falltüren und geheimnisvolle Wandöffnungen gibt.«

»Ich jedenfalls gehe nicht in sein Haus«, beharrte Elsa auf ihrem Entschluß.

»Vielleicht hat er indische Diener«, phantasierte die sensationslustige Miss Tame weiter. »Er klatscht in die Hände, und sie erscheinen durch geheime Türen. Und überall stehen Götzenbilder. Ach, Miss Marlowe, ich möchte unbedingt das Haus sehen. Lassen Sie uns doch hingehen!«

»Fällt mir nicht ein!« erklärte Elsa und stülpte geräuschvoll den Deckel über ihre Schreibmaschine.

»Brook Street 304«, träumte die eifrige Kinogängerin, »Haus der Geheimnisse!«

Elsa mußte lachen.

»Seien Sie nicht albern! Es ist ein ganz gewöhnliches Haus wie alle in West End. Als der alte Mr. Amery lebte, bin ich schon einmal dortgewesen.«

»Er hat es sicher nach seinem indischen Geschmack umgeändert... Teppiche, in denen man versinkt... Räucherkerzen und Musik... Ich bin so gespannt.«

Elsa war belustigt über diese Begeisterung.

»Man könnte glauben, Sie haben sich mit ihm verschworen«, meinte sie erheitert. »Sie können mich bis zum Hotel begleiten, damit man mich nicht auf offener Straße in London entführt und in Majors Amerys geheimen Harem bringt.«

»Auch das ist schon dagewesen!« behauptete Miss Tame.

Elsa verbrachte einen unruhigen Abend im Hotel. Kaum war sie dort angelangt, rief Miss Tame an und fragte sie, ob sie ihre Meinung geändert habe. »Seien Sie nicht töricht, Jessie!« wehrte Elsa ab, als sie zum fünftenmal angerufen wurde. »Major Amery hat noch nicht telefoniert, und ich gehe auch nicht hin.«

»Ich werde bis halb elf alle halbe Stunde bei Ihnen anrufen«, entgegnete Miss Tame entschlossen. »Sie können sich darauf verlassen, Miss Marlowe!«

Elsa stieß einen ärgerlichen Laut aus und legte den Hörer auf.

Es war kurz vor elf, als das Telefon wieder läutete; Elsa vermutete, daß wiederum Miss Tame sich melden würde und nahm daher nur zögernd den Hörer ab.

Doch es war Major Amery.

»Miss Marlow? Bitte, nehmen Sie ein Taxi, und kommen Sie gleich zu mir. Meine Wirtschafterin ist schon unterwegs, um Miss Tame zu holen.«

»Aber, Major Amery, ich will gerade schlafen gehen.«

Klick! hörte sie, und das Gespräch war beendet.

Jetzt konnte sie ihre Unabhängigkeit beweisen. Sie war immer zu nachgiebig gewesen, doch er sollte ihr nicht Befehle erteilen können wie einer Sklavin. Sie würde ihm beweisen, daß er ihr seinen Willen nicht aufdrängen konnte! Unentschlossen saß sie auf dem Bettrand und starrte auf das Telefon. Als es nach einer Viertelstunde wieder läutete, sprang sie auf.

»Miss Marlowe«, klang es ungeduldig, fast ärgerlich, »ich erwarte Sie. Miss Tame ist schon da.«

Elsa seufzte. »Ich komme.«

Sie redete sich ein, daß sie nur nachgegeben habe, um die phantasievolle Jessie Tame nicht in jenem ›Haus der Geheimnisse‹ allein zu lassen. Im Innersten gestand sie sich aber ein, daß sie dem Willen des Unheimlichen nicht widerstehen konnte – und deshalb haßte sie ihn mehr denn je.

Ein alltäglich aussehender Diener öffnete ihr die Tür, und eine kleine Frau mittleren Alters von sehr achtbarem Aussehen führte sie in den Salon, wo Jessie Tame auf einer Stuhlkante saß. Ihre Lippen waren zusammengepreßt, sie schaute sich ausgesprochen enttäuscht um. Das Zimmer war sehr groß und altmodisch eingerichtet. Elsa konnte Miss Tames Enttäuschung gut verstehen.

Der Unheimliche war nirgends zu sehen: sie waren allein im Zimmer.

»Haben Sie ihn gesehen?« flüsterte Miss Tame.

»Nein.«

»Es sieht ganz normal hier aus.« Miss Tame rümpfte die Nase. »Aber ein chinesischer Diener ist da. Man muß sehr vorsichtig sein!« Sie legte den Finger an die Lippen, als die Tür aufging und Amery eintrat. Er war im Frack, und nach den Falten auf seiner Stirn zu urteilen, war er in seiner üblichen Laune.

»Ich hatte nicht angenommen, daß ich Sie herzubitten brauchte«, erklärte er kurz, »aber es ist etwas geschehen, was meinem kleinen Scherz eine andere Wendung gegeben hat.«

Seinem kleinen Scherz? Elsa begriff nichts.

»Ich nehme an, daß Sie beide diese Sache streng vertraulich behandeln werden«, fuhr er fort. »Sie werden heute Abend Dinge hören, die gewisse Leute gern erfahren würden und für die sie eine Menge Geld hergäben.«

Er klatschte zweimal in die Hände, und Miss Tames Augen leuchteten auf. Eine gegenüberliegende Tür öffnete sich, und ein Chinese trat ein. Es war nicht Feng Ho, sondern ein kleiner, gelber Mann in einer blauseidenen Jacke, in deren Ärmel er seine Hände versteckt hielt. Major Amery wechselte einige Worte mit ihm in einer Sprache, die Elsa für chinesisch hielt. Dann forderte er die beiden Damen auf: »Kommen Sie bitte hier herein!« und schritt auf die offene Tür zu.

Der Chinese verschwand, und nach kurzem Zögern faßte Elsa Miss Tame am Arm. Dann folgten sie Amery in ein kleines Zimmer mit drei Türen. Er öffnete die erste Tür und gab den Mädchen ein Zeichen, zu warten. Dann ging er hinein. Nach einer Weile erschien er wieder: »Bitte, kommen Sie!« Die Mädchen folgten ihm in eine hellerleuchtete Kammer, die offenbar für Dienstboten bestimmt war und in der nur ein Bett und ein Schrank standen. Auf dem Bett lag ein Mann, bei dessen Anblick Elsa vor Unruhe und Erstaunen das Herz klopfte. Sein Gesicht war aschfahl, sein Kopf und eine Hand verbunden, doch mit einem freundlichen Lächeln begrüßte er sie.

»Wie seltsam!« murmelte er.

»Dies ist Mr. Theophilus Tupperwill, der bekannte Bankier!« stellte Amery vor.

21

»Wir sind uns schon unter angenehmeren Umständen begegnet«, wandte sich Tupperwill an Elsa. »Sie sind doch das Fräulein, das ...«

»Wir wollen Ihre Aussage schriftlich festhalten«, unterbrach ihn Amery und schaute Elsa an.

»Unser Freund hatte ein sehr unangenehmes Erlebnis, und er möchte gern – oder vielmehr, ich möchte –, daß dieser Vorfall schwarz auf weiß niedergelegt wird.«

»Das klingt sehr geschäftsmäßig!« murmelte Mr. Tupperwill.

»Und er wird unterzeichnet!« fügte Amery hinzu. Elsa fiel auf, daß er diese Worte besonders betonte.

Der Unheimliche berührte den Kopfverband, und Mr. Tupperwill zuckte zusammen.

»Für einen Amateur nicht schlecht«, lobte Amery. »Nun, Miss Marlowe, haben Sie Ihren Stenoblock mitgebracht?«

Elsa nickte. Was mochte das alles bedeuten? Sie warf Jessie Tame einen schnellen Blick zu und bemerkte, daß ihre Kollegin vor Aufregung zitterte. Endlich hatte sie ihre Sensation!

Amery holte aus dem Nebenzimmer einen Stuhl, den er neben das Bett des Verletzten stellte.

»Sind Sie soweit, Miss Marlowe?«

Elsa war bereit, und der Bankier murmelte wieder mit einem schmerzlichen Lächeln: »Sehr geschäftsmäßig! Ich soll also eine Aussage machen. Wo beginne ich nur? Ja, ich hatte mein Abendessen eingenommen und befand mich danach auf meinem üblichen Abendspaziergang. Ich gehe immer um Viertel nach zehn dreimal um den Häuserblock – ich brauche die Bewegung; sonst kann ich nicht einschlafen. Wie immer ging ich meinen gewöhnlichen Weg durch die Brook Street zur Park Lane und kehrte auf demselben Weg zurück.

Die Straße ist um diese Zeit menschenleer. Plötzlich fuhr ein Wagen an der Bordkante vor. Zwei Männer stiegen aus. Noch ein dritter Mann erschien, und ganz unerwartet entstand zwischen diesen dreien eine Schlägerei! Das heißt, zwei Männer schlugen auf den dritten ein, dessen Kopf sie in ein Tuch gehüllt hatten. Ich wollte die Leute zum Aufhören veranlassen, aber kaum hatte ich einen Schritt getan, erhielt ich einen Schlag und verlor das Bewußtsein. Als ich wieder zu mir kam, lag ich in den Armen Major Amerys und eines Passanten, der dem Major behilflich war, mich in sein Haus zu tragen, vor dessen Tür ich überfallen worden war.«

»Sie haben den Brief vergessen«, sagte Amery trocken.

»Ach ja! Meine Gedanken sind ganz verwirrt! Bitte, fügen Sie noch hinzu, daß mein Diener mir nach dem Abendessen einen Brief übergab, den er nach seinen Angaben im Briefkasten gefunden hatte. Er enthielt nur vier Worte: ›Sie sprechen zu viel!‹ Was diese Worte bedeuten, weiß ich nicht; ich bin von Natur aus sehr zurückhaltend. Haben Sie noch Fragen an mich, Major?«

»Als Sie aufgefunden wurden, war der Wagen selbstverständlich verschwunden?«

»Ja, und auch die Männer. Sie sagten doch, daß Sie niemanden gesehen hätten.«

»Ich sah sie«, bemerkte Amery gelassen, »wenigstens den Wagen. Haben Sie das, Miss Marlowe?«

Elsa nickte.

»Sie finden in meinem Arbeitszimmer eine Schreibmaschine. Die Haushälterin wird Ihnen den Weg zeigen. Ich möchte, daß Sie die Aussage gleich niederschreiben, damit sie sofort unterzeichnet werden kann.«

Elsa verließ mit der aufgeregten Jessie Tame das Zimmer.

»Was sagen Sie dazu?« fragte Jessie, als sie in dem kleinen, einfachen Arbeitszimmer allein waren. »Haben Sie so etwas schon erlebt. Das übertrifft jeden Film! Ich habe immer gesagt, daß im Leben mehr gräßliche Dinge passieren, als man sich vorstellen kann. Was glauben Sie, wer es war, Miss Marlowe?«

Elsas Gedanken waren vollständig verwirrt.

»Ich weiß nicht, ob Major Amery etwas gegen diesen Bankier hat«, meinte sie nachdenklich, »aber ich habe gehört, daß manchmal Schlägereien provoziert werden, um unschuldige Leute hineinzuziehen.«

Miss Tame ließ sich vor Staunen auf ein Sofa fallen.

»Wollen Sie etwa damit sagen, daß der Unheimliche diese Straßenschlägerei inszeniert hat?«

»Ich weiß überhaupt nicht, was ich denken soll.«

Elsa Marlowe wollte sich jetzt nur auf ihre bevorstehende Arbeit konzentrieren. Die Schreibmaschine stand wohl auf dem Tisch, aber es war kein Papier da. Elsa suchte vergeblich, bis sie einen kleinen Wandschrank erblickte, dessen Tür nur angelehnt war. Wie erwartet, enthielt er eine Anzahl Fächer mit Schreibmaterial. Sie fand aber auch noch etwas anderes – einen kurzen Knüppel, zwanzig Zoll lang und beinahe so stark wie ihr Handgelenk, aus Rhinozeroshaut gefertigt. Mr. Tarn hatte aus demselben Material einen Spazierstock. Elsa hätte den Knüppel kaum bemerkt, wenn er nicht auf einem Stapel Schreibpapier gelegen hätte, auf dem einige dunkle Flecken waren. Es waren Blutflecken! – Ohne zu Miss Tame über ihren Fund zu sprechen, nahm Elsa den Knüppel in die Hand, betrachtete ihn näher und entdeckte, daß das Ende rot und noch feucht war.

22

Das Geheimnis von Mr. Tupperwills Verletzung war kein Geheimnis mehr. Dies war die Waffe, und Paul Amery hatte den Schlag geführt. Er war dann anscheinend sofort ins Arbeitszimmer gelaufen, hatte den Stock in den Wandschrank geworfen und ihn vollständig vergessen. Danach war er wieder hinausgeeilt und hatte so getan, als ob er dem Mann behilflich wäre. Vermutlich hatte das

Hinzukommen des Passanten Tupperwills Leben gerettet. Elsa lief ein Schauer über den Rücken; schnell nahm sie einige Blatt Papier, schloß die Schranktür und kehrte an den Tisch zurück.

»Was ist mit Ihnen los, Miss Marlowe?«

Jessie starrte sie betroffen an, als sie Elsas bleiches Gesicht sah.

»Ich weiß nicht. Mir ist nicht ganz wohl«, wehrte Elsa ab.

Sie spannte ein Blatt Papier in die Schreibmaschine, biß sich auf die Lippen und konzentrierte sich auf die Aussage. Während sie schrieb, wurde ihr die Sache immer klarer, ihre Annahme gewann immer mehr an Wahrscheinlichkeit. Sie war mit dem Schreiben gerade fertig, als Amery ins Zimmer kam. Er las die Aussage durch, verbesserte zwei Fehler und ging wieder.

»Eine von Ihnen muß mitkommen«, sagte er, »sie muß als Zeugin unterschreiben.«

Jessie Tame folgte ihm und kehrte kurz darauf mit der Bemerkung, daß sie die Urkunde als Zeugin unterschrieben habe und daß Mr. Tupperwill jetzt aufrecht sitze und nach Hause gehen wolle.

Durch die offene Tür hörte sie Schritte im Gang, und Mr. Tupperwill trat blaß und schwankend ein.

»Etwas Kognak wird Ihnen guttun!« empfahl Amery, öffnete ein Schränkchen und goß ein Glas ein.

»Ja, danke!« murmelte der Bankier. »Ich hätte eigentlich den Mann beschreiben sollen, den die beiden Kerle angegriffen haben, aber ich hatte es vergessen.«

»Sagten Sie nicht, er habe ein Tuch über dem Kopf gehabt?«

»Gewiß, sein Gesicht habe ich nicht gesehen. Aber er war klein und trug einen gelblich braunen Anzug, wenigstens eine solche Hose. Darauf könnte ich schwören!«

»Ich werde Mr. Tupperwill nach Hause bringen«, meinte Amery zu den Mädchen. »Ich benötige Sie nun nicht länger und danke Ihnen, daß Sie gekommen sind.«

Elsa trennte sich so schnell wie möglich von Miss Tame, und sobald sie in ihr Hotel zurückgekehrt war, rief sie Ralf an und erzählte ihm den Vorfall.

»Du bist noch nicht im Bett?« fragte er schnell. »Ich meine, ich kann dich doch noch besuchen, wenn ich sofort komme?«

»Gewiß«, sagte Elsa verwundert, »aber ich kann dich ja morgen früh treffen.«

»Nein, ich muß dich unbedingt sofort sprechen. Am Telefon kann ich nichts darüber sagen. Willst du mich in der Halle erwarten?«

Elsa schaute auf ihre Armbanduhr, es war zwölf.

»Schön, ich will meinen guten Ruf aufs Spiel setzen. Komm aber sofort!« stimmte sie zu.

Ralf traf bald ein und erfuhr in allen Einzelheiten Tupperwills erstaunliches Erlebnis. Elsa hatte ganz offen gesprochen. Sie hatte das Gefühl, daß sie sich in diesem Fall keine Zurückhaltung auferlegen mußte. Als sie geendet hatte, sah Ralf sie seltsam an.

»Also das ist es! Er spricht zuviel! Der Teufel muß belauscht haben, was Tupperwill mir heute morgen über ihn gesagt hat. Wie er das aber fertiggebracht hat, ist mir ein Rätsel! Erst Tarn, dann das Geld, und nun Tupperwill. Soyoka schreckt vor nichts zurück.«

»Soyoka? Ralf, das ist doch der Chef der Rauschgiftbande?« In diesem Augenblick erkannte sie die Zusammenhänge. »Es waren doch zwei Banden – die Soyokas und die andere – Mr. Tarns?« flüsterte sie atemlos.

Hallam nickte. »Früher oder später mußtest du es doch erfahren.«

»Und du?« fragte sie mit einer Stimme, die kaum lauter als ein Wispern klang.

»Ich auch«, erklärte er kühl. »Du brauchst daran keinen Anstoß zu nehmen, Elsa. Das ist eine reine Geschäftssache. Du würdest ja auch nichts gegen einen Brauer oder Schnapsfabrikanten haben, weil einige Leute keinen Alkohol vertragen können.«

»Soyoka!« wiederholte sie. »Glaubst du, daß Major Amery ...«

»Er ist entweder selbst Soyoka oder aber sein Beauftragter.«

»Und Mr. Tupperwill?«

»Hat überhaupt nichts damit zu tun«, wehrte Ralf ungeduldig ab. »Tupperwill ist mein Bankier und zufällig auch der Bankier Amerys. Er hat mir erzählt, daß ihm Amerys Konto nicht gefiel – und das ist es, worüber wir gesprochen hatten. Amery muß es erfahren haben, und deshalb ist die Bande heute abend Tupperwill gefolgt, um ihm einen Denkzettel zu geben. Morgen wird Amery sein Konto bei der Stebbings-Bank schließen und auch alles aus dem Tresor nehmen. Wenn ich nur wüßte ...«

Seine Augen funkelten und seine Stimme zitterte vor Aufregung.

Elsa war jedoch durch diese Enthüllung sehr niedergeschlagen.

»Ich kann das alles nicht verstehen, es ist zu schrecklich! Das Geld, das Tarn aufbewahrte, stammt es ...?« Sie verstummte.

»Von dieser Seite darf man die Sache nicht ansehen«, betonte

Hallam. »Ich sage dir, es ist ein reines Geschäft. Vielleicht verstößt es gegen das Gesetz, aber es ist auch nicht schlimmer als Schnapsschmuggel, und ich kenne viele anständige Leute, die ihr Geld damit verdienen.«

»Als ›anständig‹ würde ich diese Leute nicht bezeichnen«, meinte Elsa. Sie hatte ihre Fassung wiedergewonnen und stand auf. »Ich muß jetzt allein sein und mir alles überlegen.« Damit ging sie in ihr Zimmer.

23

Als Elsa sich am nächsten Morgen anzog, um in das verhaßte Büro zu gehen, war sie zu einem Entschluß gekommen – ihre Verbindung mit dem Hause Amery war endgültig zu Ende. War ihre Moral so tief gesunken, daß sie ein Verbrechen, von dem sie wußte, und ein anderes, das sie vermutete, entschuldigen konnte?

Ihr Weg führte sie an den großen Zeitungsverlagen vorbei. Einem plötzlichen Einfall folgend, ging sie in eines der Archive und begann, die Bände alter Zeitungen durchzublättern. Bald fand sie den Artikel, den sie an jenem Morgen ihrem Onkel vorgelesen und der ihn so aufgeregt hatte. Jetzt wußte sie, warum!

Ein Angestellter trat auf sie zu und bot ihr seine Hilfe an.

»Ich danke Ihnen vielmals«, verabschiedete sie sich und verließ in aller Eile das Archiv.

Als die Glocke Elsa ins Chefbüro rief, fand sie es seltsam, daß Amery gar nicht verändert aussah. Es mußte doch in seinem Gesicht etwas sein, was seinen gemeinen Charakter verriet. Aber nein, es war genauso wie immer, und weder sein Benehmen noch sein Ton verrieten etwas. Einmal war es sogar freundlich.

»Ich bin Ihnen sehr verbunden, daß Sie gestern abend zu mir gekommen sind«, begann er. »Sie werden sich freuen zu hören, daß Mr. Tupperwill eine gute Nacht verbracht hat. Der Arzt glaubt, daß Tupperwill in wenigen Tagen wieder in sein Büro gehen kann.«

Elsa glaubte, aus seinen Worten leichten Spott herauszuhören.

Amery blickte sie fest an: »Und welchen Trost hatte Dr. Hallam für Sie bereit?« fuhr er fort.

»Sie beobachten mich sehr genau, Major Amery«, entgegnete sie ruhig. »Ich habe Dr. Hallam nicht zu mir gerufen, um mich trösten zu lassen.«

»Sie haben ihn also doch gebeten zu kommen? Ich habe es vermutet«, meinte er. »War er sehr beeindruckt von Tupperwills schrecklichem Erlebnis? Ich sehe, daß Sie darüber nicht sprechen wollen. Wenden wir uns den Briefen zu!«

Nach einem halbstündigen Diktat schien ihn die Angelegenheit immer noch zu beschäftigen, denn er fragte: »Haben Sie irgend etwas von dem gestrigen Vorfall nicht erzählt?«

Schnell wie der Blitz kam die Antwort: »Ich habe nicht erzählt, daß ich den blutigen Knüppel im Papierschränkchen gefunden habe.«

Sie biß sich auf die Lippen, sie hatte es nicht sagen wollen. Doch nun war es zu spät!

In Amerys Gesicht bewegte sich kein Muskel.

»Ich hatte schon überlegt, woher Sie das Schreibpapier hatten. Ich hatte gehofft, daß neben der Maschine einige Bogen lagen. Sie betrachten mich wohl als einen sehr schweren Fall?«

»Ich glaube, daß Sie furchtbar sind!« stieß sie hervor. »Kann ich jetzt gehen?«

»Sie halten mich also für furchtbar? Das glauben andere auch, und so mancher wird es noch glauben müssen«, sagte er ruhig. »Mr. Tupperwill hätte etwas verschwiegener sein sollen.«

»Was!« rief Elsa fassungslos. »Sie geben es also zu!«

Amery nickte. »Diese Lehre wird er nicht vergessen.«

Elsa wußte nicht, ob sie träumte oder wachte. Erst das Klappern ihrer Schreibmaschine brachte sie wieder ins Gleichgewicht.

Wieder läutete die Glocke, und Elsa eilte mit dem Stenoblock in Amerys Zimmer.

»Ich habe vorhin einen Brief vergessen«, erklärte er. »Schreiben Sie:

›An den geschäftsführenden Direktor der Stebbings-Bank.
Sehr geehrter Herr! Mit dem heutigen Tag schließe ich mein Konto bei der Stebbings-Bank. Mein Guthaben wollen Sie bitte meinem Konto bei der Northern & Midland Bank überweisen. Weiter bitte ich, dem Überbringer dieses Briefes die Stahlkassette auszuhändigen, die auf meinen Namen in Ihrer Verwahrung ist. Die Quittung des Überbringers, Mr. Feng Ho, B.A., soll als meine gelten. Hochachtungsvoll...«

Elsa ging zu ihrer Schreibmaschine zurück und war überzeugt, daß alles, was Ralf vorausgesagt hatte, eingetreten war. Amery schloß sein Konto bei der Stebbings-Bank.

Paul Amery war im gleichen Augenblick das Gesprächsthema zweier Männer, von denen einer ihn ganz besonders haßte. Mr. Tupperwill lag in seinem großen Bett und bot ein malerisches Bild. Er hielt ein goldenes Riechfläschchen in der weiß verbundenen Hand, denn er hatte schreckliche Kopfschmerzen. Trotzdem hatte er Ralf Hallam empfangen, um ihm seinen Unglücksfall genau zu schildern. Und Ralf war sehr teilnahmsvoll und neugierig. Aber seine Vermutung, daß der Angreifer kein anderer als Paul Amery gewesen sein könne, wies Mr. Tupperwill so unwillig zurück, als sei seine eigene Ehre angegriffen worden. »Unsinn, Hallam, Unsinn!« entgegnete er so nachdrücklich, wie sein leidender Kopf es ihm erlaubte. »Amery ist gar nicht in der Nähe gewesen. Ich habe die beiden Männer, die mich überfielen, ganz deutlich gesehen. Warum sollte Amery mich denn angreifen?«

Ralf war anderer Meinung, doch schien es noch nicht an der Zeit zu sein, Enthüllungen zu machen.

»Ich hielt es immerhin für möglich«, meinte er. »Amery ist etwas unbeherrscht.«

»Blödsinn! Lieber Hallam, verzeihen Sie meine Heftigkeit, aber es hat keinen Zweck, weiter über die beiden Halunken zu sprechen. Ich möchte darauf schwören, daß keiner von beiden Amery war. Allerdings muß ich zugeben«, räumte Mr. Tupperwill ein, »daß mir Major Amery als Kunde nicht angenehm ist, und ich will die erste beste Gelegenheit benutzen, um sein Konto aus meinen Büchern zu streichen.«

»Ich glaube, er wird Ihnen diese Mühe ersparen«, versetzte Ralf trocken.

»Warum?« fragte Mr. Tupperwill verdutzt.

»Weil – nun weil ...« Statt einer Antwort nahm Ralf den Brief, den Mr. Tupperwill ihm gezeigt hatte, las die vier Worte und lächelte. »Bringen Sie diese Warnung in Zusammenhang mit der Auskunft, die Sie mir gestern gegeben haben?«

»Über Amery? Um Himmels willen, nein!«

Hallam betrachtete nachdenklich das Schreiben. »Es ist das gleiche Briefpapier und dieselbe Handschrift wie in dem Brief, den der arme Tarn vor seinem Tod erhielt. Worauf sonst, wenn nicht auf

Amery, könnte sich diese Drohung beziehen? Sie haben doch nur über Amery und sein Geld gesprochen?«

Tupperwill war in Schweigen versunken. Nachdenklich sagte er endlich: »Nein! Er konnte über unsere Unterhaltung nichts wissen. Die hat in meinem Büro stattgefunden, und es ist absolut unmöglich, daß wir belauscht worden sind.«

»Sie haben doch eine Gegensprechanlage in Ihrem Büro: war die abgestellt?«

»Ich glaube schon!« Tupperwill überlegte. »Es ist mir zur zweiten Natur geworden, sie abzustellen. Diese elende amerikanische Erfindung ist nicht immer angenehm, und ich habe schon daran gedacht, sie entfernen zu lassen. Andererseits ist sie sehr bequem – ein Hebeldruck, und ich kann mit jeder meiner Abteilungen sprechen. Aber gefährlich, sehr gefährlich! Ich fange an zu zweifeln!«

Er dachte angestrengt nach.

»Aber selbst wenn die Anlage eingeschaltet war, so hätte mich doch keiner meiner Angestellten verraten. Nein, mein Lieber, Sie können sich diese Idee aus dem Kopf schlagen! Es ist unmöglich! Mit Amery ist alles in Ordnung!«

Ralf verbarg ein Lächeln. »Ich muß zugeben, daß ich gegen Amery voreingenommen bin und alles täte, um ihm eins auszuwischen.« Als er das verblüffte Gesicht des Bankiers sah, fuhr er schnell fort: »Aber ich werde es selbstverständlich nicht tun.«

»Gott sei Dank!« sagte Tupperwill erleichtert. »Ich habe Gewalttätigkeiten immer gehaßt, und jetzt habe ich noch größere Abneigung dagegen.« Er faßte sich behutsam an den Kopf.

Ralf hatte die Wahrheit gesagt – er suchte nur eine Gelegenheit, um mit dem Mann abzurechnen, den er mit ungewöhnlicher Heftigkeit haßte, und schon am Nachmittag desselben Tages nahm er die Gelegenheit dazu wahr.

24

»Sie sind also entschlossen, am Sonnabend zu gehen, Miss Marlowe?«

»Jawohl, Major Amery.«

Amery stand am Fenster und schaute auf die Straße.

»Es wird schwer sein, Sie zu ersetzen«, murmelte er. »Können Sie Ihre Abneigung, für mich zu arbeiten, nicht noch eine Woche überwinden?«

Elsa zögerte und war am Verzweifeln. Wenn er ihr befehlen würde, zu bleiben, hätte sie nicht den Mut, sich zu widersetzen.

»Es tut mir leid, Major Amery, aber ich kann nicht länger bleiben als bis Sonnabend.«

Sie war nicht darauf gefaßt gewesen, daß er sie zum Bleiben aufforderte. Da sie Jessie Tame zugetan war, wagte Elsa, Amery vorzuschlagen, daß diese ihre Stellung einnehmen möge. Der Posten war sehr begehrt und das Gehalt doppelt so hoch wie das der tüchtigsten Stenotypistin der Firma.

»Sie kann keine Orthographie!« war die lakonische Antwort, und irgendwie freute sich Elsa über die Ablehnung.

Da sie Amerys Hartnäckigkeit kannte, erwartete sie, daß er im Laufe des Tages seine Bitte wiederholen würde, doch darin täuschte sie sich. Um halb fünf brachte der Bürodiener zwei Tabletts mit Tee, von denen sie eins wie gewöhnlich in Amerys Zimmer trug. Sie stellte es auf den Schreibtisch, er nickte dankend und hob den Deckel des Kännchens, um prüfend den Duft des Tees zu riechen – eine Gewohnheit, die sie schon oft belächelt hatte. Diesmal schaute er auf, bevor das Lächeln von ihrem Gesicht verschwunden war.

»Das amüsiert Sie wohl? Ich will Ihnen etwas zeigen, was Sie noch mehr belustigen wird.«

Amery zog aus seiner Tasche ein flaches Kästchen, dem er einen schmalen blaßblauen Streifen entnahm und in die Milch tauchte. Als er den Streifen wieder herauszog, war er rot.

»Warten Sie!« Er goß den Tee in die Tasse und nahm diesmal einen rosafarbenen Papierstreifen, den er einen Augenblick im Tee ließ. Das Papier hatte sich hellgelb verfärbt. »Eine sehr einfache und zuverlässige Probe. Arsenik färbt das Papier in der Milch grün und im Tee purpur. Strychnin färbt es in beiden Fällen schwarz, genauso wie Akonit. Zyankali bleicht blaues Papier ganz weiß, und rosa Papier wird dunkelrot.«

Elsa war fassungslos. »Sie – Sie haben eine Giftprobe gemacht?«

»Etwas Ähnliches war es«, erwiderte er und tat Milch und Zucker in seinen Tee.

»Wie soll Gift hierher kommen?« fragte sie skeptisch.

»Warum denn nicht? Ich habe viele Feinde, und mindestens einer von ihnen ist Arzt.«

Zu jeder anderen Zeit hätte Elsa die Andeutung auf Hallam zurückgewiesen, doch jetzt, da sie das Verhältnis dieser beiden Männer zueinander und Ralfs schreckliches Geschäft kannte, schwieg sie.

Nach dem Tee kamen einige Briefe und ein Paket für Amery an. Der Major war ausgegangen, und sie legte die Post auf seinen Schreibtisch. Das Paket war durch einen Boten zugestellt worden und war an ›Major Amery, D.S.O.‹ adressiert – bisher hatte Elsa keine Ahnung davon gehabt, daß er den ›Orden für ausgezeichneten Dienst‹ besaß. Sie erfuhr dauernd neue Dinge über ihn. Gedankenlos nahm sie eine Schere und zerschnitt den Bindfaden des Pakets. Sie hatte das immer für den früheren Chef getan, und erst als sie Amerys wütende Stimme hörte, fiel ihr ein, daß er es nicht wünschte.

Amery stand in der Tür, die auf den Gang führte. »Was, zum Teufel, tun Sie da?« schrie er.

Elsa wich vor seinen funkelnden Augen zurück. Sein Aussehen war so drohend, sein Gesichtsausdruck so wild und seine Stimme so streng, daß sie erschrak.

»Ich hatte Ihnen befohlen, meine Pakete nicht zu öffnen!« Er blitzte sie an und nahm ihr das Päckchen vorsichtig aus der Hand. Dann lüftete er behutsam den Deckel.

In einem Nest weißer Watte lag etwas Rundes, in Seidenpapier eingewickeltes. Er berührte es nicht, sondern nahm die Papierschere und schnitt ein großes Loch in die Umhüllung.

»Mögen Sie Äpfel?« Seine Stimme klang ganz freundlich.

Es war ein sehr kleiner Apfel, und er war rundum mit spitzen Stahlnadeln gespickt.

»Ich möchte darauf schwören, daß das ein medizinisches Präparat ist! Er hat hundert Nadeln dazu verwandt, und jede Spitze birgt den Tod in sich. Ein erfinderischer Kerl!« sagte er anerkennend.

25

»Ganz geschickt!« Amery berührte mit der Schere das Präparat. »Nicht so schwer wie eine Bombe – und wenn man das Päckchen öffnet, greift man unwillkürlich nach diesem eingewickelten Ball!«

»Ist er wirklich vergiftet?« fragte Elsa erschrocken. »Womit denn?«

»Das müßte ein Chemiker feststellen. Vielleicht mit irgendwelchen Krankheitskeimen oder mit Schlangengift. Es ist genug Gift im Zahn einer Kobra, um alle diese kleinen Spitzen damit zu tränken.« Amery schloß die Schachtel, band sie fest zu und stellte sie dann in einen Wandschrank.

»Wer kann sie geschickt haben? Doch nicht etwa Ralf – Dr. Hallam? Glauben Sie, daß er so etwas tun würde?«

»Hallam?« Der Major biß nachdenklich auf die Unterlippe. »Nein, wahrscheinlich war es nicht Hallam.«

Elsa konnte sich nicht mehr zurückhalten. »Sind Sie Soyoka?« platzte sie heraus.

Amery blickte sie spöttisch an:

»Sehe ich wie ein dicker Japaner in mittleren Jahren aus?«

»Natürlich sind Sie kein Japaner!« versetzte Elsa ungeduldig, »aber sind Sie Soyokas Agent?«

Amery zuckte die Achseln und ließ die Blicke auf dem Wandschrank ruhen. »Offenbar gibt es Leute, die das glauben.«

Er lächelte in einer Art, daß es Elsa schauderte.

»Sie sehen furchtbar aus!«

Wieder hatte sie gegen ihre Absicht gesprochen. Sie war über sich selbst erstaunt, daß sie ihn gefragt hatte, ob er Soyoka sei, und sie wunderte sich, daß er es so gelassen aufgenommen hatte.

»Sie haben mich schon einmal ›furchtbar‹ genannt, Miss Marlowe – und Sie haben recht, wenn Sie Mord oder Rauschgifthandel als furchtbar bezeichnen. Diese Dinge kann man weder durch schöne Gedanken noch durch philosophische Erklärungen beschönigen. Das klingt seltsam aus dem Munde eines Mannes, der Soyokas rechte Hand ist, nicht wahr?«

Er musterte das Mädchen mit einem eigentümlichen Blick, und Elsa spürte mit einer seltsamen Freude, daß er zum erstenmal seine eiserne Zurückhaltung ihr gegenüber aufgegeben hatte.

Elsa Marlowe verschob ihren Besuch in Herbert Mansions um einen weiteren Tag, und sie hatte das Gefühl, daß Mrs. Trene Hallam darüber ganz froh war – jedenfalls hatte ihre Stimme am Telefon so geklungen. Diese Nacht verlief ruhig, und Elsa ging am nächsten Morgen erfrischt in das Büro. Kaum hatte sie fünf Minuten bei der Arbeit gesessen, als Miss Tame ins Zimmer stürzte. An ihrem geröteten Gesicht und ihren aufgerissenen Augen war zu erkennen, daß etwas Ungewöhnliches vorgefallen sein mußte.

»Haben Sie schon das Neueste gehört?« sprudelte sie hervor.

Elsa hatte schon zu viel überraschende Neuigkeiten gehört, um sich aufzuregen.

»Wer, glauben Sie, ist der neue Geschäftsführer?«

Einer der Abteilungsleiter hatte Mr. Tarns Arbeit übernommen; daß es nur eine vorübergehende Maßnahme war, erfuhr Elsa erst jetzt.

»Er sitzt bereits an seinem Schreibtisch und erteilt weißen Christen Befehle!«

»Meinen Sie Feng Ho?« fragte Elsa verwundert.

»Feng Ho!« erklärte Miss Tame mit Nachdruck. »Das schlägt dem Faß den Boden aus! Ich weiß über die Chinesen mit ihren Opiumhöhlen und anderen Dingen Bescheid. Ich bin dafür nicht zu haben!« Miss Tame zitterte vor Entrüstung. »Ich werde es dem Hochwohlgeborenen schon sagen!«

»Das können Sie gleich tun!« erklang Amerys kalte Stimme.

Elsa erschrak immer beim Klang seiner Stimme, aber Miss Tame sprang buchstäblich hoch. Paul Amery stand mit den Händen in den Taschen an der Tür.

»Also, sagen Sie es! Ich nehme an, daß Sie gegen Feng Ho als Geschäftsführer Einwendungen zu machen haben. Ich bedaure, daß ich Sie nicht zur Direktorenkonferenz, die darüber entschieden hat, eingeladen habe, aber ich ziehe es doch vor, diese wichtigen Entscheidungen selbst zu treffen. Welche Einwände haben Sie, Miss Tame?«

»Nun, Sir«, stammelte sie und wurde dabei abwechselnd rot und blaß. »Er ist Ausländer und Chinese.«

»Glauben Sie nicht, daß auch Sie für ihn eine Ausländerin sind? Er ist ein sehr gebildeter Mann. Und er kann richtig schreiben«, fügte er bedeutungsvoll hinzu.

»Er kann vielleicht richtig chinesisch schreiben«, entgegnete Miss Tame würdevoll, »aber das kommt hier nicht in Frage. Ich gebe zu, daß Orthographie nicht meine starke Seite ist. Sie werden jedoch verstehen, Major Amery, daß wir Mädchen auf uns aufpassen müssen.«

Miss Tames Versuch, für sie beide zu sprechen, amüsierte Elsa. Anscheinend belustigte es den Unheimlichen auch, denn seine Lippen zuckten.

»Feng Ho hat mit Ihnen gar nichts zu tun. Er wird das chinesische Geschäft bearbeiten, und das ist die wichtigste Abteilung unserer Firma.«

Als Amery sich entfernt hatte, trumpfte Jessie Tame auf: »Haben Sie gemerkt, wie ruhig er geblieben ist? Ich glaube, er hat es meinen Augen angesehen, daß man nicht so einfach mit mir umspringen kann. Übrigens habe ich heute mein Horoskop gelesen, Miss Marlowe. Ich bin im Zeichen der Fische geboren und soll sehr phantasievoll, kritisch, kunstliebend, musikalisch, genau und klug sein!«

»Unter diesen Umständen«, meinte Elsa ernsthaft, »wird es Ihnen leichtfallen, mit Mr. Feng Ho als Geschäftsführer fertig zu werden. Sie scheinen alle Eigenschaften zu besitzen, die man unter diesen schwierigen Umständen haben sollte.«

Miss Tame biß sich auf den Zeigefinger und gab zu: »Von dieser Seite habe ich es noch nicht angesehen, aber Sie mögen recht haben.«

Elsa ging zur Tischzeit nicht fort. Sie hatte ihre Begegnung mit den Pressefotografen nicht vergessen und war daher entschlossen, den Lunch im Büro einzunehmen. Und das war auch gut so, denn Inspektor Bickerson kam, um nochmals all die langweiligen Fragen zu stellen, die sie schon mindestens ein dutzendmal beantwortet hatte.

»Ist es wirklich nötig, mich das immer wieder zu fragen?« wehrte sich Elsa, der Sache überdrüssig. »Ich habe Ihnen doch schon alles gesagt, was ich weiß.« Dann kam ihr ein Gedanke, den sie für absurd hielt. »Sie nehmen doch nicht an, daß ich meine Aussage ändern werde?«

Bickerson lächelte unschuldig. »Ein Zeuge frischt manchmal seine Erinnerung auf, und Sie werden verstehen, Miss Marlowe, daß jeder, der zur Tatzeit in der Nähe war, befragt und immer wieder befragt werden muß. Das gehört zu unserem System.«

»Haben Sie auch Feng Ho nochmals befragt?« wollte Elsa wissen.

Das Lächeln verschwand von seinem Gesicht. »Selbstverständlich, aber sein Alibi ist unantastbar. Ist Major Amery hier?«

Elsa schüttelte den Kopf. »Nein. Wollten Sie ihn sprechen?«

»Nicht unbedingt«, erwiderte er ruhig.

»Ich werde noch einmal nachsehen«, bemerkte Elsa und öffnete die Tür des Privatbüros. Amery war fort, wie sie erwartet hatte, und Mr. Bickerson warf einen Blick in den Raum. Entweder genügte ihm das nicht, oder er war mit der früheren Durchsuchung des Büros nicht zufrieden. Jedenfalls schlenderte er, eine Melodie summend, an Elsa vorbei in Amerys Büro.

»Ein sehr hübsches Zimmer!« warf er hin. »Wirklich sehr hübsch! Würden Sie bitte hinuntergehen und dem Beamten vor der Tür sagen, daß ich oben bleibe, um auf Major Amery zu warten?«

Elsa sah ihm gerade in die Augen. »Gewiß, wenn Sie die Freundlichkeit haben, das Zimmer zu verlassen, damit ich die Tür zuschließen kann.«

Bickerson lachte. »Sie dachten wohl, daß ich eine kleine Durchsuchung vornehmen wollte, ohne den nötigen Befehl dazu zu haben? Mit der Durchsuchung haben Sie recht, aber ich habe den Befehl in der Tasche. Überzeugen Sie sich!«

Er reichte ihr ein Schriftstück.

»Es wäre mir lieber gewesen, wenn ich es in aller Ruhe hätte tun können, ohne daß Major Amery etwas davon wußte. Aber ich verstehe Ihre Bedenken, und wenn Sie wünschen, daß ich auf den Major warten soll, will ich mich gedulden.«

Zehn Minuten später kam Amery zurück, und Elsa ging zu ihm.

»So, er hat einen Durchsuchungsbefehl? Ich habe etwas Ähnliches erwartet. Lassen Sie ihn hereinkommen.«

Bickerson zeigte den Haussuchungsbefehl vor und sagte dann etwas obenhin: »Merkwürdige Geschichte, die da neulich Mr. Tupperwill passierte.«

»Ach, Sie haben davon gehört? Von wem wissen Sie es? Von Mr. Tupperwill?«

Bickerson kratzte sein Kinn. »Von niemand«, brummte er. »Ich habe davon auf dem Dienstweg erfahren.«

Amery ließ nicht locker: »Nicht etwa von dem ausgezeichneten Dr. Hallam?«

»Kennen Sie ihn?« fragte Bickerson schnell und durchbohrte Amery mit seinen scharfen Augen.

»Jawohl, ich kenne ihn.«

»Die Tupperwill-Sache ist ziemlich sonderbar«, fuhr Bickerson fort. »Ich habe mich gewundert, Major Amery, warum Sie die Sache nicht sofort der Polizei angezeigt haben.«

»Sie meinen den Überfall auf Mr. Tupperwill?«

Der Inspektor nickte und bemerkte, wie Amerys Lippen nervös zuckten.

»Ach, das hat nichts weiter zu bedeuten. Solche Sachen geschehen alle Tage.«

»Nicht in London. Vielleicht in Kalkutta oder auch in Shanghai – sicher würde da der Anblick eines halb totgeschlagenen chinesischen Polizeibeamten kein so großes Aufsehen machen wie in der Regent Street oder in Picadilly.«

»Ich verstehe«, sagte Amery. Er öffnete eine Kiste, die auf dem Schreibtisch stand, und brannte sich eine dünne Zigarre an. »Ich weiß aber nicht, warum ich es der Polizei hätte melden sollen, das war doch Tupperwills Sache. Er war doch der Leidtragende.«

»Hm!« Der Kriminalinspektor schaute den Major durchdringend an. »Es ist seltsam, daß es gerade vor Ihrem Hause passiert ist.«

»Sogar sehr seltsam. Ebenso seltsam wäre es, wenn es vor einem anderen Haus passiert wäre!« entgegnete Amery kühl.

In der Unterhaltung entstand eine kleine Pause, Bickerson überlegte sich anscheinend irgend etwas.

»Zwischen zwei Banden, die hier in London arbeiten, wird ein Kampf ausgetragen – es sind zwei Rauschgiftbanden: die Amateure und die Soyoka-Bande. Ich habe Grund zu der Annahme, daß Tupperwill eine dieser Banden beleidigt hat.«

»Ich habe davon gehört«, stimmte Amery lässig zu.

»Was wissen Sie?« fragte der Inspektor hastig.

»Ich weiß nur, was Tupperwill selbst mir erzählt hat: daß er eine schriftliche Warnung bekommen hat, er spräche zuviel. Ich finde, das ist ein sehr unpassender Anlaß, einem dafür den Kopf einzuschlagen; wenn jeder, der zuviel redet, dafür verprügelt würde, gingen die meisten Leute ständig mit einem Kopfverband herum.«

Es entstand wieder eine Pause, während der der Unheimliche an seiner Zigarre zog und mit Interesse auf die Straße sah.

Der Inspektor nahm einen neuen Anlauf: »Sie sind viel im Osten gereist, Major. Haben Sie jemals Soyoka getroffen?«

»Gewiß. Und Sie?«

Er rückte die Zigarrenkiste näher zu Bickerson. Der Inspektor nahm eine Zigarre und brannte sie an. Nachdem er das Feuer sorgsam ausgelöscht und das abgebrannte Ende des Streichholzes in einen kupfernen Aschenbecher geworfen hatte, sagte er bedächtig: »Ich habe zwar Mitglieder der Bande gesehen, aber niemals Soyoka selbst. Ich habe sie in der City gesehen. Die Soyoka-Bande ist glatt wie ein Aal, nicht zu fassen! Anders ist es mit den Amateuren; deren Spur haben wir.«

»Sie haben einige Leute von Soyokas Bande getroffen?« unterbrach Amery höflich. »Das interessiert mich. Wie schauen sie aus?«

»Sie sehen Ihnen ähnlich – und mir. Ganz gewöhnliche Alltagsmenschen, die man niemals verdächtigen würde, daß sie zur Überfüllung der Nervenheilanstalten beitragen und daß sie unglaubliche Einkommen beziehen. In unserem Land werden wöchentlich dreißigtausend Pfund für Rauschgift ausgegeben – das sind mehr als eineinhalb Millionen im Jahr. Achtzig Prozent davon sind Reinverdienst, und der ganze Handel ist das Monopol einiger weniger Männer. Sie verstehen, Major Amery?«

Amery bejahte stumm.

»Das bedeutet«, fuhr der Inspektor fort, »daß es sich auch für gutangesehene Firmen lohnt, dieses Geschäft zu betreiben, denn der Umsatz wächst ständig. Die eineinhalb Millionen dieses Jahres werden sich im nächsten Jahr verdoppelt haben, wenn es uns nicht gelingt, den Mann zu finden, der als Kronzeuge auftritt.«

»Mit anderen Worten«, faßte Amery zusammen, »wenn Sie nicht einen wirklich guten ›Verzinker‹ finden, werden Sie Soyoka niemals fassen.«

»So ist es. Ich glaube kaum, daß es uns noch in diesem Jahr gelingen wird. Vielleicht haben wir aber auch Glück und können die Bande auflösen, wenn wir den Mörder Maurice Tarns finden, mag er weiß oder gelb sein!«

»Ich begreife. Sie haben immer noch den armen Feng Ho in Verdacht?«

»Ich habe niemand in Verdacht«, erwiderte der Inspektor abweisend. »Feng Hos Alibi ist in Ordnung.« Er stand auf, um zu gehen. »Sie haben eine tüchtige Sekretärin. Ich wollte in Ihrem Zimmer in aller Ruhe Umschau halten, aber Miss Marlowe wollte nichts davon wissen.«

»Ist sie auch verdächtigt?«

Der Inspektor warf vorsichtig die Asche seiner Zigarre in den Kamin. »Nein, sie steht nicht unter Verdacht. Mit ihr ist alles in Ordnung, wenn wir nicht...«

»Wenn Sie nicht – was?«

»Wenn wir nicht nachweisen können, daß sie kurz vor dem Mord in einer Apotheke etwa zwei Unzen Laudanum gekauft hat.«

»Was sagen Sie da?«

»Ich meine das Laudanum, das man in der fast leeren Brandy-Flasche festgestellt hat, aus der Maurice Tarn den ganzen Abend getrunken hatte«, berichtete Inspektor Bickerson. »Auf Wiedersehen!«

26

Elsa hörte Bickerson, eine Melodie summend, den Gang entlang gehen und ahnte nicht, welchen Verdacht dieser Beamte auf sie geworfen hatte.

Nach der Mittagspause mußte sie gewöhnlich Diktat aufnehmen, aber der Unheimliche rief sie nicht, obgleich er immer noch da war. Dann mußte sie einen Briefordner in das Zimmer bringen, das früher Maurice Tarns Büro gewesen war, und als auf ihr Klopfen die sanfte Stimme Feng Hos »Herein!« rief, fühlte Elsa doch einen leichten Schmerz. Aber nichts in diesem Zimmer erinnerte mehr an den unglückseligen Mann, der ein so schreckliches Ende gefunden hatte.

Feng Ho saß vor einem niedrigen Tisch, der mit Pinsel und Tuschebehälter bedeckt war. Der Chinese hatte statt der europäischen Kleidung eine schwarzseidene Jacke angezogen.

»Guten Tag, Miss!« begrüßte er sie mit freundlichem Grinsen. Elsa wußte nicht, was sie dazu trieb, aber sie mußte Feng Ho eine Frage stellen. Nichts hatte ihr beim Eintritt in dieses Zimmer ferner gelegen, doch diese Tage schienen besonders spannungsgeladen zu sein.

»Feng Ho, haben Sie Mr. Tarn getötet?« Elsa war selbst entsetzt über die Brutalität ihrer Frage.

Der kleine Mann war jedoch weder aus der Fassung gebracht noch schien er beleidigt zu sein.

»Miss Marlowe, es ist schon sehr lange her, daß ich Menschen getötet habe«, antwortete er gelassen. »Ich mußte damals einige Banditen ins Jenseits befördern, weil sie sehr grob gegen meinen ehrwürdigen Vater gewesen sind – sie hatten ihm den Hals mit einem scharfen Instrument durchgeschnitten.«

»Ich weiß wirklich nicht, warum ich Sie gefragt habe.« Elsa hätte vor Ärger über ihre Dummheit weinen können.

»Verzeihen Sie, Miss, aber das klingt sehr unglaubhaft. Woher sollten Sie wissen, daß ich es nicht doch getan habe? Wenn ich meinen alten Vorgänger getötet hätte, ist es doch sehr unwahrscheinlich, daß ich vor offiziellen Ohren die Tat gestanden hätte. Selbst ein Bachelor of Arts wird nicht die Wahrheit sagen, wenn er anschließend dafür gehängt wird!«

Das war logisch. Elsa wußte, daß Feng Ho über ihre Unterhaltung mit dem Major reden würde, und deshalb benutzte sie die erste Gelegenheit, ihm zuvorzukommen und selbst Amery darüber zu berichten.

»Sind Sie immer noch der Meinung, daß Feng Ho anwesend war, als Mr. Tarn starb?«

»Ich bin dessen vollkommen sicher, Mr. Amery.«

»Und doch haben Sie es der Polizei nicht gemeldet? Erst nach dem Auffinden des Hutes konnte man ihn mit dem Verbrechen in Zusammenhang bringen«, fügte er hinzu, »der Polizeibeamte hat ihn gesehen.«

»Und Sie sahen ihn auch!« rief sie anklagend.

Er blickte auf und schaute sie mit halbgeschlossenen Augen an.

»Wie kommen Sie dazu, das zu behaupten?«

»Sie waren nach dem Mord zur Stelle. Wenn es Feng Ho war, den ich im Zimmer gesehen habe, ist er sofort zu Ihnen gegangen, und Sie haben ihn gesehen.«

»Selbstverständlich habe ich ihn gesehen«, gab er fast belustigt zu. »Und doch ist es sehr seltsam, daß kein Polizeibeamter meinen Besuch mit Feng Ho in Zusammenhang gebracht hat. Sie müßten in Scotland Yard sein, Miss Marlowe. Übrigens«, schweifte er ab, »haben Sie manchmal Zahnschmerzen?«

Elsa schaute ihn verwundert an.

»Zahnschmerzen, Major Amery? Nein – warum?«

»Ich wollte Ihnen ein Mittel empfehlen, das viel besser ist als das sehr gefährliche Laudanum.«

Elsa runzelte die Stirn.

»Ich weiß nicht, was Sie damit sagen wollen. Ich habe noch nie etwas von Laudanum gehört.«

Zum zweitenmal an diesem Tage sah sie ihn lächeln.

»Sie sind sehr argwöhnisch, Miss Marlowe. Ich bin doch ganz froh, daß Sie gehen«, bemerkte er statt einer Erklärung.

27

Als Elsa am Sonnabend morgen den Umschlag mit ihrem Gehalt erhielt, öffnete sie ihn mit einem Gefühl der Erleichterung aber auch des Bedauerns. Obwohl der Unheimliche wieder in seine schweigsame Art zurückverfallen war, fand sie ihn jetzt erträglicher, und jeden Tag entdeckte sie etwas Neues an ihm, das ihn interessanter machte.

Aus der Abrechnung ersah sie, daß man ihr einen ziemlich hohen Betrag für Überstunden gezahlt hatte. Fast wünschte Elsa, daß sie diese Extraarbeit unentgeltlich gemacht hätte – warum, konnte sie sich selbst nicht erklären.

Sie räumte aus den Kästen ihre Privatsachen zusammen, und als es ein Uhr wurde und damit die Stunde ihres Abschieds gekommen war, empfand sie doch ein sonderbares Gefühl der Wehmut. Wegen ihrer Zukunft brauchte sie sich keine Sorgen zu machen, Tarn hatte ihr genügend hinterlassen – sie war nicht mehr darauf angewiesen, Geld zu verdienen. Leise klopfte sie an Amerys Tür und trat ein.

Er ging im Zimmer auf und ab, doch bei ihrem Erscheinen blieb er stehen, drehte sich um und sah sie fragend an: »Nun?«

»Ich gehe jetzt«, sagte sie.

»Ja, selbstverständlich, es ist ja Sonnabend. Vielen Dank, Miss Marlowe! Am Montag will ich die Nangpoo-Korrespondenz vornehmen. Erinnern Sie mich daran, wenn die chinesische Post eintrifft...«

Elsa lächelte. »Ich werde nicht mehr hier sein, um Sie daran zu erinnern, Major Amery.«

Er war erstaunt.

»Und warum nicht?«

»Weil – ich verlasse Sie heute, das wissen Sie doch.«

»O ja, natürlich.« Er hatte es vergessen. Dann fragte er: »Wann ist die vertagte Gerichtsverhandlung?«

»Am Montag.«

»Es ist besser, wenn Sie Ihr Ausscheiden auf nächsten Sonnabend verschieben«, verfügte er. Aus einem ihr unverständlichen Grund freute Elsa sich über die Aufforderung, aber ihr Stolz wollte es nicht zugeben.

»Ich habe mich auf heute eingerichtet«, leistete sie noch Widerstand, aber Amery erklärte kurz:

»Und ich habe mich darauf eingerichtet, daß Sie erst nächsten Sonnabend gehen! Ich kann mich nicht mit einer Frau abfinden, die Bombay mit zwei ›m‹ schreibt. Danke!«

Mit einem Kopfnicken, das sehr viel freundlicher war als sonst, entließ er sie, und Elsa kehrte voll gemischter Gefühle in ihr Zimmer zurück. Dann aber überlegte sie, während sie sich wieder einrichtete, daß es auf eine Woche mehr oder weniger nicht ankäme und daß es vielleicht wirklich besser sei zu bleiben, bis die Gerichtsverhandlung vorbei war.

Die Verhandlung war Elsa Marlowe ein Greuel, obwohl sie nicht mehr als Zeugin vernommen werden sollte. Glücklicherweise war nach zwei Stunden alles vorbei, und das Urteil der gelangweilten Geschworenen lautete: ›Mord, begangen von einer oder mehreren unbekannten Personen.‹

Sie hatte Ralf im Gerichtssaal nicht gesehen, obwohl er eine halbe Stunde lang im Hintergrund des Zuschauerraumes gestanden hatte. Ins Büro kam sie noch rechtzeitig, um Major Amery den Tee zu bringen. Anscheinend hatte er nichts dagegen einzuwenden, daß sie zusah, wie er schnell die kleinen Streifen in Tee und Milch tauchte.

»Wie war es auf dem Gericht?« fragte er, als sie hinausgehen wollte.

»Die Geschworenen fällten das gewöhnliche Urteil«, berichtete sie. »Major Amery, glauben Sie, daß der Mörder jemals gefunden wird?«

Er zuckte die Achseln. »Schwer zu sagen. Haben Sie übrigens Freund Hallam gesehen?«

»Nein«, versetzte Elsa, bevor ihr die Ungehörigkeit der Frage bewußt wurde. »Er rief mich nur gestern einmal an, um etwas zu fragen.«

»Haben Sie etwa meinen Scherz über die Zahnschmerzen erwähnt?«

»Zahnschmerzen? Ach, Sie meinen das Laudanum? Selbstverständlich nicht. Wie käme ich dazu!«

Amery schaute auf seine Teetasse und bemerkte: »An Ihrer Stelle würde ich es auch nicht tun. Werden Sie im Hotel bleiben?«

Elsa schüttelte den Kopf. »Nein, das ist zu teuer. Ich will eine Woche bei einer Freundin verbringen. Während der Zeit suche ich mir eine neue Wohnung. Die Polizei hat heute Mr. Tarns Haus freigegeben, und ich will abends meine Sachen heraussuchen. Dann wird mein Anwalt die Möbel einem Auktionator übergeben. Wenn Sie nichts dagegen haben, möchte ich heute abend pünktlich gehen.«

»Sie können sofort gehen, Miss Marlowe. Weiß Hallam, daß Sie heute zum letztenmal Elgin Crescent aufsuchen?«

Elsa machte ein ernstes Gesicht, denn sie fand Amerys Fragen wirklich unpassend.

»Warum sollte er es wissen? Er ist zwar ein guter Freund von mir, aber so unentbehrlich ist Dr. Hallam mir nicht, daß ich ohne ihn nicht auskommen könnte. Warum erwähnen Sie ihn immer wieder, Major Amery?«

»Weil es mir Spaß macht«, war die rätselhafte Antwort.

Bis jetzt hatte Elsa Ralf Hallam noch nie spaßhaft gefunden.

Als sie in Elgin Crescent ankam, wartete ein Angestellter des Rechtsanwaltes auf sie, und Elsa war froh, daß sie nicht allein im Haus sein mußte. Die Wohnung sah schmutzig und verlassen aus, und es war bedrückend, ihre kleinen Habseligkeiten zusammenzusuchen. Tarns Arbeitszimmer sah am schlimmsten aus. Augenscheinlich war es gründlich durchforscht worden, denn die Bücher waren von den Regalen genommen, Tische und Stühle verrückt und der Teppich aufgerollt. Elsa war froh darüber, denn der gegenwärtige Zustand erinnerte kaum noch an das Heim, das sie jahrelang bewohnt hatte.

Sie hatte einen Koffer gepackt und ging in die Rumpelkammer, um eine hölzerne Kiste hervorzuholen, die sie auf ihren jährlichen Ferienreisen benutzt hatte. Eigentlich waren es mehrere Kisten, die ineinander paßten, denn fünf hölzerne Fächer standen aufeinander. Mit Hilfe des Hausmädchens, das auch gekommen war, trug sie die Kiste in ihr Zimmer, öffnete sie und hob die drei obersten Fächer hoch. Das vierte aber wollte nicht nachgeben.

»Das macht nichts, Emily!« meinte Elsa. »In den drei obersten Fächern ist genug Platz für alles, was ich mitnehmen will.«

Sie beeilte sich mit dem Packen, denn es dämmerte schon, und sie wollte fertig sein, bevor die Nacht hereinbrach. Als alles erledigt war, schaute sie sich nochmals um und ging dann hinunter, um dem Angestellten des Anwalts den Schlüssel zu übergeben und sich von dem Hausmädchen zu verabschieden. Elsa empfand ein Gefühl der Dankbarkeit, daß sie diesen Ort voller unglücklicher Erinnerungen verlassen konnte. Sie stieg in eine Taxe und war froh, als die öde Straße – wie sie hoffte, für immer – ihren Augen entschwand.

Elsa ließ das größte Gepäckstück, das sie vorläufig nicht brauchte, im Hotel, bezahlte ihre Rechnung und fuhr weiter nach Herbert Mansions. Den versprochenen Besuch bei Mrs. Trene Hallam konnte sie nun nicht länger aufschieben, doch fuhr sie mit der Ahnung hin, daß ihr eine unangenehme Zeit bevorstand.

28

Zum sechstenmal öffnete Ralf Hallam das Fenster und schaute hinaus. Das Auto war noch immer nicht in Sicht, und er kehrte in seinen Lehnstuhl vor dem Kamin zurück.

»Es ist schon viele Jahre her, daß du so auf mich gewartet hast«, stellte Mrs. Hallam ohne Groll fest.

»Ich kann mich nicht erinnern, daß ich jemals gewartet habe, Lou.«

Mrs. Hallam lachte. »Was ist das eigentlich für ein alter Knabe?« wollte sie wissen. »Muß ich meine besten Manieren zur Schau tragen, oder kann ich ihn als einen der Unsrigen behandeln?«

»Der ›alte Knabe‹ ist mein Bankier und einer der angesehensten Leute in der City – und er wird bei der ersten gemeinen Redensart aus der Haut fahren.«

Lou Hallam seufzte tief. »Jedesmal, wenn du bei mir ein Essen gibst«, beklagte sie sich, »lädst du die langweiligsten Tröpfe ein. Ich persönlich ziehe die Gesellschaften vor, die mit Cocktails anfangen und mit Frühstück aufhören.«

Sein Gesicht verriet Mißfallen.

»Ist das etwa auch ordinär?« forderte sie ihn heraus und blickte ihn scharf an. »Du kannst es auf Konto ›Straßenerziehung‹ schreiben. Ich stelle fest, daß du das Wort ›Straße‹ schon seit einer Woche nicht mehr erwähnt hast. – Das wird deine hübsche junge Dame sein.« Sie stand auf, weil die Flurglocke läutete.

Erst nachdem Elsa ihr schön möbliertes Schlafzimmer und das kleine Wohnzimmer gesehen hatte, erfuhr sie, daß Ralf da war.

»Ich wollte gern sehen, wie du untergebracht bist«, sagte er zur Begrüßung.

Das war ihr sehr angenehm, denn allein mit seiner ›Schwägerin‹

fühlte sie sich nicht ganz wohl.

»Ein lieber alter Freund von uns kommt heute zu Tisch. Ich glaube, er ist auch einer Ihrer Freunde«, erzählte Mrs. Hallam mit einem verschmitzten Gesichtsausdruck. »Sie kennen doch Mr. Upperwill?«

»Tupperwill!« verbesserte Ralf laut.

Elsa hatte den Fehler bemerkt und fragte sich, was das für ein alter Freund sein konnte, dessen Namen sie vergessen hatte.

»Er gehörte nicht zu meinen Freunden, ich habe den armen Mann ja erst zweimal getroffen.«

»Tupperwill ist vollständig wiederhergestellt«, berichtete Ralf.

Als er merkte, daß seine Frau über Tupperwills Verletzung im unklaren war und womöglich verraten konnte, daß sie ihn noch niemals gesehen hatte, rief er sie unter einem Vorwand ins Nebenzimmer. »Tupperwill ist vor einigen Tagen überfallen worden. Und merk dir bitte seinen Namen«, befahl er schroff. »Es war gar kein Grund vorhanden, daß du ihn deinen lieben alten Freund nanntest, denn du hast ihn niemals gesehen.«

»Warum kommt er überhaupt?«

»Er kommt«, sagte Ralf, »um den schlechten Eindruck, den du machen könntest, abzuschwächen. Ich möchte, daß Elsa etwas mehr Vertrauen zu dir bekommt, als sie jetzt hat. Vorläufig ist sie nervös, und wenn sie sich nicht wie zu Hause fühlt, geht sie vielleicht wieder ins Hotel zurück, und das will ich nicht. In den nächsten Tagen werde ich sie in meinen Beruf einweihen.«

»Und was ist dein Beruf?«

»Das geht dich nichts an. Sie kann mir jedenfalls behilflich sein. Verstehst du das?«

Elsa bedauerte schon, daß sie gekommen war. Sie traute Mrs. Trene Hallam nicht. Ihre Freundlichkeit war nur äußerlich und nicht aufrichtig. Hinter diesem Lächeln steckte eiserne Härte.

Kurz nachdem Elsa sich umgekleidet hatte und in den Salon zurückgekehrt war, kam Mr. Tupperwill. Sein Abenteuer hatte keine Spur hinterlassen, vielleicht war er sogar noch geschwätziger geworden. Seine Augen leuchteten bei Elsas Anblick auf, und er eilte durch das Zimmer, um ihr seine warme, weiche Hand zu reichen.

»Das ist eine wunderbare Überraschung!« rief er begeistert. »Diese Umstände sind für eine schöne Unterhaltung etwas günstiger!«

»Meine Schwägerin kennen Sie«, bemerkte Ralf, und Mrs. Hallam tat so, als ob sie seit langem befreundet seien, und wurde überschwenglich und äußerst lebhaft.

Trotzdem war das Essen ein gesellschaftlicher Mißerfolg. Lou war bis aufs äußerste gelangweilt, und Elsa war abgespannt, denn ihre Unruhe nahm zu. Der einzige, der mit den Umständen ganz zufrieden schien, war Mr. Tupperwill. Er ließ sich weitschweifig über sein Lieblingsthema, die Ableitung der englischen Sprache, aus und hätte seine philologischen Erkenntnisse wohl bis zum Ende des Abends fortgesetzt, wenn Ralf ihn nicht auf ein weniger harmloses Thema gebracht hätte.

»Nein, die Polizei hat nichts herausgefunden«, bestätigte Mr. Tupperwill und schüttelte traurig den Kopf. »Ich habe mich geärgert, daß die Polizei überhaupt davon erfahren hat, und ich kann mir nicht erklären, woher sie es weiß, es sei denn, Major Amery hat es gemeldet. Denn daß Sie es getan haben, lieber Hallam, glaube ich kaum.«

»Selbstverständlich habe ich es gemeldet«, versetzte Ralf ohne Zögern, und Mr. Tupperwill schien enttäuscht. »Es war meine Pflicht. Ich nehme an, daß Bickerson Sie aufgesucht hat?«

»Er war zweimal bei mir«, erzählte Mr. Tupperwill. »Ein netter Mann, aber sehr, sehr neugierig. Übrigens«, er senkte seine Stimme, beugte sich zu Ralf hinüber, und sein Ton wurde vertraulich und für die anderen nicht verständlich, »was Sie erwartet haben, ist eingetroffen. Eine gewisse Person hat ihr Konto geschlossen!«

Ralf schaute, zur Vorsicht mahnend, auf Elsa, und Mr. Tupperwill verriet eine gewisse Verlegenheit.

»So, hat er! Ich sagte es Ihnen ja, Tupperwill. Ich hätte darauf wetten können!«

»Sprechen wir später über diese Angelegenheit«, erklärte er dann, und seine Blicke waren noch immer auf Elsa geheftet.

Die Gelegenheit kam, als Mrs. Hallam Elsa die Fotos ihrer preisgekrönten Hunde zeigen wollte.

»Sie sagen, er hat sein Konto geschlossen und die Kassette abgeholt?«

Tupperwill nickte. »Das ist das erste und letzte Mal, daß ich mich schuldig gemacht habe, über Bankangelegenheiten mit jemand zu sprechen, selbst wenn er mein bester Freund ist!« beteuerte er. »Ohne mich Ihrer Ansicht anzuschließen, daß Amery irgend etwas mit dem Überfall zu tun hatte, bin ich zu der Erkenntnis gekommen, daß ein Geschäftsmann seine Zunge hüten sollte.« Er verkündete das, als ob er eine große Entdeckung gemacht hätte, und beobachtete den Eindruck, den seine Weisheit machte. »Ja, Amery hat ohne irgendeine Erklärung sein Konto geschlossen, und ich bin sehr froh darüber. Sie können sich nicht vorstellen, wie mich der Gedanke geplagt hat, daß die Stebbings-Bank das Konto eines Mannes führte, der zwar allem Anschein nach ein hochangesehenes Mitglied der Gesellschaft ist – der aber vielleicht, ich betone, vielleicht, direkt oder indirekt mit einem Unternehmen verbunden ist, das möglicherweise von meinen Direktoren mit Mißfallen angesehen werden könnte.«

Nachdem Mr. Tupperwill seine Meinung ausgesprochen hatte, machte er eine Handbewegung, als wenn er das Thema fallenlassen wollte. In diesem Augenblick öffnete sich die Tür, und Lou kam herein. Ralf Hallam sah an ihrem Gesicht, daß etwas Unangenehmes vorgefallen war.

»Ein Herr ist da, Ralf. Er sagte, er möchte dich allein sprechen.«

»Wer ist es?«

»Mr. Bickerson.«

Die beiden Männer wechselten einen Blick. »Will er Dr. Hallam oder mich sprechen?« fragte Tupperwill.

»Nein, er will Ralf sprechen. Mr. Tupperwill, vielleicht kommen Sie mit und schauen sich meine Fotografien an?«

Der Bankier war anscheinend froh, einen Vorwand zu haben, um sich Elsa wieder nähern zu können. Er hatte schon während der Mahlzeit verstohlene und bewundernde Blicke auf die junge Dame geworfen, und in seiner Hast verließ er noch vor der Gastgeberin das Zimmer. Einige Augenblicke darauf trat Bickerson ein und schloß die Tür hinter sich.

Hallam stand auf: »Wollen Sie mich in einer besonderen Angelegenheit sprechen? Ist etwas geschehen?«

»Ja, es ist etwas geschehen«, erklärte Bickerson kalt. Sein Benehmen war äußerst zurückhaltend, und unaufgefordert setzte er sich auf den Stuhl, von dem Mr. Tupperwill eben aufgestanden war.

»Am Ende der Gartenanlagen in Elgin Crescent«, begann er, »läuft ein Zaun parallel mit dem Fußsteig, und dahinter stehen Lorbeerbüsche. Man könnte annehmen, daß etwas, das dort hineingeworfen wird, niemals wieder zum Vorschein kommt. Unglücklicherweise – für den Betreffenden – haben die Gärtner die Büsche verschnitten und dies gefunden.«

Er zog aus der Tasche eine kleine Flasche mit einem roten Etikett und stellte sie auf den Tisch. Ralf betrachtete sie vollkommen ruhig und verriet auch nicht durch ein Augenzwinkern sein Interesse an diesem verräterischen Beweisstück.

»Als die Flasche gefunden wurde, enthielt sie eine geringe Menge Laudanum«, fuhr Bickerson fort. »Es wurde in einer Apotheke in Piccadilly am Tage vor Tarns Ermordung gekauft. Im Giftbuch ist Ihr Name eingetragen, Hallam. Und jetzt will ich Ihnen etwas sagen!« Bickerson drehte seinen Stuhl etwas um, so daß er dem anderen gerade gegenüber saß. »Auf meine Veranlassung ist die ärztliche Zeugenaussage bei der Gerichtsverhandlung nicht erschöpfend gewesen – es wurde verschwiegen, daß im Körper Tarns Laudanum vorgefunden wurde und daß die neben ihm stehende, fast leere Kognakflasche ebenfalls Laudanum enthielt.

Sie können sich für Ihre Erklärung Zeit nehmen, aber ich weise Sie darauf hin, daß alles, was Sie sagen, niedergeschrieben und in einem bestimmten Fall gegen Sie verwendet werden wird.«

»Und in welchem Fall ist das?« fragte Hallam ruhig.

»In dem Fall, daß ich Sie des Mordes an Tarn anklage!«

29

Ralf nahm das Fläschchen in die Hand und lächelte.

»Es ist wahr«, erklärte er kühl, »ich habe diese Opiumtinktur bei Kepall gekauft – und zwar im Auftrag von Tarn. Um genau zu sein, ich habe ihm Laudanum verschrieben, denn er litt an Schlaflosigkeit. Daß die Flasche im Gebüsch gefunden wurde, erregt wohl Verdacht, was? Wenn sie im Abfalleimer gefunden worden wäre, hätte es wohl sogar zur Überführung gelangt. Ist das die neue Theorie der Polizei, daß Mr. Maurice Tarn an Opiumvergiftung gestorben ist? Ich erinnere mich eines Messers mit schwarzem Griff – hatte das mit dem beklagenswerten Tod Tarns nichts zu tun?«

»Wollen Sie etwa andeuten, daß Tarn das Laudanum selbst in den Kognak getan hat?« fragte Bickerson eisig.

»Ich will überhaupt nichts andeuten.« Ralf zuckte die Achseln. »Ich möchte jedoch alles zurückweisen, was mich mit Tarns Tod in Verbindung bringt.«

Er schaute den Inspektor nachdenklich an. »Wenn es mich etwas anginge, so würde ich sagen, daß es sehr merkwürdig ist, daß Sie bei der Gerichtsverhandlung gar nicht Ihre telefonische Unterhaltung mit Tarn erwähnten.«

»Das war nicht notwendig«, erklärte Bickerson und richtete sich auf. »Die telefonische Unterredung in Ihrem Beisein hätte den Namen einer dritten Person hereingebracht. Hallam, bei der Gerichtsverhandlung ist ein großer Teil des Beweismaterials nicht erwähnt worden. Zum Beispiel habe ich es für richtig gehalten, nicht zu erwähnen, daß Sie zwei Stunden vor Tarns Tod in seinem Hause waren ...«

»Mit Miss Marlowe«, unterbrach Ralf.

»Sie waren im Haus und hatten genügend Gelegenheit, in Tarns Zimmer zu gehen und seinen Kognak zu vergiften – Sie waren ja mit seinen Gewohnheiten vertraut.«

»Wollen Sie damit sagen, daß Miss Marlowe mir dabei Beihilfe geleistet hat? Sie war die ganze Zeit im Haus, und ich habe sie dort verlassen. Warum hätte ich ihn betäuben sollen?«

Der Inspektor antwortete nicht sofort, sondern sagte: »Ich habe Miss Marlowe genau befragt, und ich weiß, daß sie in ihr Zimmer ging, um zu packen, während Sie, Mr. Hallam, zehn Minuten allein in der Nähe des Arbeitszimmers waren. Auch über die andere Sache will ich ganz offen mit Ihnen sprechen. Ich habe Grund anzunehmen, daß Sie an Tarns Rauschgifthandel beteiligt waren. Sie wußten, daß der alte Mann mich um neun Uhr abends sprechen wollte. Wenn Sie befürchten mußten, daß Tarn Sie belastet, wäre ein Motiv für diese Tat gegeben. Ich will Ihnen weiter sagen, daß ich nicht glaube, daß Sie das Laudanum auf Tarns Veranlassung gekauft haben.«

Ralf setzte sich kerzengerade hin und wurde vorsichtig. Die Gefahr, die er für gebannt gehalten hatte, war wieder aufgetaucht. Sehr beunruhigend!

»Ihr Ton gefällt mir nicht, Bickerson!« sagte er von oben herab. »Wenn Sie denken, daß ich Rauschgift geschmuggelt habe und direkt oder indirekt für Tarns Tod verantwortlich bin, kennen Sie den einfachsten Weg.«

Bickersons Gesicht war ausdruckslos, und Hallam sah, daß er nicht bereit war, seine Herausforderung anzunehmen.

»Das ist leicht möglich«, meinte der Inspektor, »aber ich weiß genau, was ich finden werde, wenn ich dieser Angelegenheit auf den Grund gehe. Das Laudanum ist sicher in Ihrem Rezeptbuch auf Tarns Namen eingetragen.« Plötzlich lachte er auf und streckte ihm die Hand entgegen. »Ich fürchte, Doktor, daß ich Sie belästigt habe, aber dieser Mord und die Rauschgiftbanden machen mich sehr nervös. In einigen Tagen werde ich hoffentlich mehr darüber wissen als jetzt.« Er nahm das Laudanumfläschchen vom Tisch und steckte es wieder in die Tasche.

Ralf begleitete Bickerson bis zur Tür, dann ließ er sich in einen Sessel fallen und trocknete sich die Stirn. Was war er doch für ein Narr gewesen! Warum hatte er die Flasche nicht mit nach Hause genommen und in den Ofen geworfen! In seiner Angst hatte er eine Dummheit gemacht, die sein Verderben hätte werden können. In einer Beziehung hatte Bickerson recht: in seinem Rezeptbuch in der Half-Moon Street war Maurice Tarn als Empfänger des Laudanums vermerkt. Seltsamerweise war dies ein Akt der Vorsorge gewesen, den er erst nachträglich getroffen hatte, und er dankte der Eingebung, die ihn zur Eintragung dieses gefälschten Rezeptes in ein Buch veranlaßt hatte, das jetzt nur selten benutzt wurde.

Es dauerte eine Weile, bis Hallam sich wieder gefaßt hatte und in den Salon zurückkehrte. Bei seinem Eintreten schaute Lou ihn besorgt und forschend an, doch sein Gesicht verriet nichts. Elsa spielte Klavier, und Mr. Tupperwill stand neben ihr, um mit seinen dicken Fingern die Notenblätter umzuwenden.

»Ist etwas los?« fragte Mrs. Hallam leise.

»Nein«, wehrte Ralf ab, »er wollte mich wegen Tarn sprechen.« Dann schaute er lächelnd auf Tupperwill: »Es sieht beinahe so aus, als ob es ihn schwer gepackt hätte.«

Mrs. Hallam nickte. »Ihn hat es sicherlich gepackt!«

»Ein wundervolles Stück, ganz wundervoll!« seufzte Tupperwill, als er zögernd die letzte Seite umwandte. »Ach, Friede, Friede! Das ist das Motto meines Heims und der Grundton meines Lebens. Sogar als Schlüsselwort für meinen Privatsafe habe ich ›Friede‹ gewählt.«

Tupperwill bemerkte, wie Mrs. Hallams gierige Augen auf ihm ruhten, und wurde unruhig. »Singen Sie auch, Miss Marlowe?« fragte er und wandte sich wieder Elsa zu.

Elsa lachte vergnügt. »Nur hinter verschlossenen Türen!« bekannte sie. »Mit anderen Worten – ich weiß, wie weit ich gehen darf.«

Mr. Tupperwill seufzte wieder. »Das ist sehr schade!« Seine

Augen waren voller Bewunderung. »Wirklich sehr schade! Sie könnten gewiß einen großen Zuhörerkreis fesseln! Sie haben große Gaben.«

»Wie nett, so etwas zu hören!« Elsa bedankte sich belustigt für das Kompliment. »Ich will es als Ausgleich für die vielen weniger schmeichelhaften Dinge annehmen, die ich im Laufe des Tages zu hören bekomme.«

»Das bedeutet, daß Amery ein ungehobelter Bursche ist!« stellte Hallam fest.

»Major Amery?« Tupperwill schaute sie erstaunt an. »Sie stehen doch hoffentlich in keiner Verbindung mit Mr. Amery?«

»Ich arbeite in seinem Büro, wenn Sie das eine Verbindung nennen«, erklärte Elsa etwas verärgert über die versteckte Herabsetzung in Tupperwills Ton. »Sie irren sich, wenn Sie annehmen, daß ich häufig unfreundliche Reden von Major Amery höre«, fuhr sie fort. »Aber wenn alle Geschichten, die von Büromädchen erzählt werden, wahr sind, kann es nur ein großer Vorteil sein, keinen allzu netten Chef zu haben!«

Mr. Tupperwill nagte an seiner Unterlippe. »Das ist wahr«, gab er zu, »das ist sehr wahr! Ich wollte nicht etwa verächtlich über Major Amery sprechen«, verteidigte er sich. »Es wäre sehr unrecht von mir, seine Verdienste zu schmälern.«

Elsa wechelte schnell das Gesprächsthema, und nach wenigen Minuten saß sie vor einem Kartentisch und wurde in die Geheimnisse des Bridgespiels eingeweiht.

Um halb elf schaute Mr. Tupperwill nach der Uhr und war über die vorgerückte Zeit ganz erschrocken. »Ich fürchte, ich bin zu lange geblieben«, entschuldigte er sich, »doch die Stunden sind nur so verflogen. Mein lieber Hallam, ich danke Ihnen sehr für die Einladung. Würden Sie mir alle die Ehre erweisen, morgen abend zu mir zu kommen und bei mir zu speisen?«

Ralf nahm die Einladung sofort an. Er begleitete Tupperwill noch zu seinem Wagen, und als er wieder in den Salon kam, hatte Elsa sich bereits zurückgezogen. Mrs. Hallam kauerte auf dem Teppich vor dem Kaminfeuer und rauchte nachdenklich eine Zigarette.

»Was ist er eigentlich?« erkundigte sie sich.

»Er ist mein Bankier. Wo ist Elsa?«

Mrs. Hallam deutete mit dem Kopf auf Elsas Zimmer.

»Muß ich morgen abend mit zu Tupperwill?« fragte sie unlustig.

»Dieser alte Mann ist entsetzlich langweilig. Und du bist ein Esel, wenn du Elsa mitnimmst. Der alte Knabe ist ja ganz verrückt nach ihr!«

»Das schien mir auch so.« Hallam lachte kurz auf.

»Er ist doch wohl verheiratet?«

»Nein, er ist nicht verheiratet. Ein Mann wie er wird auch niemals heiraten.«

»So? Wirklich?« bemerkte Lou höhnisch. »Tupperwill ist ein Mann, der bis zu seinem sechzigsten Lebensjahr frei und ledig bleibt; dann überreicht er der ersten, besten Tänzerin, die ihm ihre traurige Lebensgeschichte erzählt, seinen Hausschlüssel und seinen Namen. Paß auf deine Elsa auf, mein Junge! – Hat er viel Geld?«

»Mehr Geld, als alle Tänzerinnen sich träumen lassen!« antwortete Ralf zynisch.

Lou schaute verstimmt ins Feuer und fragte: »Und du, Ralf, bist du reich?«

Er warf ihr einen schnellen Blick zu. »Was meinst du damit?«

»Das ist doch nicht schwer zu verstehen!« gab Lou ungeduldig zurück. »Also, bist du reich?«

»Noch nicht so reich, wie ich bald sein werde«, meinte Ralf gelassen. »In einer Woche hoffe ich, um eine Million einhundertvierundsiebzigtausend Dollar reicher zu sein.«

Das war die Summe, die auf dem kleinen Zettel stand, den er in Tarns Geldschrank gefunden hatte. Das Geld mußte doch irgendwo sein! Er hatte das bestimmte Gefühl, daß es in Paul Amerys Arbeitszimmer versteckt war – er mußte nur eine günstige Gelegenheit abwarten, um danach zu suchen.

Mrs. Hallam erwiderte nichts, und beide saßen schweigend in ihren Sesseln, bis Lou den Rest ihrer Zigarette ins Feuer warf.

»Du warst schon immer ein Optimist, sowohl in der Liebe als auch in Geldsachen!« Sie erhob sich. »Aber ich glaube, daß es schwerer sein wird, das Mädchen zu bekommen als das Geld.«

Elsa hatte ausgezeichnet geschlafen; ihr Frühstück nahm sie allein ein. Mrs. Hallam blieb stets bis Mittag im Bett, und Elsa Marlowe war ganz froh darüber, ungestört zu sein.

Als sie ins Büro kam und den Deckel ihrer Schreibmaschine abhob, war Major Amery noch nicht erschienen; es war schon fast elf Uhr, als er hereinkam. Gewöhnlich ging er durch einen besonderen Eingang sofort in sein Privatbüro, aber heute kam er durch die allgemeinen Geschäftsräume, und als Elsa aufblickte, um ihm »Guten Morgen!« zu wünschen, hatte sie den Eindruck, daß er sehr müde war.

»Guten Morgen!« antwortete er kurz, dann war er schon in seinem Zimmer und schlug die Tür hinter sich zu.

Wenige Minuten später kam Feng Ho und begrüßte Elsa mit seinem üblichen Grinsen. »Ist Major Amery schon da?« erkundigte er sich. Auf Elsas Antwort senkte er seine Stimme: »Nächtliche Wanderungen haben meist Verspätung am Morgen zur Folge!«

Elsa sah ihn scharf an.

»Mir scheint, daß Sie selbst nächtliche Wanderungen unternommen haben, Feng Ho!« vermutete sie beim Anblick der dunklen Schatten unter seinen Augen.

Feng Ho blickte unruhig auf die Tür zu Amerys Zimmer.

Elsa erhob sich: »Wollen Sie den Major sprechen?«

»Nein, Miss«, wehrte der Chinese schnell ab, »nicht eher, bis reife Überlegung den Rest der fantastischen Einbildung ausgelöscht hat.«

Sein Benehmen schien ein Unbehagen zu verraten, das bei diesem gelassenen Mann ganz ungewöhnlich war. Elsa hatte schon bemerkt, daß Feng Hos Unruhe sich in seiner Sprache ausdrückte. Gewöhnlich sprach er ein tadelloses Englisch, doch wenn ihn etwas bewegte, drückte er seine Gedanken in blumigen Redewendungen aus.

Plötzlich erklärte er: »Ich will doch jetzt mit ihm sprechen. Wenn man Nesseln fest anpackt, zerstört man damit die Kraft des giftigen Stichs.«

Feng Ho klopfte selbst an Amerys Tür und war schon im Privatbüro, bevor Elsa ihn zurückhalten konnte. Sie hörte Amerys scharfe Stimme, die sehr erzürnt klang. Feng Hos Antworten waren nur ein Gemurmel. Anscheinend sprachen beide chinesisch. Bald übertönte Elsa die Stimmen aber durch das Geklapper ihrer Schreibmaschine, sie war nicht neugierig und wollte nicht lauschen. Obschon sie sich darüber wunderte, womit der Chinese den Zorn seines Herrn heraufbeschworen hatte, lag ihr doch nicht viel daran, es zu erfahren.

Es dauerte genau eine halbe Stunde, bis Feng Ho wieder herauskam. Sein Gesicht strahlte, und mit einer graziösen Verbeugung verschwand er in seinem Büro. Amery läutete, und Elsa fand ihn nachdenklich und – wie ihr schien – sogar niedergeschlagen vor seinem Schreibtisch. Als sie eintrat, blickte er schnell hoch und sagte brüsk: »Ich halte es für besser, wenn Sie vorläufig bei Mrs. Hallam bleiben. Sie ist zwar eine Kleptomanin, aber sie wird Sie nicht bestehlen!«

»Major Amery!« rief Elsa verblüfft aus.

»Ich will nichts gegen diese Frau sagen«, fuhr er fort, ohne ihr Erstaunen und ihren Unwillen zu beachten. »Mrs. Hallam wird Sie bei sich behalten, solange Sie wollen. Am besten packen Sie Ihre Sachen zusammen und richten sich auf ein bis zwei Wochen ein. Danach wird alles in Ordnung sein.«

Elsa schnappte nach Luft. »Ich kann Sie wirklich nicht verstehen. Mrs. Trene Hallam war sehr freundlich ...«

Er unterbrach sie mit einer ungeduldigen Handbewegung. »Kümmern Sie sich nicht um Mrs. Hallam, sie ist ohne Bedeutung. Und Ralf – ich glaube, auch über ihn brauchen Sie sich nicht zu beunruhigen.«

»Dr. Hallam ist ein guter alter Freund von mir«, erklärte sie, fand aber selbst, daß ihr Versuch, würdig zu erscheinen, nicht ganz geglückt war.

Amerys müde Augen schauten ihr forschend ins Gesicht.

»Ein sehr guter Freund? Nun ja – jedenfalls brauchen Sie sich über ihn nicht zu beunruhigen«, wiederholte er. Dann fügte er hinzu: »Ich möchte gern, daß Sie etwas für mich tun.«

Elsa wartete, während der Major zum Schreibtisch ging, einen Briefbogen nahm und schnell zu schreiben begann. Sie zählte sieben, acht, neun Zeilen. Dann unterzeichnete er mit Schwung, steckte den Brief in einen Umschlag und verschloß die Rückseite mit einer Siegelmarke. Auf den Umschlag schrieb er einen Namen und gab ihn ihr. Zu Elsas Erstaunen war er an Dr. Ralf Hallam adressiert und trug den Vermerk »Persönlich«.

»Ich möchte, daß Sie diesen Brief so aufbewahren, daß Sie ihn zu jeder Tages- und Nachtstunde griffbereit haben«, bat er nachdrücklich. »Vielleicht ist Hallam nicht so schlecht, wie ich denke – ich müßte mich aber sehr täuschen, wenn er besser ist. Bewahren Sie den Brief also sorgfältig auf – Sie müssen ihn stets bei der Hand haben!« befahl Amery, und seine alte Gereiztheit schien wiederzukehren.

»Falls Hallam Schwierigkeiten macht oder Sie in eine Lage kommen, in der Sie sich nicht zu helfen wissen, geben Sie ihm diesen Brief!«

Elsa drehte den Brief unentschlossen in ihrer Hand. »Ich weiß wirklich nicht, wovon Sie sprechen, Major Amery. Was für eine Situation sollte das wohl sein?«

»Tragen Sie ihn tagsüber in Ihrer Handtasche, und nachts legen Sie ihn unter das Kopfkissen! Wenn Hallam jemals vergessen sollte, was Ihnen zusteht – ich will es klar ausdrücken –, wenn Sie jemals Furcht vor ihm empfinden, geben Sie ihm den Brief!«

Elsa schüttelte lächelnd den Kopf und hielt Amery den Umschlag hin. »Ich werde ihn nicht brauchen«, versicherte sie. »Ich sagte Ihnen doch, Dr. Hallam und ich sind alte Freunde, und er war auch der Freund Maurice Tarns.«

»Ich hatte Sie gebeten, etwas für mich zu tun«, unterbrach er sie ärgerlich, »das ist alles. Ich bin nicht gewohnt, um etwas zu bitten, aber ich will meine Grundsätze brechen – ich bitte Sie also noch einmal: Bewahren Sie den Brief auf, und benutzen Sie ihn im Notfall! Wollen Sie das tun?«

Sie zögerte einen Augenblick und entgegnete dann etwas widerstrebend:

»Ich glaube zwar, daß das ganz unnötig ist, und ich finde es auch sehr geheimnisvoll, aber wenn Sie es durchaus wünschen, werde ich es tun.«

»Gut!« rief Amery lebhaft. »Und nun wollen wir einen Brief an unsere amerikanischen Freunde bei der Polizei in Cleveland schreiben. Ich möchte etwas über einen Herrn erfahren, der augenblicklich in Not ist.«

Er begann zu diktieren:

›An John L. Territet, Polizeipräsident, Cleveland, Ohio.
Sehr geehrter Herr! Gestern habe ich Sie durch Kabel gebeten, mir mitzuteilen, ob Philipp Moropoulos ...‹

Elsa schaute erstaunt auf. »Der Name kommt mir bekannt vor. Ist das nicht der Mann, der in Verbindung mit dem Rauschgiftschmuggel festgenommen wurde? Ich las darüber in der Zeitung.«

Amery nickte und fuhr fort:

›... ob Philipp Moropoulos, der jetzt von Ihnen festgehalten wird, sich irgendwelcher englischer Decknamen bedient. Aus bestimmten Gründen möchte ich feststellen, ob er mit einem Mann identisch ist, der unter dem Namen –‹

Es klopfte an die Tür, eine Angestellte trat mit einem Telegramm ein. Elsa nahm es in Empfang und reichte es Amery.

»Hm«, er riß es auf, »das trifft sich gut. Der Brief hat sich erledigt.«

Gedankenlos schob er das Kabel zu ihr hinüber, und Elsa las:

›Amery Company, London. Anklage gegen Moropoulos fallengelassen. Bereits unterwegs nach England.‹

Gezeichnet war es mit ›Polizeipräsident‹.

»Soso, er ist freigelassen!« murmelte Amery. »Das bedeutet eine schlechte Nachricht für irgend jemand.«

Elsa fragte nicht, wer dieser Irgendjemand sei, sie wunderte sich nur, daß er ihr solch ungewohntes Vertrauen entgegenbrachte. Anscheinend bemerkte er aber erst jetzt, daß er ihr das Kabel gegeben hatte, denn er riß es hastig wieder an sich.

»Das ist alles!« schloß er und entließ sie. »Ich werde klingeln, sobald ich Sie brauche.«

30

Mr. Tupperwills Heim am Grosvenor Place war das Muster eines Bankierhaushaltes. Überall, vom Boden bis zum Keller, herrschten Ordnung, Sauberkeit und unauffälliger Luxus. Es war ein Haus, in dem alles nach einem Schema festgelegt war. Um halb sieben am Morgen begann das Leben, wenn das Mädchen die Vorhänge aufzog, und um halb zwölf am Abend endete es, wenn der Diener sorgsam die Haustür abriegelte, die Tür zur Speisekammer abschloß und das letzte Licht in der Halle auslöschte.

Jeden Augenblick konnte Mr. Tupperwill anhand einer sauber geschriebenen Tabelle, die er im rechten Seitenfach seines Schreibtisches verwahrte, feststellen, was jeder Angestellte tat, in welchem Zustand sich jedes seiner Zimmer befand und wieviel Benzin im Tank seiner Wagen war. Und jeden Donnerstagnachmittag um fünf Uhr stellte er sämtliche Uhren in seinem Hause nach Radiozeit.

Punkt halb neun Uhr jeden Morgen nahm Mr. Tupperwill sein Frühstück zu sich, das immer aus zwei scharf gebratenen Nieren mit einer Scheibe gebratenem Speck, drei Scheiben Toast und zwei

Tassen Kaffee bestand. Nach dem Frühstück überflog Mr. Tupperwill drei Finanzblätter, die zusammengefaltet neben ihm lagen, und las dann den Wirtschaftsartikel der ›Times‹. Fünfundzwanzig Minuten nach neun, fast auf die Minute genau, ging er in die Garderobe, wo ihm der Diener in den Mantel half, und gewöhnlich schlug es gerade halb, wenn er die Treppe herunterstieg. An der Tür verabschiedete sich sein Diener von ihm, indem er je nach dem Wetter bemerkte, daß es ein kalter oder ein warmer, ein nasser oder ein schöner Tag sei.

An diesem Morgen brach der Bankier aber mit seinen Gewohnheiten, denn er klingelte dem Diener, noch bevor er sein Frühstück beendet hatte, und teilte ihm mit: »Weeks, ich habe für heute abend Gäste eingeladen.«

»Sehr wohl, Sir«, entgegnete Weeks und wunderte sich insgeheim, denn es kam fast nie vor, daß Mr. Tupperwill Gäste hatte.

»Abendessen für vier Personen. Es kommen zwei Damen – lassen Sie mein Ankleidezimmer für die Damen herrichten. Die Wirtschafterin soll alles Notwendige besorgen, Puder und dergleichen.«

»Sehr wohl, Sir«, antwortete Weeks wieder.

Mr. Tupperwill gab noch Anweisungen wegen der Speisen und Getränke, dann machte er sich mit einer Verspätung von fünf Minuten auf den Weg zur Bank.

Obgleich von Natur phlegmatisch, war Tupperwill doch den ganzen Vormittag sehr beschäftigt, denn genau wie Major Amery öffnete und beantwortete er persönlich alle an ihn adressierten Briefe.

Gewöhnlich war er in der Zeit von zehn bis halb zwei so in seine Arbeit vertieft, daß er nur ausnahmsweise sehr wichtige Besucher empfing. Es war daher nicht verwunderlich, daß er beim Anblick eines älteren Buchhalters, der mit einer Visitenkarte in der Hand hereinkam, die Stirn runzelte und unwillig abwinkte.

»Nicht jetzt, mein lieber Mann!« rief er vorwurfsvoll. »Jetzt kann ich wirklich niemanden empfangen, wirklich niemanden! Wer will mich denn sprechen?«

»Das Konto, das gestern geschlossen wurde«, erklärte der Buchhalter.

Tupperwill richtete sich kerzengerade auf.

»Amery?« fragte er leise.

»Jawohl, Sir. Er sagte, er wolle Sie nicht länger als zehn Minuten in Anspruch nehmen.«

Tupperwill legte bedächtig die Schriftstücke in eine Ledermappe und nahm erst dann die Visitenkarte in die Hand. Lange starrte er darauf, als ob das Kärtchen ihm den Grund von Major Amerys Besuch verraten könne. »Führen Sie ihn herein!« murmelte er dann.

Amery trat ein und wurde mit der Höflichkeit begrüßt, die auch einem ehemaligen Kunden der Bank zustand.

»Ich bin gekommen, weil ich glaubte, Ihnen eine Aufklärung schuldig zu sein, Mr. Tupperwill. Ich habe gestern mein Konto bei Ihnen geschlossen.«

Tupperwill nickte ernst. »Es ist mir berichtet worden, und ich muß gestehen, daß ich überrascht und erleichtert war.«

Ein Lächeln spielte um die Lippen des Mannes aus Indien.

»Ihre Erleichterung ist wohl mehr auf den unbefriedigenden Charakter des Kunden als auf das Konto selbst zurückzuführen, denn es war doch sehr hoch.«

»Es war hoch«, gab Tupperwill zu, »aber wenn Sie mir die Bemerkung gestatten: Es war sehr geheimnisvoll.«

»Sind nicht alle Ihre Konten geheimnisvoll?« fragte Amery kaltblütig. Der Bankier gab keine Antwort, erklärte aber dann:

»Ich kann das Gefühl nicht loswerden, daß Sie die Stebbings-Bank als einen Notbehelf benutzten. Sie werden mir verzeihen, wenn ich mich irre, aber die Unbeständigkeit Ihres Kontos war eine seiner unbefriedigenden Seiten.«

»Es sollte eigentlich ein beständiges Konto sein«, erwiderte Amery. »Ich hatte es für einen ganz bestimmten Zweck eröffnet, und ich will Ihnen auch ganz offen sagen, wozu. Ich wollte irgendeine Unregelmäßigkeit erfinden, die mir das Recht geben sollte, vor Gericht eine Prüfung Ihrer Bücher zu verlangen.«

Mr. Tupperwill starrte ihn verdutzt an.

»Jetzt weiß ich, daß dieser Weg nutzlos gewesen wäre, denn ich gestehe, daß ich über das Bankiergewebe weniger weiß, als ich annahm.«

»Sie wollten meine Bücher prüfen lassen?« fragte Tupperwill langsam, als ob er erst jetzt begriff, was Amery beabsichtigt hatte. »So etwas – so etwas habe ich noch nie gehört.«

»Das glaube ich. Aber, Mr. Tupperwill, wie ich schon erwähnte, habe ich mein Konto geschlossen, weil ich merkte, daß mein Plan nutzlos war. Außerdem habe ich bereits erfahren, was ich wissen wollte. Mr. Tupperwill, wer ist John Stillman?«

Amery hatte die verhängnisvolle Gabe, Leute zu Tode zu erschrecken. Tupperwill sprang bei diesen Worten vom Stuhl auf.

»Stillman?« stotterte er. »Ich – ich verstehe Sie nicht.«

»Niemand versteht mich!« Amery schüttelte den Kopf. »Aber das kommt daher, weil ich zu deutlich bin. Sie führen das Konto eines Mr. Stillman – ein viel größeres Konto als meines und viel gefährlicher. Die Stebbings-Bank könnte es überleben, mich in ihren Büchern zu führen, aber Stillmans Konto wird Sie, Ihr ganzes Vermögen und Ihre Bank in einen solchen Morast stürzen, daß Sie darin ersticken werden.«

Der Bankier starrte ihn einen Augenblick erschrocken an, dann versetzte er: »Ich weigere mich ganz entschieden, über die Geschäfte meiner Bank zu sprechen«, und schlug mit der flachen Hand auf den Tisch. »Es ist unerhört! Was erlauben Sie sich, Herr ...«

Amery brachte ihn durch eine Handbewegung zum Schweigen.

»Vergessen Sie nicht, was ich Ihnen sagte: Stillman wirkt tödlicher als das Gift einer Schlange.«

»Ich weigere mich, über die Angelegenheit zu sprechen«, schrie Tupperwill zornig und drückte auf den Klingelknopf. »Herr, Sie sprechen über eine Dame – eine reizende Dame –, eine Dame, die meine volle Achtung und Bewunderung hat, obwohl sie nur eine untergeordnete Stelle in Ihrem Geschäft in der City einnimmt.«

Amery schaute ihn verblüfft an. »Eine Dame?« fragte er ungläubig. »In der City – in meinem Geschäft? Herrgott!«

31

John Stillman, der geheimnisvolle Kunde der Stebbings-Bank, war Elsa Marlowe! Der Unheimliche konnte den Bankier, dessen Gesicht vor Zorn gerötet war, nur sprachlos anstarren. Maurice Tarns Nichte? War sie trotz alledem in die Sache verwickelt?

»Ich nehme an, daß Sie über Miss Marlowe sprechen?«

»Ich spreche über niemand.« Vor Wut klang Tupperwills Stimme ganz heiser. »Sie wollten, daß ich ein heiliges Geheimnis verrate. Das kann ich Ihnen nicht verzeihen.«

Der Buchhalter trat ein.

»Weisen Sie Major Amery aus diesen Räumen. Er darf unter keinen Umständen jemals wieder vorgelassen werden!«

»Entweder hat man Sie getäuscht oder Sie lügen, Tupperwill. Miss Marlowe hat bei Ihnen weder unter ihrem eigenen noch unter einem anderen Namen ein Konto.«

»Ich lehne es ganz entschieden ab, noch ein Wort mit Ihnen zu reden. Dort ist die Tür, Herr!«

Der Besucher wollte noch etwas erwidern, unterließ es dann doch und ging hinaus.

Eine Viertelstunde saß Mr. Tupperwill vor Wut kochend da, erst dann hatte er sich genügend gefaßt, um nach seinem Buchhalter zu klingeln.

»Bringen Sie mir Mr. Stillmans Konto!« befahl er kurz.

»Ich wollte schon mit Ihnen darüber sprechen, Sir!«

»Ist nicht nötig!« fuhr der Bankier ihn an. »Bringen Sie nur das Konto!«

Nach wenigen Minuten wurde ihm ein aufgeschlagenes Buch vorgelegt, und Tupperwill gewann seine alte Höflichkeit wieder.

»Sie müssen mir meine – eh – Heftigkeit verzeihen, aber Major Amery hatte mich sehr geärgert – er hat mich sehr aufgeregt.«

Er prüfte die vor ihm aufgeschlagene Seite, und sein Gesicht verfinsterte sich.

»Überzogen hat er es nicht«, meinte er.

»Nein, er hat es nicht überzogen, aber das ist auch alles, was man sagen kann. Seine Spekulationen waren kolossal. Schauen Sie sich das an!« Der Buchhalter fuhr mit dem Finger die Zahlenreihe herunter. »Alles Maklerschecks. Er hat in Angora in Öl spekuliert. Wir hatten eine Unmenge Aktien von ihm, aber binnen einer Woche sind sie von siebenundfünfzig auf dreizehn gefallen. Ich wollte Sie schon bitten, einmal mit Mr. Stillman zu sprechen.«

»Haben Sie ihn niemals selbst gesprochen?« fragte der Bankier, ohne den Kopf zu heben.

»Nein, Sir. Das Konto wurde durch Sie eröffnet, und ich kann mich nicht erinnern, den Kunden jemals in der Bank gesehen zu haben. Mir kam die Unterschrift auf den Schecks wie eine Damenhandschrift vor.«

»Schon gut, schon gut, Thomas«, meinte Mr. Tupperwill mürrisch. »Ich will Mr. Stillman selbst schreiben. Soviel ich hieraus entnehmen kann, hat er in einem halben Jahr über eine Viertelmillion verloren.« Mit einem Knall schloß er das Buch und schob es seinem Angestellten zu. ›Eine Viertelmillion‹, dachte er erschrokken – ›auf die Straße geworfen!‹

Für Mr. Tupperwill war Kapital etwas Lebendiges, und es schmerzte ihn, wenn es grausam behandelt wurde. Eine Viertelmillion war in Nichts zerstückelt worden. Schon der Gedanke daran war ihm schrecklich. Er nahm einen Briefbogen und begann zu schreiben. Als er zur Hälfte fertig war, las er ihn mit unzufriedenem Gesichtsausdruck durch, ging an den Kamin, zündete ein Streichholz an und beobachtete, wie das Papier sich kräuselte und sich in Asche verwandelte. An diesem Tag arbeitete er nicht mehr, denn er war zu sehr mit seinen Gedanken beschäftigt.

Gegen vier Uhr klingelte er seinem Buchhalter.

»Stillmans Konto beunruhigt mich doch sehr!« erklärte er. »Wenn ich mich nicht sehr täusche, ist Stillman das Pseudonym einer jungen Dame, die vor Jahren bei der Bank eingeführt worden ist. Damals war mir versichert worden, daß sie ein riesengroßes Vermögen geerbt hätte.«

»So ist das?« fragte der Buchhalter uninteressiert, als wenn ihn nichts in Erstaunen setzen könnte. »Eine adlige Dame?«

»Nein, keine adlige Dame«, antwortete Tupperwill verlegen. »Sie nimmt nur eine sehr untergeordnete Stellung in einem Geschäftshaus in der City ein. Soweit ich mich erinnern kann, wollte sie sich für eine kaufmännische Laufbahn vorbereiten und hat ganz unten angefangen.«

»Wie soll ich mich verhalten, wenn noch weitere Schecks vorgelegt werden?« wollte der Buchhalter wissen. »Mr. oder Miss Stillman hat nur noch ein sehr niedriges Guthaben.«

Mr. Tupperwill schaute zur Decke. »Ich glaube, man sollte die Schecks honorieren«, sagte er ruhig. »Ja, man sollte sie honorieren, wenn sie nicht auf zu große – ich meine wirklich übermäßige – Summen lauten.«

»Das wollte ich wissen!« bemerkte der Buchhalter, »denn soeben habe ich einen Scheck über fünfundzwanzigtausend Pfund von Stillman erhalten, und auf dem Konto sind nur noch fünfzig Pfund!«

Mr. Tupperwill wurde blaß.

32

Elsa Marlowe wäre nicht erstaunt gewesen, wenn sie bei ihrem Eintreten in Amerys Zimmer den Unheimlichen auf dem Kopf stehend angetroffen hätte. Er hatte ein so außerordentliches Benehmen, daß nichts mehr sie außer Fassung bringen konnte, und beinahe hatte sie sich auch schon mit seiner unverfrorenen Teilnahme an ihren Privatangelegenheiten abgefunden.

Schon mehrmals wollte sie den Brief vernichten, den er ihr aufgedrängt hatte, aber jedesmal empfand sie es als ungerecht einem Mann gegenüber, der ihr sicherlich keine Mißgunst entgegenbrachte. Daß er sie nach seinen eigenen Enthüllungen für seine persönlichen Zwecke verwandte, erschien ihr leicht möglich. Aber ihre Gefühle für ihren früheren Freund hatten sich doch sehr geändert. Dennoch konnte sie sich auch jetzt von Hallams Verbrechen noch keinen Begriff machen. Hin und wieder hatte sie in den Zeitungen Geschichten über das ›Rauschgiftlaster‹ gelesen, aber bis jetzt hatte es nur ihre Wißbegierde erregt. Sie hielt es für etwas sehr Unangenehmes, aber das war auch alles, denn Elsa war noch niemals mit einem Süchtigen in Berührung gekommen.

Major Amerys Benehmen war an diesem Nachmittag besonders nervenaufreibend. Nichts schien ihm recht zu sein. Er lief durch die Büros wie ein wutentbrannter Löwe und fuhr aus geringen Anlässen die Leute heftig an.

»Er erinnert mich an einen lärmenden Cowboy«, zischte Miss Tame, vor Wut zitternd.

»Was hat er Ihnen denn getan?« fragte Elsa belustigt.

»Was hat er nicht getan?« knirschte die zornige junge Dame. »Er ist ein lärmender, prahlerischer Kerl, weiter nichts! Ich wünschte, daß mein Vater ein paar Worte mit ihm spräche. Mein Vater müßte ihn nur anschauen, und schon würde er sich verkriechen!«

»Ich glaube nicht, daß Ihr Vater sich verkriechen würde«, äußerte Elsa, als wenn sie nicht verstanden hätte.

»Ich meine nicht meinen Vater, ich meine diesen frauenquälenden Vampir! Da fällt mir übrigens ein, Miss Marlowe – wann kommen Sie mal zu mir zu einer Tasse Tee? Ich wollte Ihnen unser neues Haus zeigen.«

Dieser Einladung war Elsa bisher aus dem Weg gegangen.

»Gelegentlich«, erwiderte sie unbestimmt.

»Wir sind zwar nicht so vornehm wie Sie«, gab Miss Tame zu,

»aber Vater ist Gentleman durch und durch, und Sie finden im ganzen West End kein schöner möbliertes Haus.«

Elsa mußte lachen. »Ich will doch nicht Ihre Möbel ansehen, Jessie. Wirklich, ich will kommen, sobald ich kann. Diese schreckliche Gerichtsverhandlung...«

»Ich verstehe Sie, meine Liebe«, fuhr Miss Tame mit einem melancholischen Blick fort. »Ich weiß, wie Ihnen zumute ist...«

In diesem Augenblick kam aus dem Nebenzimmer ein leises Geräusch. Entweder war es das Knarren eines Stuhles oder das Klirren des Brieföffners auf der Schreibtischplatte – jedenfalls genügte es, um Miss Tame zu eiliger Flucht zu veranlassen.

Elsa konnte an diesem Tag eine Stunde früher als gewöhnlich gehen, und sie war froh darüber, denn sie wollte im Hotel ihre Koffer und ihr kleines Radio abholen, das sie in ihrem neuen Zimmer anschließen wollte. Noch vor wenigen Stunden hatte sie nicht die geringste Absicht gehabt, länger als unbedingt nötig, Gast von Mrs. Trene Hallam zu sein. Und nun war sie im Begriff, ihren Besuch auf unbestimmte Zeit auszudehnen! Sie fragte sich nicht nach dem Grund ihrer Sinnesänderung – ihn kannte sie nur zu genau. Major Amery brauchte nur zwei Sätze zu sagen, und schon hatte sie seinem tyrannischen Willen nachgegeben.

Mrs. Trene Hallam beobachtete das Anschließen des Radioapparates mit mehr Interesse als Begeisterung.

»Sie beabsichtigen also, länger zu bleiben?« fragte sie, und ihr Ton klang nicht besonders ermutigend.

»Sie hatten mich für einen Monat eingeladen«, erwiderte Elsa etwas verlegen.

»Aber bleiben Sie, solange Sie wollen, meine Liebe!« Doch Lous Bemühen, ihren Worten etwas Wärme zu geben, klang nicht überzeugend.

33

In Scotland Yard fand eine Besprechung statt. Vor der eigenartigen ›Spitzeltür‹, hinter der in der Abenddämmerung diejenigen verraten wurden, die irrtümlicherweise jemand ihr Vertrauen geschenkt hatten, standen zwei Beamte, um einen Mann zu eskortieren, der noch erwartet wurde.

Sir James Boyd Fowler, der Chef der Kriminalabteilung von Scotland Yard, hatte seinen Kommissar und einen Kriminalinspektor bei sich.

Es war kurz vor fünf, und Bickerson schaute ab und zu auf die Uhr.

»Sie können jeden Augenblick eintreffen«, sagte Kommissar Wille. »Glauben Sie, Bickerson, daß Ihnen dieser Mann viel Auskunft geben wird?«

»Jawohl«, antwortete Bickerson. »Drei Monate vor seiner Verhaftung war er in London, und ich habe Grund zu der Annahme, daß er in sehr engen Beziehungen zu den ›Amateuren‹, wenn nicht gar zu Soyokas Bande, stand.«

»Wird er sie aber auch verzinken?« überlegte Sir James laut. »Das ist die Hauptsache – wird er sie verzinken? In den letzten vier Tagen hat der Minister mich dreimal angerufen und einen Bericht verlangt. Bis jetzt haben wir aber noch gar nichts vorzuweisen. Sie sind tatsächlich sicher, daß Amery der Manager ist?«

»Vollkommen sicher!« behauptete Bickerson ohne Zögern.

Sir James murmelte etwas vor sich hin. Von Natur aus war er unduldsam, und seine Gereiztheit wurde durch die lästigen Anfragen seiner vorgesetzten Behörde noch verstärkt.

»Hat Soyoka Tarn ermordet? Und glauben Sie, daß Amery dahintersteckt?« fragte er.

»Ja, das glaube ich allerdings. Alles weist darauf hin, daß Amery der Mann ist, den wir suchen. Sein Vorleben genügt, ihn zu verdächtigen. Er wurde aus dem politischen Dienst entlassen, weil er beim Opiumhandel erwischt wurde. Entweder ist er selber Soyoka oder, was ich für wahrscheinlicher halte, der Anführer der ›Amateure‹.«

»Aber Sie hatten doch behauptet, daß Hallam die Amateur-Bande anführt?« unterbrach ihn der Kommissar.

»Ich bin überzeugt, daß auch Hallam bis zum Halse drinsteckt – und falls Major Amery der Oberboß ist, so weiß Hallam das wahrscheinlich gar nicht. So werden alle diese Banden geleitet. Ganz oben sitzt jemand, der alle Fäden in der Hand hat, der oberste Drahtzieher, der jedes Geschäft finanziert und die Verdienste einsteckt – und unter ihm ist einer, der sich einbildet, daß er die Leitung hat. Amery ist ein Rauschgiftschmuggler – und dabei glatt wie ein Aal und schlau wie der Teufel!«

»War es sehr schwierig, Moropoulos herüberzubekommen?«

wollte der Kommissar wissen.

»Gar nicht; die Beweise gegen ihn waren nicht stichhaltig genug, so daß der Staatsanwalt das Verfahren einstellen mußte. Ich hatte mich telegrafisch mit der Polizei in Cleveland in Verbindung gesetzt und darum gebeten, den Mann herüberzubringen. Übrigens ist er in Begleitung eines Kriminalbeamten aus Cleveland. Ich nehme an, daß er sprechen wird, und dann werde ich die Leute dorthin bringen, wo ich sie haben möchte.«

Ein Beamter in Uniform kam herein und legte einen Zettel vor den Chef. »Er ist da«, rief Sir James. »Lassen Sie ihn herein!«

Der Beamte kehrte in Begleitung von drei Männern zurück, von denen einer ein Inspektor von Scotland Yard war. Der zweite, ein großer, hagerer Mann, war anscheinend der amerikanische Kriminalbeamte, während der dritte Mann, dick und wohlaussehend, auch nicht im geringsten das Aussehen eines hartgesottenen Verbrechers hatte. Er sah eher aus wie ein recht erfolgreicher Geschäftsmann. Obwohl er Grieche war, sprach er Englisch ohne Akzent. Er verbeugte sich ungezwungen vor dem Chef und setzte sich höflich dankend auf den Stuhl, den Bickerson ihm anbot.

»Meine Herren, ich möchte Ihnen gleich von vornherein sagen: Von mir wird niemand verzinkt. Ich bin nach Europa gekommen, weil der Polizeichef in Cleveland es mir angeraten hat. Er meinte, wenn ich der englischen Polizei behilflich sei, würde unsere Polizei möglicherweise ein Auge zudrücken. Nun gut, über die Lebenden werde ich nicht sprechen. Aber über den Toten« – er betonte dieses Wort –, »über den Toten will ich sagen, was ich weiß.«

»Ich nehme an, daß Sie mit dem Toten, von dem Sie sprechen, Maurice Tarn meinen?«

Moropoulos nickte. »Jawohl, ich meine Maurice Tarn. Ob er der Boß war, weiß ich nicht, sicherlich war er aber einer von den Großen. Ich habe mit ihm Geschäfte gemacht. Ich habe in einer besonders angefertigten Kiste eine ganze Menge Kokain aus Deutschland herübergebracht. Wahrscheinlich haben Sie sie gefunden, als Sie seine Wohnung durchsuchten. Es war eine Kiste mit fünf Fächern, die übereinandergeschraubt waren.«

»Ich habe die Kiste nicht gesehen«, wandte Bickerson ein.

»Vielleicht hat er sie verbrannt. Ich kann nur sagen, daß ich die Kiste herübergebracht und mit Tarn eine lange Unterredung hatte, bevor ich wieder abreiste.«

»Hat er mit Ihnen über Soyokas Bande gesprochen?«

Das Gesicht des Griechen verfinsterte sich.

»Nein«, stieß er hervor. »Soyoka hat mich greifen lassen, einer der Beamten hat es mir verraten. Er hat behauptet, daß ich in sein Gebiet eingedrungen sei. Das ist aber eine Lüge, denn ich war der einzige Händler in ganz Ohio, der die Sache in großem Maßstab betrieb.«

»Ist irgendeine Andeutung gemacht worden, wer der Bandenchef ist?« Bickerson kniff lauernd die Augen zusammen.

»Er scheint etwas Großes in London zu sein. Ich glaube, ein Offizier.«

»Haben Sie niemals seinen Namen gehört?« drängte Sir James. »War es nicht etwa Major Amery?«

»Amery?« wiederholte der Grieche langsam. »Nun, darauf schwören möchte ich nicht. Ich weiß nur, daß ich ihm im Wege war und daß einer seiner Leute mich verzinkt hat. Na ja«, gab er zu, »ich hatte schon das Zeug! Aber sie haben es nicht bei mir gefunden. Als sie meinen Laden durchsuchten, haben sie nichts Schärferes gefunden als Tomatenketchup!«

»Hatte Tarn Komplicen? Das müssen Sie doch wissen, Moropoulos!« forschte Sir James.

»Ich habe Ihnen schon gesagt, daß ich zwischen Toten und Lebendigen einen Unterschied mache. Wenn ich über Tarns Freunde sprechen soll, müssen Sie mir schon ihren Totenschein zeigen. Sonst...« Er zuckte die Achseln.

Sir James und Bickerson wechselten einige Worte und winkten dann den amerikanischen Kriminalbeamten herbei.

»Halten Sie den Mann nicht fest?«

»Nein! Er ist völlig frei. Ich bin sozusagen nur als Anstandsdame mit herübergekommen.«

»Ist es wahr, was er behauptet?« flüsterte Sir James. »Ist die Anklage gegen ihn wirklich fallengelassen worden?«

Der Beamte aus Cleveland nickte.

»Jawohl. Er war für uns etwas zu schnell. Wir hofften, ihn mit der Ware zu erwischen, aber wir kamen fünf Minuten zu spät.«

Bickerson nahm sich des Griechen an und begleitete ihn in das beste Restaurant der Umgegend.

»Ich habe für Sie ein Zimmer in einem erstklassigen Hotel belegt«, informierte er ihn, als sie einen Tisch gefunden hatten. »Und wenn Sie knapp an Geld sind, sagen Sie es mir. Ich möchte Ihnen den Aufenthalt in der Stadt so angenehm wie möglich machen.«

Moropoulos schüttelte vorwurfsvoll den Kopf.

»Hören Sie mal, Dicker«, meinte er freundlich, »Sie haben den Bogen noch nicht ganz raus. Bei uns kann man das besser, die könnten sogar mich täuschen! Aber wenn Sie so tun, als ob Sie mein einziger Freund hier in der großen Stadt sind, muß ich lachen. Lassen Sie mich man das Essen bezahlen – zu hören bekommen Sie sowieso nichts mehr von mir!«

Bickerson lachte, obgleich es ihm gar nicht zum Lachen zumute war.

»Wir wollen gar nichts mehr von Ihnen wissen«, behauptete er. »Ich glaube überhaupt nicht, daß Sie uns etwas Neues erzählen können. Wir wissen, daß Hallam ...«

»Wer ist Hallam?« fragte der Grieche verwundert. »Ist das nicht ein Halbbruder von Stillman?«

»Stillman?«

»Ja!« Der Grieche schien über den Eindruck, den dieser Name gemacht hatte, belustigt zu sein. »Ich dachte mir schon, daß Sie darauf anbeißen!«

Bickerson ließ nicht locker. »Wer ist Stillman?«

Der Grieche überlegte lange, dann sagte er vorsichtig:

»Ich kenne Stillman nicht und habe ihn niemals gesehen. Alles, was ich über ihn weiß, habe ich von einem Soyoka-Mann, mit dem ich früher in New York zusammenarbeitete. Stillman ist einer von ihren Anführern, aber ich glaube, das ist nicht sein richtiger Name. Und nun habe ich genug geredet – keine Antworten mehr!«

Bickerson war klug genug, das Gespräch über die Rauschgiftbanden fallenzulassen, bis Moropoulos sein Essen beendet hatte. Aber weder der vorzügliche Wein noch der beste Likör machten den Griechen gesprächiger. Bickerson begleitete ihn in sein Hotel, dann suchte er Ralf Hallam auf.

Als der Kriminalbeamte klingelte, öffnete Ralf selbst die Tür.

Er war für den Abend angezogen.

»Hallo!« rief er mißmutig. »Kommen Sie, um sich das Rezeptbuch anzusehen?«

»Vergessen Sie das!« erwiderte Bickerson liebenswürdig. »Nein, Hallam, ich wollte nur einen kleinen Besuch machen. Haben Sie eine Minute Zeit für mich?«

»Kommen Sie herein«, lud Hallam ihn ein und ging ins Eßzimmer voraus.

»Ich habe nur eine Frage. Sie kannten doch das Eigentum des

alten Tarn. Können Sie sich erinnern, daß er eine Kiste mit fünf Fächern besaß?«

»Nein«, antwortete Ralf ohne Zögern. »Aber wenn ich etwas darüber wüßte, würde ich es Ihnen auch nicht sagen. Was ist denn mit der Kiste los?«

»Nichts Besonderes – sie hatte einen doppelten Boden. Und ich dachte, daß der alte Mann vielleicht etwas darin versteckt hatte ...«

Er bemerkte, wie Hallams Gesicht sich plötzlich aufhellte.

»Sie scheinen an etwas Angenehmes zu denken«, vermutete Bikkerson.

Ralf nickte. »An etwas sehr Angenehmes!« gab er zu.

Er dachte an eine Million Dollar.

Es gab zwei Möglichkeiten. Die eine, daß Tarn das Geld mit heimgenommen und dort versteckt hatte; Elsa würde wissen, wo die Kiste war. Die andere Möglichkeit war, daß Amery das Geld hatte. Allein der Gedanke daran jagte ihm Schauer über den Rükken. Er mußte sofort herausbringen, wo Tarns Kiste geblieben war. Mit diesem Gedanken fuhr Ralf nach Herbert Mansions.

Elsa befand sich in ihrem Zimmer, als Hallam seine Frau begrüßte.

»Das Fräulein ist wirklich eine amüsante Gesellschafterin«, erklärte Lou bissig. »Die halbe Nacht sitzt sie in ihrem Zimmer und hört Radio. Warum bist du hergekommen?«

»Wir speisen doch heute bei Tupperwill, ich will euch abholen.«

Mrs. Hallam stöhnte. »Wie langweilig!«

»Geh jetzt und rufe Elsa!« befahl Ralf, der in Gegenwart seiner Frau immer ungeduldig wurde.

Elsa ersparte ihrer Gastgeberin die Mühe, sie zu holen, denn gerade als Mrs. Hallam die Salontür öffnete, kam Elsa den Gang entlang. Sie sah in ihrem neuen Kleid sehr elegant aus, doch sie fand es sehr unpassend, auszugehen – das erklärte sie auch offen.

»Meinst du wegen Tarn?« fragte Ralf. »Er war dir doch nicht so nahe verwandt, daß du in Trauer gehen müßtest. Aber du siehst müde aus«, fügte er teilnahmsvoll hinzu. »Hattest du einen anstrengenden Tag bei Amery?«

Elsa schüttelte den Kopf.

Hallam trat einen Schritt näher; Mrs. Hallam hatte den Salon für einen Augenblick verlassen, und das war eine Gelegenheit, die er nicht versäumen durfte.

»Kannst du dich erinnern, daß dein Onkel einen Koffer mit

aufeinandergeschraubten Holzfächern hatte?«

Sie blickte ihn erstaunt an. »Gewiß. Diese Kiste ist hier im Haus.«

Hallams Herz kopfte wie rasend, und er mußte sich zusammennehmen, um seine Aufregung zu verbergen.

»Ich habe einige meiner Sachen hineingepackt«, fügte Elsa hinzu, und Ralfs Hoffnung sank.

»War sie denn leer?« erkundigte er sich.

»Ja, sie war leer« – Elsa zögerte –, »wenigstens die oberen Fächer waren leer. Eins oder zwei der unteren Fächer konnte ich nicht herausheben. Ich sah heute abend, als ich die Kiste auspackte, daß sie an die Seitenwände angeschraubt sind, und ich glaube, etwas muß darunter stecken, denn die Kiste ist außerordentlich schwer, selbst, wenn sie leer ist. Warum fragst du?«

»Aus keinem besonderen Grund«, meinte er obenhin. »Die alte Kiste hatte mir nur sehr gefallen, und Tarn hatte mir versprochen, ich könnte sie haben, wenn ich sie wollte.«

»Nun, du kannst sie haben«, entschied Elsa, »aber du mußt mir dafür eine andere besorgen.«

Hallam hätte am liebsten die Einladung zum Essen abgesagt und die Kiste in die Half Moon Street mitgenommen, aber es wäre unklug gewesen, so viel Eifer zu verraten. In diesem Augenblick kam Mrs. Hallam zurück, und er sprach nicht mehr darüber. Nur später, als sie gerade das Haus verlassen wollten, fand er Zeit, Elsa noch etwas zuzuflüstern.

»Versuche nicht, die unteren Fächer loszuschrauben. Ich nehme an, daß etwas darin ist, was – na, was nicht darin sein sollte.«

»Meinst du Rauschgift?« fragte Elsa schnell.

Er nickte.

Mrs. Hallam rief ungeduldig vom Treppenhaus.

»Kommt ihr endlich?« klang es ärgerlich, und Elsa eilte zu ihr.

»Dieser Abend wird furchtbar langweilig werden«, seufzte Mrs. Hallam, als sie im Wagen saßen, und schloß die Augen.

Mr. Tupperwill nahm die letzten Vorbereitungen zum Empfang seiner Gäste kritisch in Augenschein. Er lief vom Salon ins Eßzimmer, dann ging er in sein Zimmer hinauf und betrachtete kritisch die kosmetischen Artikel, die seine Wirtschafterin für die Damen aufgebaut hatte.

Ein Stubenmädchen führte sie in das elegante Ankleidezimmer, und Mrs. Hallam betrachtete die Ausstattung mit Wohlgefallen.

»In den Möbeln steckt eine Million Pfund!« schätzte sie neidisch, als sie die kostbaren Empireschränke betrachtete.

Sie fuhr mit der Hand über die seidenbespannten Wände, um die Qualität zu prüfen, und stieß dabei an den Goldrahmen eines Bildes, das ihrer Meinung nach etwas zu niedrig hing. Sie erriet sofort den Grund, und als sie das Bild etwas anhob, sah sie in der Wand eine runde Stahlplatte. Mr. Tupperwills Safe! Ihr alter Trieb zum Stehlen flammte wieder auf. Wie hieß doch das Schlüsselwort – hatte er nicht ›Friede‹ gesagt? Ja, das war es!

Im Spiegel sah sie Elsa, die ihren Mantel abnahm und sich gerade umdrehen wollte. Mit einer schnellen Bewegung schob Lou das Bild an den alten Platz zurück und ging an den Spiegeltisch.

Ihre Farbe hatte sich noch mehr gerötet, und ihr Herz schlug schneller. »Schauen Sie sich das an!« rief sie und zeigte auf die Fläschchen und Schalen. »Der arme alte Knabe!«

Elsa lachte leise. »Armer Mr. Tupperwill! Er ist nicht gewöhnt, Damen einzuladen.«

»Das ist wenigstens ein gutes Zeichen«, meinte Lou. »Ich möchte wissen, ob er, wie manche exzentrischen Millionäre, bei Gesellschaften Geschenke austeilt?«

›Friede‹ – das war das Schlüsselwort! Sie konnte sich kaum losreißen, aber Elsa wartete vor der Tür, und es würde sich schon noch eine Gelegenheit bieten. Tupperwill sammelte sicher kostbaren Schmuck, so sah er wenigstens aus. Einen kleinen Gegenstand würde er kaum vermissen. Lous Leidenschaft für leichte ›Funde‹ bestimmte jetzt all ihr Denken. Sie ging hinunter zu Mr. Tupperwill und war fest entschlossen, wenigstens ein Andenken an diesen langweiligen Abend mitzunehmen.

Der Abend wurde auch wirklich langweilig, denn der Bankier war nicht zu einer heiteren Unterhaltung aufgelegt und kam immer wieder auf das Geschäft und seine Sorgen zu sprechen.

»Ich habe einen sehr unangenehmen Nachmittag gehabt«, berichtete er beim Kaffee. »Ganz besonders unangenehm! Kunden können einem auf die Nerven gehen!«

»Ich dachte immer, daß Ihre Kunden in dieser Beziehung mustergültig seien«, entgegnete Ralf.

Auch er war während der Mahlzeit sehr still gewesen, denn seine Gedanken kreisten nur um den Inhalt von Elsas Kiste.

»Gewöhnlich schon«, stimmte Mr. Tupperwill zu, »aber dieser Kunde war besonders unerfreulich.«

Nach einem langen Bridgespiel, in dem Lou schamlos betrog, erhoben sich endlich die Damen und gingen hinauf, um sich für die Heimfahrt fertig zu machen.

»Ich fürchte, daß ich ein schlechter Gesellschafter gewesen bin«, murmelte Tupperwill, als Ralf hinausging, um von dem melancholischen Diener Mantel und Hut in Empfang zu nehmen.

Elsa verließ bereits das Zimmer, als Mrs. Hallam stehenblieb.

»Gehen Sie voraus, meine Liebe! Ich komme sofort nach.« Sie bückte sich über ihren Schuh. »Diese schreckliche Schnalle ist aufgegangen.«

»Kann ich helfen?«

»Nein, warten Sie nicht!« wehrte Mrs. Hallam ungeduldig ab. Ihre Hände zitterten vor Aufregung.

Kaum hatte sich die Tür hinter Elsa Marlowe geschlossen, eilte Lou durch das Zimmer, schob das Bild zur Seite und drehte mit fliegenden Fingern die Buchstabenscheibe. Sie lauschte, ob ein Laut vom Gang her kam. Lou hatte selbst einen kleinen Safe und wußte, wie mit ihm umzugehen war. Da, jetzt öffnete sich die Tür des Stahlschränkchens.

Sie erblickte eine Anzahl Umschläge, dann lagen da zwei oder drei flache Kästchen, aber der einzig wertvolle Gegenstand war etwas, das einem goldenen Zigarettenetui ähnlich sah. Sie konnte sich nicht mit einer genaueren Untersuchung abgeben, sondern warf das Etui in ihre Handtasche, schloß den Safe, drehte die Scheibe mehrmals herum und brachte das Bild in seine alte Lage zurück. Bevor Elsa unten angelangt war, kam auch Lou schon die Treppe herab.

Lou bemerkte, daß Ralf sie forschend und argwöhnisch musterte. Hallam kannte seine Frau genau. Aber sie begegnete keck seinem Blick und sprach überschwenglich zum Gastgeber, bevor Ralf Hallam sich klarwerden konnte, woher ihre geröteten Wangen kamen.

Tupperwill begleitete Elsa zum Wagen; Ralf und Lou folgten.

»Du hast doch nicht etwa wieder etwas angestellt?« murmelte er.

»Was meinst du?« staunte sie.

»Hat Tupperwill irgendwo Schmucksachen herumliegen lassen? Wenn du das je an meinen Freunden versuchst ...«

»Du bist verrückt!« Sie warf empört den Kopf zurück. »Was fällt dir ein!«

In diesem Augenblick waren sie bei den anderen angelangt und verabschiedeten sich.

»Wollt ihr gleich nach Hause fahren?« fragte Ralf, als der Wagen sich in Bewegung gesetzt hatte.

»Wohin denn sonst?« fragte Lou verwundert. »Hast du einen anderen Vorschlag?«

»Wir könnten in den Mispah-Klub fahren, noch eine Kleinigkeit essen und vielleicht tanzen, damit wir den öden Abend noch einigermaßen nett abschließen.«

Ralf bemerkte Elsas Zögern.

»Wir brauchen uns ja nicht unten in den Tanzsaal zu setzen«, redete er ihr zu. »Wir können oben auf dem Balkon essen und die Leute beobachten.« Elsa nickte.

Der Mispah galt als der vornehmste Tanzklub Londons, und der Saal war gedrängt voll, als Hallam sich den Weg zu einem reservierten Tisch bahnte. Elsa, der das Nachtklubleben etwas Neues war, schaute entzückt auf die hin- und herwogende Menge.

»Das würde Jessie Tame Leben nennen«, sagte sie belustigt. »Arme Jessie! Ihr einziger Ehrgeiz besteht darin, sich unter eine Menge von Männern im Frack zu mischen und sich mit der Aristokratie auf gleichem Fuß zu treffen.«

»Ein sehr dummer Ehrgeiz«, meinte Ralf heiter. »Hier gibt es nicht viel Adelige, obgleich einige darunter sein werden. Da ist Letty Milenko vom Gaiety-Theater. Der große Mann ist Lord Sterrer. Wie die Vogelscheuche heißt, mit der er tanzt, weiß ich nicht.«

Elsa starrte sprachlos auf Lord Sterrers Tänzerin. Es war eine große, überschlanke Frau, an der die Kleider nur so hingen. Ihre Ohren, ihr Hals und die Haare glitzerten von Diamanten. Die Augen hielt sie halb geschlossen und schien sich ganz dem Genuß des Tanzes hinzugeben.

Es war die romantische Miss Tame.

34

Kein Zweifel, das war Jessie Tame, an der die Diamanten blitzten und die im vornehmsten Londoner Nachtklub tanzte. Als die Musik schwieg und Jessie heraufblickte, lehnte Elsa sich zurück, um nicht gesehen zu werden.

»Ist da jemand, den du kennst?« fragte Ralf.

»Ja, die Dame von Lord Sterrer.« Elsa deutete mit den Augen. »Kennst du sie?«

»Ich habe sie hier schon ein- oder zweimal gesehen, gewöhnlich mit einem Herrn mittleren Alters – da ist er!«

Er zeigte in eine Ecke, wohin Jessie mit ihrem Tänzer ging. Der Herr, auf den Ralf wies, war dick und kahlköpfig. Seine groben Gesichtszüge fielen durch einen langen, gelben Schnurrbart besonders auf.

Jessie! Die Entdeckung war bestürzend! Sie hätte niemals geglaubt, daß dieses unscheinbare Mädchen, deren Tick Filmhelden waren, ein Doppelleben führen könnte! Elsa hatte sich Jessie in bescheidenen Verhältnissen lebend vorgestellt und nicht wie hier, mit einem Vermögen an Schmuck behängt.

Ralf begriff, daß etwas Ungewöhnliches vorgegangen sein mußte, aber er brachte Elsas veränderten Gesichtsausdruck nicht mit der ungelenken Erscheinung im Saal in Zusammenhang. Er forderte Elsa zum Tanzen auf, und als sie ablehnte, wurde er sofort von Mrs. Hallam in Anspruch genommen.

Elsa war froh, allein zurückzubleiben, denn die Ereignisse des Abends hatten sie verwirrt.

Sie rückte ihren Stuhl so, daß sie Jessie Tame ungesehen beobachten konnte, aber Jessie, die jetzt ihren Fächer lebhaft benutzte, tanzte nicht mehr.

Elsas Blick wanderte vom Saal zum Balkon. Zwischen zwei Pfeilern an einem Tisch saß ein einsamer Beobachter. Gerade in diesem Augenblick schaute er auf und erhob sich.

Es war Major Amery.

Erst dachte Elsa, er würde an ihr vorübergehen, aber er blieb stehen und setzte sich dann zu ihr. Mit den Augen wies er auf den Platz, wo sich Jessie Tames Fächer aus langen Federn heftig bewegte.

»Das Skelett auf dem Ball«, sagte er trocken.

Sein beißender Humor wirkte so komisch, daß Elsa lachen mußte.

»Ich komme nicht oft hierher«, erklärte er, »doch wenn ich es getan und diese Dame früher gesehen hätte, wäre mir ein sehr unangenehmer Nachmittag erspart geblieben ... Es ist doch seltsam! Nie hätte ich mir diese dürre Person in einer derartigen Umgebung vorstellen können.«

»Warum denn nicht, Major Amery?« fuhr Elsa auf, bereit ihre

Kollegin zu verteidigen, obgleich sie genau dasselbe Gefühl gehabt hatte, das er jetzt zum Ausdruck brachte. »Jessie arbeitet angestrengt und hat genausoviel Recht auf Zerstreuung wie ich auch. Vielleicht finden Sie es auch seltsam, daß ich hier bin?«

Amery schüttelte den Kopf.

»Sie waren bei Tupperwill zum Essen, und die Hallams haben Sie hergebracht. Außerdem passen Sie in das Bild.« Er zog die Brauen hoch: »Das Gefunkel an Miss Tames Ohren ist sehr fesselnd!«

Jedesmal, wenn Jessie den Kopf bewegte, sprühte ihr Schmuck helle Funken.

Durch die Menge bahnte sich Ralf mit Mühe einen Weg. »Das sind Dr. Hallam und seine Schwägerin«, erklärte Elsa.

»Seine Frau«, verbesserte Amery, und als er ihren erstaunten Blick sah, fuhr er fort: »Wußten Sie nicht, daß er verheiratet ist? Hat er es Ihnen nicht erzählt?«

»Nein, ich wußte es nicht«, war alles, was sie erwiderte. Ihre Gedanken waren in Aufruhr geraten. Warum hatte Ralf ihr die Wahrheit verschwiegen? Was hatte er durch die Täuschung erreichen wollen? Als ob der Unheimliche ihre Gedanken gelesen hätte, fuhr er fort: »Es war wohl bequemer so, und Hallam gab es seine Seelenruhe. Seine Frau hat einige unangenehme Angewohnheiten. Haben Sie irgendein kleines Schmuckstück verloren?«

Elsa schüttelte verwundert den Kopf: »Haben Sie neulich Ihre Worte wirklich ernst gemeint – daß sie an Kleptomanie leidet?«

»So drückt man es wissenschaftlich aus. Ich persönlich würde sie eher eine Einschleichdiebin nennen, die einen unwiderstehlichen Trieb nach dem Eigentum anderer Leute hat. Immerhin leiden selbst Leute der besten Gesellschaft an dieser Krankheit!«

Verheiratet! Elsa kam nicht darüber hinweg. Doch dann mußte sie lachen: »Lou ist also das Skelett auf seinem Ball?«

Amery blinzelte vergnügt, doch gleich wurde er wieder ernst:

»Oder auf ihrem!« entgegnete er. »Der Mann bei Jessie Tame ist übrigens ihr Vater. Sonderbarer Typ, wenn man sich für Anthropologie interessiert.«

»Haben Sie das studiert, Major Amery?«

»Ja, vor Jahren, als ich im indischen Dienst stand. Bevor ich die Verbrecherlaufbahn einschlug, die jetzt Scotland Yard beschäftigt, interessierte ich mich für Anthropologie.«

Elsa schaute ihn gespannt an. Er sah völlig ungerührt aus – ihm trat weder die Schamröte ins Gesicht, als er seine Schuld bekannte, noch klang Prahlerei aus seiner Rede. Er stellte lediglich eine Tatsache fest!

»Kennen Sie die Tames?«

»Ich kenne nur Jessie«, erwiderte Elsa. »Ihren Vater hatte ich noch nicht gesehen.«

»Ich meine, waren Sie schon in ihrer Wohnung?«

»Sie hat mich zum Tee eingeladen, aber ich bin nie hingegangen.«

»Sie sollten sie besuchen!« sagte er. »An Ihrer Stelle würde ich so bald als möglich hingehen. Es ist ein ganz hübsches Haus in der Nähe von Notting Hill Gate – vielleicht ein bißchen zu groß für solche Leute, mit einem ganz netten Garten und Garage.«

»Ach, haben sie denn ein Auto?« fragte Elsa erstaunt.

»Ich weiß es nicht, ich habe mir nur das Haus angesehen. Sie wissen ja, daß ich mich für die privaten Verhältnisse meiner Angestellten interessiere. Die Lage eines Mädchens, das bei seinen Eltern lebt oder bei seinem Vater – denn soweit ich gehört habe, hat Miss Tame keine Mutter mehr –, ist immer etwas schwer zu beurteilen. Ihr Vater kann alles mögliche sein. – Da fällt mir ein: Haben Sie noch eine schwarze Kiste daheim, die Tarn gehört hat? Eine Kiste mit Fächern?«

Er war so plötzlich darauf zu sprechen gekommen, daß Elsa unwillkürlich bejahte., »Woher wissen Sie das? Was für ein Geheimnis steckt in der Kiste? Sie sind schon der zweite, der danach fragt.«

»Erst der zweite?« fragte Amery schnell. »Sind Sie sicher, daß nur zwei Leute Sie nach der Kiste gefragt haben? Ich – und wer noch?«

»Ralf Hallam. Sie vermuten, daß etwas in der Kiste ist?« Amery nickte. »Rauschgift?«

»Ja, das Rauschgift, das die ganze Welt betäubt«, meinte er heiter. »An ihrer Stelle würde ich sie nicht zu genau untersuchen – und unter gar keinen Umständen dürfen Sie die Kiste fortgeben. Aber da kommt ja Ihr liebenswürdiger Freund. Nach seinem Gesichtsausdruck zu schließen muß ich annehmen, daß er mich erkannt hat.«

»Wollen Sie nicht warten?«

Amery zögerte. »Nun gut«, stimmte er zu.

Einige Augenblicke später kam Ralf an den Tisch.

»Kennst du Major Amery?« stellte Elsa vor.

Er machte eine knappe Verbeugung.

»Mrs. Hallam kennen Sie schon?« fragte Ralf.

»Ja, ich habe Ihre Frau schon früher getroffen.«

Ihre herausfordernden Blicke trafen sich, und Ralf schlug seine Augen nieder.

Also wußte es Elsa! Nun, früher oder später hätte sie es doch erfahren müssen, und es war besser, daß sie es unter diesen Umständen hörte.

»Übrigens, die Dame mit den Ohrringen«, bemerkte Ralf und setzte sich hin, »ist eine Ihrer Angestellten.«

»Sie meinen wohl Miss Tame? Ja, sie ist eine unserer kleinen Leuchten.«

»Anscheinend zahlen Sie ziemlich hohe Gehälter, Major Amery?« warf Ralf trocken hin.

»Vermutlich!« war die kühle Antwort.

Dann stand Amery auf, verneigte sich kurz vor Elsa und ging wieder auf seinen Platz zwischen den beiden Pfeilern, ohne Lou Hallam weiter zu beachten.

»Was hat er dir denn erzählt?« fragte Ralf. »Hat er dir mein Geheimnis verraten?«

Er versuchte mit einem Lächeln über die Sache hinwegzugehen, aber unter Elsas forschendem Blick wurde ihm unbehaglich.

»Die Sache ist die«, erklärte er verlegen, »Lou und ich konnten niemals gut auskommen – wahrscheinlich mein Fehler! Aber wir sind immer gute Freunde geblieben.«

35

Noch lange, nachdem Elsa mit einem kurzen Nicken und einem Lächeln den Klub verlassen hatte, saß Amery, eine Zigarette rauchend, bei seiner dritten Tasse Kaffee. Endlich sah er Miss Tame verschwinden. Nun verlosch ein Teil der Lichter – der Klub wurde geschlossen. Da ging auch Amery die Marmortreppe zur Citron Street hinunter. Es regnete, und der Portier mit dem großen, aufgespannten Schirm hob fragend die Hand.

»Taxe?«

»Nein, danke!« lehnte Amery ab. »Ich gehe zu Fuß.«

Er schlenderte über den Leicester Square, durch das Gedränge auf Piccadilly Circus und langsam den Regent Square hinauf. Plötzlich fühlte er sich beobachtet. Als er sich umschaute, erblickte er zwei Männer, die ruhig hinter ihm hergingen.

Als er in den Hanover Square einbog, beschleunigte einer der Verfolger seine Schritte, und Amery wich zur Seite, um ihm Platz zu machen. Der Hanover Square war ganz verlassen, nur eine langsam fahrende Taxe war zu sehen.

Amery winkte, und das Auto kam auf ihn zu. Die Tür war offen, doch als er einsteigen wollte, kam ein Mann hinter dem Wagen vor. Sein Gesicht hatte er durch die tief heruntergezogene Hutkrempe und ein vorgebundenes Seidentuch unkenntlich gemacht.

»Guten Abend, Mr. Stillman!« sagte Amery höflich.

Während er sprach, täuschte er vor, dem Mann entgegenzugehen. Doch fast im gleichen Augenblick war er mit einem schnellen Sprung im Wagen und warf die Tür hinter sich zu. Dem maskierten Mann starrte das schwarze Loch einer Revolvermündung entgegen.

»Sie sind doch Stillman, nicht wahr?«

Der ganze Vorgang hatte sich so schnell abgespielt, daß der Mann offenbar überrumpelt war.

»Ich weiß nicht, wovon Sie sprechen«, klang seine Stimme dumpf durch das Tuch. »Ich kann Ihnen nur raten, gehen Sie aus der Sache raus und bleiben Sie draußen!«

»Das klingt bekannt«, erwiderte Amery kühl. »Ich glaube, ich habe dieselben Worte einem Ihrer Teilhaber, Kollegen oder Freunde, einem gewissen Maurice Tarn, gesagt. Sie sprechen zuviel!«

Die regungslose Gestalt auf der Fahrbahn bewegte fast unmerklich die Hand, aber Amery hatte trotz der Dunkelheit die Bewegung bemerkt.

»Halten Sie die Hand unten, mein Freund, oder in ein bis zwei Minuten wird dieses Auto Ihren leblosen Körper ins Middlesex-Krankenhaus bringen, und der beste Arzt der Welt wird nicht mehr in der Lage sein, Ihre Atmung wiederherzustellen. Ich möchte aber nicht, daß unser Freund, der Taxifahrer, ein besudeltes Polster bekommt.«

»Jetzt hören Sie mal gut zu!« knirschte der Mann mit wutheiserer Stimme. »Sie wollen doch leben, nicht wahr? Dann müssen Sie aus der Geschichte raus. Ich weiß nicht, wer Stillman ist, und Sie können mich nicht bluffen. Ich weiß aber, wer Sie sind. In ihrem untersten Schreibtischfach ist eine Menge Korrespondenz, die sehr interessant ist.«

Amery hatte das Blinken des Revolvers noch rechtzeitig gesehen, um sich zurückfallen zu lassen. Er fühlte, wie das Geschoß an seinem Gesicht vorüberpfiff, und bevor er sich wieder aufrichtete, fuhr der erschreckte Chauffeur in voller Fahrt um die Gartenanlagen des Platzes herum. Amery konnte gerade noch eine Gestalt über den Fahrdamm laufen sehen.

»Ich fahre zur nächsten Polizeiwache!« rief der Chauffeur zitternd, als Amery ihm durch die Trennscheibe Anordnungen geben wollte. »Was Sie mir sagen, geht mich nichts an. Ich werde Sie auf die nächste Polizeiwache mitnehmen. Solche Sachen dürfen in meinem Wagen nicht geschehen!«

Amery winkte mit einer neuen, schönen Banknote. Im Licht des Armaturenbrettes sah der Taxifahrer die magische Zahl ›Zehn‹ und änderte seine Meinung.

»All right. Wohin wollen Sie fahren?« brummte er.

Der Unheimliche gab die Fahrtrichtung an und lehnte sich dann in den Wagen zurück. Das war aber knapp danebengegangen! In eine solche Gefahr durfte er sich nicht wieder begeben! Gewöhnlich brannte im Flur seiner Wohnung eine Lampe und leuchtete durch die Glasscheiben, aber jetzt war alles dunkel. Amery schloß auf, tastete sich an der Wand entlang und drehte das Licht an.

Sofort fiel ihm auf, daß die Tür seines Arbeitszimmers aufstand. Als er hineingehen wollte, hörte er Schritte hinter sich – Feng Ho, in einen Regenmantel gehüllt, grinste ihn an:

»Die Unfreundlichkeit der Elemente ...«, begann er, doch als er Amerys Gesicht sah, fragte er im Kanton-Dialekt: »Was ist los?«

»Ich weiß nicht«, antwortete Amery, »aber ich glaube, jemand war während meiner Abwesenheit hier.«

Der Chinese lief an ihm vorbei in das Arbeitszimmer und schaltete das Licht ein. Amery hörte einen Ausruf des Erstaunens, und als er Feng Ho folgte, erkannte er die Ursache.

Das Zimmer war in einer unbeschreiblichen Unordnung. Die Hälfte der Schubladen seines Schreibtisches war herausgerissen, die Schränke waren erbrochen, die Möbel von ihrem Platz gerückt. »Wo ist Chang? Such ihn!« befahl Amery schnell.

Der Chinese verließ eilig das Zimmer, und kurz darauf hörte Amery ihn rufen. Feng Ho kniete am Boden neben einer unbeweglichen Gestalt, die so zusammengebunden und geknebelt war, daß sie kaum noch menschenähnlich aussah. Chang war noch besinnungslos, als die Stricke gelöst und die Handschellen entfernt waren.

»Hier hat kein Kampf stattgefunden«, stellte Amery fest, als er sich in der Speisekammer umsah, in der Chang aufgefunden worden war. Feng Ho ging in die Küche und kehrte mit einer Schüssel Wasser zurück.

»Sie sind durch die Küche gekommen«, meldete er, »das Fenster steht offen.«

Amerys europäische Angestellte schliefen nicht im Haus, der letzte von ihnen ging gewöhnlich um halb elf fort, also mußte der Einbrecher nach dieser Zeit eingestiegen sein.

»Sie haben meine Aktentasche mitgenommen«, stellte Amery fest, nachdem er die auf den Boden verstreuten Papiere durchgesehen hatte. Er wies auf eine Stahlkassette. Das Schloß war herausgerissen worden, und der Platz im Schreibtisch, wo die Kassette gestanden hatte, war demoliert.

Es war eigentümlich, daß keinem der beiden Männer einfiel, die Polizei zu holen. Als Feng Ho zurückging, um nach dem halb leblosen Chinesen zu sehen, nahm Amery den Hörer auf, doch die Polizei rief er nicht an.

»Das muß vor einer halben Stunde geschehen sein«, meinte der Unheimliche nachdenklich, nachdem er sein Telefongespräch beendet hatte und Feng Ho zurückgekehrt war. »Schnelle Arbeit!«

Wieder nahm er den Hörer auf und wählte eine Mayfair-Nummer. Ohne daß er lange zu warten brauchte, meldete sich Ralf Hallam.

»Sind Sie es, Hallam?« – »Ja!« kam die Antwort. Die Stimme war nicht zu verkennen.

»Dann sind Sie also zu Hause!« stellte Amery lächelnd fest, und bevor eine Antwort zurückkam, hatte er den Hörer niedergelegt.

»Schnelle Arbeit!« wiederholte er. »Hilf mir das Zeug zusammenzupacken! Wo hast du Chang gelassen?«

»Ich habe ihn auf sein Bett gelegt. Er ist etwas durcheinander, aber nicht verletzt«, bemerkte Feng Ho kaltblütig. »Er wird am Leben bleiben.«

Chang blieb nicht nur am Leben, sondern war nach einer Stunde bereits wieder äußerst munter und rief seine Hausgötter zur Vernichtung seiner Feinde auf.

»Ich war eingeschlafen, Tao«, bekannte er offen, »und ich wußte nicht, was geschah, bis mein Kopf in einem Sack steckte und meine Hände gebunden waren.«

»Wenn du wach gewesen wärst, würdest du jetzt für immer schlafen, Chang!« äußerte Amery bedeutungsvoll.

Er verbrachte den Rest der Nacht mit dem Ordnen seiner Papiere, aber die wichtigsten Dokumente fehlten. Morgen mußte er zeitig im Büro sein. Dort waren ebenso wichtige Sachen, und die durften nicht gefunden werden.

36

Mitten in der Nacht erwachte Elsa mit einem Gefühl großer Unruhe und konnte keinen Schlaf mehr finden.

Sie schaute auf die Uhr, es war vier. Dann fielen ihre Blicke auf die alte Kiste, die Ralf und Amery interessierte. Sie öffnete den Deckel, hob die drei obersten Fächer heraus und versuchte, auch das vierte zu heben, doch es war fest angeschraubt und bewegte sich nicht. So gab sie es auf.

Kurz nach acht Uhr war sie schon in der Wood Street und überlegte, ob das Büro schon offen wäre. Es war nicht nur offen, sondern auch andere zeitige Besucher hatten sich schon eingefunden. Zwei Männer unterhielten sich im Torweg, und in dem einen erkannte Elsa Kriminalinspektor Bickerson. Während er mit seinem Begleiter langsam die Straße hinaufging, war sie im Eingang verschwunden und stieg die Treppe hinauf, um in Amerys Zimmer mit der Arbeit zu beginnen.

Die Tür stand weit offen. Sie konnte deutlich Schritte auf der Treppe hören und erkannte Bickersons Stimme, als die Männer ihr Zimmer betraten. Elsa hob den Kopf und lauschte.

»Er wird um neun Uhr hier sein. Ich möchte lieber, daß die Durchsuchung in seiner Anwesenheit geschieht«, sagte der Fremde, und aus Bickersons ehrerbietiger Antwort war ersichtlich, daß der andere sein Vorgesetzter war.

»Wie Sie wünschen. Ich habe vom Durchsuchungsbefehl noch keinen Gebrauch gemacht, aber die Auskunft von heute morgen läßt keinen Zweifel darüber, daß das Zeug hier im Hause ist. Neben dem Kamin ist ein Schrank, den ich beim letzten Besuch bemerkte.«

Elsa horchte atemlos. Sie schaute sich um und sah den langen, schmalen Schrank, den Major Amery nie benutzte. Was war das ›Zeug‹? Sollte sie Amery warnen?

Da kam jemand auf die Tür zu.

»Ich will es Ihnen zeigen«, erklärte Bickerson.

Elsa schaute sich um, und im Nu war sie in dem Kämmerchen verschwunden, das Amery als Wasch- und Garderobenraum diente – gerade zur rechten Zeit.

»Dies ist das Schränkchen«, hörte sie Bickerson sagen, »wir könnten es sofort öffnen.«

»Warten Sie, bis Amery kommt!« rief der andere ungehalten. Dann verloren sich ihre Stimmen.

Elsa ging in Amerys Zimmer zurück, verschloß die Tür und eilte zum Schränkchen am Kamin. Es war verschlossen und ließ sich nicht öffnen. In ihrer Verzweiflung ergriff sie den Feuerhaken vom Kamin, und mit einer Kraft, die sie selbst überraschte, zerschmetterte sie die Täfelung. Der Lärm mußte von den Männern gehört worden sein, denn sie kamen zurück und versuchten, die Tür zu öffnen.

»Wer ist dort?« rief eine Stimme.

Elsa antwortete nicht. Nochmals schlug sie mit dem Feuerhaken gegen die Täfelung, die jetzt so weit aufgebrochen war, daß sie hineinschauen konnte. Auf dem Brett lagen vier kleine Pakete, jedes etwa drei Zoll im Quadrat, in braunes Papier gewickelt und mit Bindfaden verschnürt. Sie griff durch das Loch und nahm das erste heraus. Die Aufschrift war teils deutsch, teils englisch, aber Elsa erriet, daß das Paket Kokain enthielt. Was sollte sie tun? Sofort dachte sie an das Waschbecken.

Wieder klopfte es an die Tür, und eine ungeduldige Stimme rief: »Wer ist da drin?«

Mit zusammengebissenen Zähnen dachte Elsa nur an die Gefahr, die Amery drohte. Sie riß das Papier herunter, ließ das glitzernde weiße Pulver in das Becken rieseln, drehte beide Wasserhähne auf und entleerte die anderen Pakete. Ohne zu warten, bis alles hinuntergespült war, kehrte sie in Amerys Zimmer zurück und verbrannte das Papier im Kamin. Als sie zum Waschbecken zurückkehrte, war jede Spur des Kokains verschwunden. Nun öffnete sie ruhig die Tür. Bickerson trat ihr mit rotem Gesicht entgegen, hinter ihm stand ein älterer, großgewachsener Mann mit weißem Haar.

»Warum haben Sie nicht geöffnet, als ich gerufen habe?« fuhr Bickerson sie an.

»Weil Sie kein Recht haben, mir Befehle zu erteilen.«

Er schaute auf die zerschlagene Tür des Wandschranks.

»Aha! Sie arbeiten also mit Amery zusammen! Sie wissen doch, daß Sie sich strafbar gemacht haben?«

»Womit?« fragte sie mit erzwungener Ruhe. »Weil ich die Interessen meines Arbeitgebers wahre?«

»Was haben Sie gefunden?«

»Nichts!«

Bickerson sah das verbrannte Papier im Kamin. »Nichts also?« stieß er zwischen den Zähnen hervor und ging in das kleine Kämmerchen, wo er das Wasser laufen hörte – nun wurde ihm alles klar.

»Was haben Sie gefunden?« fragte er nochmals. »Heraus mit der Sprache, Miss Marlowe, Sie wollen doch sicher nicht gegen das Gesetz verstoßen!«

»Nichts!« wiederholte Elsa fest. Sie war schneeweiß und zitterte am ganzen Körper.

»Bevor Sie vorhin etwas sagten, hätten Sie sich vergewissern sollen, ob jemand zuhören kann«, meinte der ältere Beamte zu Bickerson. »Kleines Fräulein, Sie haben einem tüchtigen Kriminalinspektor eine Lehre erteilt, die er hoffentlich nicht vergessen wird!«

Bickerson nahm nun eine gründliche Durchsuchung des Büros vor. Er kniete nieder, um einen Kasten zu öffnen, als Amery ins Zimmer trat.

»Suchen Sie etwas?« fragte er höflich.

»Ich habe den Befehl, Ihr Büro zu durchsuchen«, versetzte Bickerson mit vor Wut zitternder Stimme.

»Das bezweifle ich«, betonte Amery kühl. »Seit wann hat Scotland Yard das Recht, ein Büro in der City zu durchsuchen? Die City verfügt über eine ausgezeichnete Polizei, und soviel ich weiß, lassen sich diese Herren ihre Gewalt nicht aus den Händen nehmen. Kann ich den Befehl sehen?«

Er nahm Bickerson das Papier ab und las es.

»Das ist eine Ermächtigung, mein Haus in der Brook Street zu durchsuchen und nicht dieses Büro«, stellte er fest. »Ich bin sehr erstaunt, daß Kommissar Wille mit dieser ungesetzlichen Handlung einverstanden ist.«

Der Kommissar fuhr hoch. »Ich glaubte, daß die nötige Erlaubnis vom Citykommissar erteilt worden ist«, rechtfertigte er sich verlegen. »Das sagten Sie doch, Bickerson!«

»Der Citybeamte ist unten!« knurrte Bickerson. »Wenn Major Amery die gesetzliche Form gewahrt wissen will, können wir ihn heraufrufen.«

Als der Beamte eintrat, erkannte Elsa ihn als den Mann, mit dem Bickerson unten gesprochen hatte. Er schien etwas ungehalten zu sein, daß die Durchsuchung bereits begonnen hatte, denn obwohl zwischen der Polizei, die die City bewacht, und Scotland Yard Freundschaft herrschte, durfte doch, wie Major Amery behauptet hatte, kein Mann vom Yard östlich von Temple Bar oder westlich von Aldgate Pump arbeiten.

»Hier ist nichts zu finden«, erklärte Bickerson, nachdem Amery das verschlossene Fach geöffnet und der Citybeamte es durchsucht hatte. »Aber in diesem Schränkchen war etwas!« Er zeigte auf das zertrümmerte Wandkästchen. Das war auch Amery sogleich aufgefallen, als er hereingekommen war. »Das Fräulein hat es herausgenommen und vernichtet. Miss Marlowe, das wird Ihnen noch leid tun.«

»Wenn dieser Fall eintritt«, versprach Amery und musterte ihn kühl, »werde ich Sie anrufen.«

Nachdem die Männer das Gebäude verlassen hatten, wandte Amery sich Elsa zu und betrachtete sie mit neuem Interesse. Von ihr schweiften seine Blicke zu dem zertrümmerten Schränkchen. »Selbstverständlich haben Sie das getan?«

Sie nickte.

»Was haben Sie dort gefunden?«

»Warum verstellen Sie sich, Major Amery? Sie wissen doch genau, was ich gefunden habe! Vier Pakete von jenem elenden Zeug.«

»Opium?«

»Ich weiß nicht, was es war, aber ich glaube Kokain. Es war weiß und glitzerte.«

Amery nickte. »Das war Kokain. Vier Pakete?« Er pfiff leise vor sich hin. »Und Sie haben es fortgespült?«

»Ja!« antwortete sie kurz und wollte an ihre Arbeit zurückkehren.

»Das war sehr klug von Ihnen. Wieviel Kokain?«

»Vier Pakete«, erwiderte sie ungeduldig. »Sie wissen ...«

»Ich weiß gar nichts. Nichts hat mich mehr in Erstaunen versetzt, als daß Rauschgift hier im Hause war.«

Amery ging zum Schreibtisch, gab einer Ecke einen kleinen Stoß, und die obere Platte verschob sich und zeigte einen flachen Raum, in dem ein dünner Umschlag mit Papieren lag. Den nahm er heraus, steckte ihn in die Innentasche seines Rockes und brachte die Tischplatte wieder in ihre alte Lage.

»Hat Bickerson angedeutet, woher das Kokain in meinem Zimmer stammte?«

»Nein, er sagte nur, er habe heute früh davon erfahren.«

Amery zog die Brauen hoch: »Ich verstehe. Nun möchte ich nur noch gerne wissen, wie unser Freund es dort hingebracht hat!«

»Unser Freund?«

»Ein Herr namens Stillman«, bemerkte der Major obenhin, »der vor der Bürozeit das Gift hereinschmuggelte.«

»Sie handeln also gar nicht mit Rauschgift?«

»Ich habe noch nie etwas so Gefährliches gekauft.«

37

Elsa sah ihn verständnislos an. »Aber Sie sind doch Soyoka! Oder Sie arbeiten für ihn – ich weiß es doch!«

Sein Gesicht war ausdruckslos.

»Das wollen wir dahingestellt sein lassen. Ich habe noch niemals Rauschgift gekauft oder verkauft.«

Elsa atmete tief. »Ich kann das nicht verstehen.«

»Versuchen Sie es auch gar nicht!« meinte er. »Wie sind Sie auf die Idee gekommen, den Feuerhaken zu nehmen?« Er betrachtete das zertrümmerte Wandschränkchen.

Mit wenigen Worten schilderte sie, wie sie zeitig gekommen sei, die Kriminalbeamten auf der Straße warten sah, und wie sie das Gespräch zwischen Bickerson und dem Kommissar belauscht habe.

»Ausgezeichnet!« rief Amery und sah sie seltsam an. »Sie sind ein bewundernswertes Mädchen!«

Elsa errötete unter seinen Blicken und fühlte die Tränen kommen – die Reaktion auf die Aufregung. Amery mußte das bemerkt haben, denn er wurde wieder rein sachlich.

»Sagen Sie bitte Feng Ho, daß ich ihn sprechen möchte!«

Elsa richtete den Auftrag aus, und Feng Ho setzte sich eiligst in Bewegung.

Als sie auf die Bürouhr schaute, war es erst ein Viertel vor neun, und sie freute sich über diese kurze Pause, bevor die eigentliche Arbeit begann. Sie fühlte sich schwach und elend und hätte am liebsten das Büro für eine Stunde verlassen. Ihre Lebensgeister kehrten erst wieder, als Miss Tame erschien. Vom Abend vorher war nichts zu bemerken. Miss Tame war geschwätzig wie immer.

»Jessie, wie lange sind Sie schon Mitglied des Mispah-Klubs?« fragte Elsa unvermittelt.

Miss Tame ließ einen Pack Papier aus der Hand fallen und bückte sich, um ihre Verlegenheit zu verbergen.

»Wie Sie mich erschreckt haben, meine Liebe! Woher wissen Sie, daß ich Mitglied des Mispha-Klubs bin?« Sie warf selbstbewußt den Kopf hoch. »Eigentlich bin ich nicht selbst Mitglied, Papa ist es. Warum fragen Sie – haben Sie mich gesehen?«

Elsa nickte. »Ich habe Sie gesehen«, antwortete sie ruhig.

»Nun, es ist doch nichts dabei«, meinte Jessie Tame herausfordernd. »Hat Ihnen mein Kleid gefallen? Die Schmucksachen – die habe ich nur geliehen, die sind auch nicht echt. Oder doch – sie sind echt, aber ...« Sie wurde verlegen. »Miss Marlowe, Sie dürfen das nicht falsch auffassen, aber mein Papa ist ziemlich wohlhabend. Ich brauchte überhaupt nicht zu arbeiten.«

»Aber Jessie, warum tun Sie es dann?«

»Papa wünscht, daß ich mich etwas beschäftige. ›Satan findet Arbeit für Nichtstuer‹, heißt es.«

»Das glaubt auch Major Amery«, bestätigte Elsa, und Miss Tames Kinn sank herab. »Amery?« rief sie entsetzt und wurde blaß. »Hat er mich gesehen? War er dort?«

Elsa nickte.

»Im Mispah? Hat er Papa gesehen?«

»Ja, auch Ihren Vater.«

»Oh!« seufzte Miss Tame. »Na, ich kann es nicht ändern. Hat er schon nach mir gefragt?«

»Nein, er scheint heute morgen andere Interessen zu haben. Aber das soll nicht bedeuten ...«

»Ich weiß, daß es nichts bedeutet! Er ist einer von jenen gerissenen, heimlichen Leuten, die immer etwas Heimtückisches im Sinn haben. Bevor man weiß, was los ist – schwupp ... Papa sammelt Diamanten. Er ist im Geschäft – ich meine Diamantengeschäft –, aber nur – nur aus Liebhaberei.« Anscheinend brannte sie darauf herauszubekommen, welchen Eindruck sie auf Elsa und besonders auf Major Amery gemacht hatte. »Wenn er mich mit meinem Papa gesehen hat, muß er doch wissen, daß alles in Ordnung ist!«

Elsa verzog keine Miene, obwohl sie das Lachen kaum zurückhalten konnte.

»Ich glaube kaum, daß es der Mühe wert ist, sich darum zu kümmern, was Major Amery denkt«, beruhigte sie Jessie, »und wenn er selbst die Sache nicht erwähnt, sollten Sie auch darüber hinweggehen.«

»Hm!« meinte Miss Tame zweifelnd.

Den ganzen Vormittag ließ sie sich nicht wieder sehen, und Elsa war nicht traurig darüber, denn Amery war heute sehr unentschlossen. Gewöhnlich erforderte seine ausländische Korrespondenz nur selten Verbesserungen, und nur ganz ausnahmsweise ließ er einen Brief vernichten und neu anfangen. An diesem Morgen aber hatte er einen langen Brief diktiert, und sie hatte ihn schon halb in die Maschine übertragen, als er in ihr Zimmer kam.

»Lassen Sie den Brief sein!« befahl er. »Kommen Sie mit Ihrem Block, ich will einen anderen diktieren!«

Dann wiederholte sich dasselbe wie vorher. Sie war beim letzten Satz des neuen Schreibens, als er wieder erschien.

»Der Brief gefällt mir nicht ganz. Kommen Sie, wir wollen einen neuen Versuch machen!«

Es war ein Brief an einen chinesischen Kaufmann in Shanghai, hatte aber nichts mit der Verschiffung von Waren zu tun, sondern mit einem geheimnisvollen Wesen, das er ›F.O.I.‹ nannte. F.O.I. war nicht ganz befriedigt, wie die Sachen liefen. Und F.O.I. meinte, daß auf der chinesischen Seite etwas energischer vorgegangen werden sollte. Gleichzeitig erkannte F.O.I. aber die Schwierigkeiten an und würdigte sehr, was Mr. T'Chang Fui Zen tat. F.O.I. war auch um einen Mann namens Stillman sehr besorgt, ›obgleich ich‹, lautete der Brief, ›diesen Herrn ermitteln konnte und binnen kurzem seine Tätigkeit zu unserer Zufriedenheit lahmzulegen hoffe‹. Dieser Satz kam in jedem Brief vor und schien der Hauptpunkt zu sein, während alle übrigen endlosen Ausführungen bei jedem neuen Versuch geändert wurden.

»Es wird Ihnen wohl langweilig geworden sein, denselben Brief immer wieder zu schreiben?« meinte Amery, als er unter die letzte Fassung seine Unterschrift setzte.

Elsa lächelte. »Nein, das kommt ja nicht oft vor, und ich gewöhne mich an Ihre Art und Weise, Major Amery. Ich glaube, bald werde ich Sie verstehen.«

»Und am Sonnabend wollen Sie uns verlassen?« äußerte er nachdenklich und lachte.

Er folgte ihr in ihr Zimmer und schaute sich schnell um. »Sicher!« murmelte er. »Obgleich das nicht alles aufklärt.«

Elsa blickte ihn verdutzt an. »Alles aufklärt?« wiederholte sie.

»Ich dachte an etwas anderes.«

Nach dem Lunch fragte er ganz ohne Zusammenhang wie schon oft: »Wohin gehen Sie heute abend?«

»Heute abend? Ich bleibe daheim«, antwortete sie.

»Ganz bestimmt?«

»Aber selbstverständlich, Major, ich will mir die Faust-Übertragung im Radio anhören, ich habe diese Oper besonders gern.«

Zum erstenmal sah Elsa, daß Amery erstaunt war.

»Faust? Wie seltsam!«

»Ich sehe nichts Seltsames darin«, lachte sie. »Ich bin eine jener Radiohörerinnen, die leidenschaftlich gern Opern hören. Ich möchte nicht eine Note, nicht ein Wort verlieren.«

»Sehr seltsam!« wiederholte er. »Faust!«

Doch dann wechselte er plötzlich das Thema.

»Vergessen Sie nicht, was ich Ihnen über die Kiste gesagt habe!« Bevor sie antworten konnte, ging er in sein Zimmer zurück und schloß die Tür hinter sich.

Elsa faßte sich an die Stirn. War er ...? Das sollte bei Männern vorkommen, die lange Jahre in den Tropen gelebt hatten.

38

Als Elsa Marlowe in der Mittagspause die Wohnung betrat und in ihr Zimmer ging, blieb sie vor Erstaunen wie angewurzelt stehen.

Die schwarze Kiste stand offen mitten im Zimmer, und daneben kniete Ralf Hallam und versuchte, mit einem Schraubenzieher das unterste Fach loszuschrauben. Erschrocken sah er auf und wurde rot.

»Hallo!« rief er und versuchte vergeblich, unbekümmert zu erscheinen. »Ich bin dabei, das Geheimnis einer Kiste aufzuklären.«

»Ich dachte nicht, daß ein Geheimnis dabei wäre«, erwiderte sie kühl, »und außerdem ist es nicht recht von dir, daß du die ganze

Sensation für dich allein in Anspruch nehmen willst.«

Er stand auf und staubte sich die Knie ab.

»Elsa, ich wollte dir eine möglicherweise sehr peinliche Entdekkung ersparen. Ich will nichts gegen Maurice Tarn sagen, aber ich glaube, in der Kiste ist etwas versteckt, was dich sehr unangenehm berühren dürfte.«

Elsas ruhiges Lächeln gefiel ihm nicht. »Ralf, ich bin gegen alles Unangenehme abgehärtet.«

Ralf wollte das erste Fach auf seinen Platz zurücklegen.

»Komm, mach doch weiter! Verwehre mir nicht meinen Anteil an der Aufregung. Eine Schraube ist schon heraus, und es sind nur noch drei andere!«

»Laß es sein!« sagte er. »Es tut mir leid, wenn ich dich gekränkt habe, aber ich wollte nur dein Bestes.«

Elsa beobachtete, wie er die Fächer zurücklegte, den Deckel schloß und die Kiste an dieselbe Stelle zurückschob, wo sie am Morgen gestanden hatte, als sie fortging. Den Schraubenzieher ließ er nicht los.

»Du bist heute sehr zeitig zurück«, bemerkte er. »Wie ich hörte, bist du heute früh auch sehr zeitig fortgegangen. Hat Amery dir den Rest des Tages freigegeben? Ich traf den alten Tupperwill heute morgen; er erkundigte sich nach dir. Tupperwill ist ein sehr seltsamer Kauz! Du hast einen kolossalen Eindruck auf ihn gemacht, Elsa, und ich würde mich gar nicht wundern, wenn unser dicker Freund uns noch mal einlädt!«

Hallam wollte zwar gern gehen, wollte aber ebenso gern wissen, ob sie sein soeben angefangenes Werk nicht etwa beenden wollte.

»Ich möchte mein Zimmer jetzt für mich haben«, entschied sie und schob ihn beinahe durch die Tür.

Als er fortgegangen war, eilte sie in die kleine Küche, um einen Schraubenzieher zu suchen, denn sie war entschlossen, zu erfahren, was Ralf vor ihr verbarg. Aber sie konnte keinen finden. Daher schloß sie die Tür zu ihrem Zimmer ab und steckte den Schlüssel zu sich. Als sie auf die Straße trat, sah sie Ralf vor dem Haus stehen.

»Du hast doch einen Wohnungsschlüssel?« fragte sie. »Kann ich ihn bitte haben?«

Erst schien er sich weigern zu wollen, doch dann gab er ihn ihr.

»Du bist sehr despotisch, Elsa, mich des Schlüssels zu meiner . . .«

»Doch sicherlich nicht zu deiner Wohnung? Ralf, ich würde mich nicht wohl fühlen, wenn ich wüßte, daß du zu jeder Tages- und

Nachtzeit dort eintreten kannst«, entgegnete sie ruhig.

Um drei Uhr klingelte das Telefon. »Kann ich Miss Marlowe sprechen?« fragte eine bekannte Stimme.

»Ich bin am Apparat«, rief Elsa.

»Hier ist Tupperwill. Ist Major Amery da?«

Elsa hatte die Stimme erkannt, bevor er seinen Namen nannte.

»Nein, Mr. Tupperwill, Major Amery ist nicht hier.«

»Ist es möglich, Miss Marlowe, daß ich Sie sprechen kann? Es handelt sich um eine wichtige Angelegenheit, und ich möchte nicht gern, daß Major Amery etwas über meinen Anruf erfährt.«

»Ich kann Sie erst nach der Bürozeit sprechen. Sonst muß ich seine Erlaubnis einholen, um das Büro verlassen zu können.«

»Ist das unbedingt nötig?« fragte die ängstliche Stimme des Bankiers. »Ich kann Ihnen versichern, daß ich Sie nicht auffordern würde, ohne Wissen Ihres Chefs zu kommen, wenn die Sache nicht so überaus dringlich wäre! Könnte ich Sie in einer halben Stunde sprechen.?«

»Nun gut, ich komme!« versprach sie und schnitt seine Dankesbezeigungen dadurch ab, daß sie den Hörer auflegte.

Amery gewährte ihr mehr Freiheit, als es gewöhnlich bei Sekretärinnen der Fall ist, und Elsa hätte gehen können, ohne um Erlaubnis zu fragen. Das widerstrebte ihr aber, und sie klopfte an seine Tür.

»Herein!«

»Major Amery, ich möchte auf eine halbe Stunde fortgehen.«

»Wohin wollen Sie gehen?« fragte er schroff.

»Jemand möchte mich sprechen – Mr. Tupperwill.«

»So!«

»Ich glaube, er wollte nicht, daß Sie es erfahren. Haben Sie etwas dagegen?«

»Nein, aber es freut mich, daß Sie es mir gesagt haben. Wenn Tupperwill fragt, ob ich es weiß, werden Sie es ihm erzählen?«

»Aber selbstverständlich!« meinte sie überrascht.

»Das würde ich an Ihrer Stelle auch tun.«

Als Elsa im Omnibus zur Broad Street fuhr, dachte sie, daß Amery doch ein seltsamer Mann sei – sogar sehr seltsam. Wie merkwürdig, daß ihn solche unwichtigen Einzelheiten interessierten – und daß ihn die großen, wichtigen Sachen des Lebens anscheinend gar nicht berührten.

39

Mr. Tupperwills Büro lag in einem jener zahllosen Höfe, die von der Old Broad Street abzweigen und die einem Unbekannten wie ein Labyrinth vorkommen. Mr. Tupperwill kam Elsa schon auf der Treppe entgegen, faßte sie väterlich am Arm und führte sie weiter.

»Es sind nur ein paar Schritte bis Lothbury«, begann er, ohne Elsa über die wichtige Angelegenheit aufzuklären, derentwegen er sie ins Zentrum der City gerufen hatte. In Lothbury wartete sein Auto. Auf dem Fahrersitz sah sie einen bärtigen Chauffeur.

»Ich habe nicht viel Zeit«, erklärte sie.

»Sie werden keinen Augenblick länger als nötig aufgehalten«, betonte Mr. Tupperwill eindringlich.

Der Chauffeur hatte anscheinend seine Instruktionen, denn der Wagen fuhr sogleich durch die Moorgate Street der City Road zu.

»Die Sache, über die ich mich mit Ihnen unterhalten will, ist so wichtig, daß ich in der Bank nicht mit Ihnen darüber sprechen konnte. In Ihrer Firma ist doch, soviel ich weiß, eine junge Dame, Miss Tame, angestellt?«

Elsa nickte.

»Ich habe sie einmal getroffen«, fuhr Mr. Tupperwill fort. »Sie wurde bei der Bank eingeführt. – Haben Sie etwas dagegen, wenn ich die Vorhänge zuziehe?«

Ohne ihre Zustimmung abzuwarten, schloß er die Scheibengardinen.

»Ich möchte nicht, daß meine Unterredung mit Ihnen beobachtet wird!«

»Warum denn nicht?« fragte Elsa.

»Ich habe einen sehr wichtigen Grund, den Sie noch erfahren werden. Kennen Sie Miss Tame?«

»Ich kenne sie recht gut.«

»Ist Ihnen bekannt« – seine Stimme sank zu einem heiseren Flüstern herab – »daß sie ziemlich vermögend ist?«

»Nein«, antwortete Elsa. »Ich hatte zwar den Eindruck, daß ihr Vater wohlhabend ist, aber ich glaube nicht, daß sie eigenes Geld besitzt.«

»Ach, wirklich?« Mr. Tupperwill biß sich auf die Lippe und schwieg, bis sie durch eine öde Straße in Islington kamen.

»Wohin fahren wir denn, Mr. Tupperwill? Ich muß in einer halben Stunde wieder im Büro sein!«

»Gewiß. Ich werde Sie nicht länger als nötig aufhalten, und der Major wird Sie wohl kaum vermissen, selbst wenn er eher zurückkommen sollte.«

»Er kam gerade zurück, als ich fortgehen wollte, und selbstverständlich habe ich ihm gesagt, daß ich Sie treffe.«

»Sie haben es ihm erzählt? Nun, das habe ich erwartet. Es ist auch einer meiner Grundsätze, daß der Arbeitgeber selbst in den kleinsten Dingen nicht hintergangen werden sollte.«

Sie waren jetzt in einer Straße, die auf einer Seite von einer Fabrikmauer begrenzt wurde und auf deren anderer Seite verstreut einige verwahrlost aussehende Häuser standen. Am äußeren Ende lag ein großer, von einer hohen Mauer umgebener Hof mit einem weit offenstehenden Tor.

Der Wagen machte eine Kurve, als ob er in den Hof einfahren wollte. In diesem Augenblick beugte sich Tupperwill vor, riß das Fenster zum Chauffeur auf und rief ihm etwas zu. Sofort fuhr der Mann wieder geradeaus und langsam am Tor vorbei. Durch einen Spalt im Vorhang konnte Elsa einen unordentlichen Platz erkennen, der auf drei Seiten von Gebäuden umgeben war, die wie Ställe aussahen.

»Ich möchte nur wissen, was meinem Chauffeur eingefallen ist«, rief Mr. Tupperwill erregt. »Das gefällt mir nicht, Miss Marlowe! Ganz und gar nicht! Ich habe den Mann erst vorige Woche angestellt. – Ph!« Er trocknete sich das breite Gesicht. »Hinter jedem kleinen Vorfall vermute ich jetzt einen Anschlag, ich wittere überall Geheimnisse und Gefahren. Seit jenem schändlichen Überfall habe ich tatsächlich meine Nerven verloren, Miss Marlowe!«

Sie hatten nun die ärmlichen Seitenstraßen hinter sich gelassen und fuhren durch die Hauptstraße von Islington wieder der City zu, wie Elsa beruhigt feststellte.

»Sie wollten doch mit mir über Miss Tame sprechen?« erinnerte sie ihn.

»Ja, ja, das habe ich wegen des Zwischenfalls ganz vergessen. Miss Tame – ein seltsames Mädchen. Sie halten sie also nicht für reich?« fragte er neugierig. »Dann täuscht sie mich wohl, wenn sie das behauptet?«

»Sie täuschen? Sie hat doch sicherlich kein Konto bei der Stebbings-Bank?«

Der diskrete Tupperwill schien die Frage nicht zu hören. Er war anscheinend immer noch mit seinem Verdacht auf den neuen

Chauffeur beschäftigt, denn plötzlich rief er gereizt aus: »Mir gefällt das nicht! Dabei hatte der Mann die besten Empfehlungen.«

Elsa lachte. »Mr. Tupperwill, Sie übertreiben den kleinen Zwischenfall.«

»Ich weiß nicht. Man hätte mich ja in jenen Hof fahren und ermorden können. – Lachen Sie nur, kleines Fräulein! Lachen ist das Vorrecht der Jugend, aber die Furcht der Instinkt des Alters. Ich muß das niederschreiben, das klingt wie ein Zitat.«

Anscheinend hatte er in seiner Aufregung das Thema Miss Tame vergessen, und er überließ es Elsa, sich seine Anspielungen auf Jessie Tame selbst zusammenzureimen.

Der Wagen hielt in der Wood Street, um sie aussteigen zu lassen, und sie kehrte ganz verwirrt ins Büro zurück. Der Unheimliche saß vor ihrer Schreibmaschine und suchte mit großer Mühe einzelne Buchstaben zusammen.

»Wo ist das h?« fragte er, ohne aufzuschauen.

Sie berührte die Taste.

»Hatten Sie eine schöne Fahrt? Tupperwill sollte sich einen neuen Wagen anschaffen.«

»Woher wissen Sie, daß wir im Auto gefahren sind?«

»Feng Ho hat sie gesehen. Haben Sie Tupperwills neuen Chauffeur bemerkt?«

»Ich sah nur seinen Hinterkopf.«

Er lachte vor sich hin. »Sie sollten sich mal seinen Nacken richtig ansehen.«

»Warum?«

Er antwortete nicht weiter, aber Elsa wußte instinktiv, daß hinter seinem Lachen eine unheimliche Andeutung steckte, und sie schauderte.

»Welch schreckliche Idee!« bemerkte sie zitternd.

»Allerdings. Es tut mir leid. Und doch hat der Nacken eines Mörders etwas Aufreizendes für mich.«

»Eines Mörders?« flüsterte sie verängstigt.

»Ich glaube.« Er tastete noch immer mühsam seinen Weg durch das Alphabet. »Jener Chauffeur tötete Maurice Tarn!«

»Das ist wenigstens meine Ansicht«, meinte er, ohne Elsa anzuschauen. »Wo ist das j? Ich kann auf dieser Maschine niemals das j finden. Oh! Da ist es! Ja, ein kräftiger Mann mit Bart und Brille. Bart und Brille sind Maskerade – der Bart ist sehr gut. Er ist an einem Seidenfutter befestigt, das das Kinn so glatt umschließt wie der Handschuh den Finger.« Er blickte sie nicht an. »Ja, das war unser Freund!« fuhr er liebenswürdig fort. »Und nun berichten Sie.«

Elsa beschrieb ihm die Fahrt und erzählte den kleinen Vorfall an dem offenen Tor. »Ich glaube, Mr. Tupperwill war unnötigerweise beunruhigt.«

»Nicht unnötigerweise!« antwortete Amery ruhig. »O nein, durchaus nicht! Wenn der Wagen durch dieses Tor gefahren wäre, lebte er wohl nicht mehr. Oder, wenn er doch noch am Leben sein sollte, wäre er in einem so schmerzlichen Zustand, daß er ein schnelles Ende herbeisehnen würde.«

»Ist das Ihr Ernst, Major Amery?«

Er schaute auf. »Ich glaube, ich habe Sie beunruhigt. Ja, es war mein voller Ernst.«

»Kennt Mr. Tupperwill den Charakter dieses Mannes?« fragte sie.

»Er wird gewarnt werden, bevor der Tag vorüber ist. Haben Sie das Gesicht des Chauffeurs gesehen?«

»Nein, ich sah ihn nur ganz flüchtig. Der Fahrersitz von Mr. Tupperwills Wagen ist abgetrennt, und man kann den Chauffeur nur schwer sehen. Mir fiel auf, daß er ein kräftig gebauter Mann war, und es kam mir seltsam vor, daß er einen Bart hatte. Kennen Sie ihn denn wirklich?«

»Den Mann? Ja, er heißt Stillman. Ein kräftiger Kerl, was? Das ist er. Worüber wollte er mit Ihnen sprechen – ich meine Tupperwill?«

Sie zögerte. »Es liegt kein Grund vor, warum Sie es nicht wissen sollten. Es war wegen Miss Tame.«

»Das habe ich mir gedacht«, erklärte er zu ihrer Überraschung.

»Was wäre denn mit mir geschehen?«

»Mit Ihnen?« Amery stand langsam auf, nahm das Papier aus der Schreibmaschine, zerriß es in viele Teile und warf es in den Papierkorb. Dann erst antwortete er. »Ich glaube, Ihnen wäre nichts Schlimmes geschehen, aber natürlich hätten Sie einen Schock bekommen.«

»Dann war nur Mr. Tupperwill in Gefahr?«

»In wirklicher Gefahr, ja – Gefahr an Leib und Leben, und das ist das einzige, was zählt. Wann werden Sie zu Miss Tame zum Tee gehen?«

»Ich weiß es noch nicht, ich habe wenig Lust dazu.«

»Gehen Sie heute abend!« schlug er vor. »Der ›Papa‹ wird sie interessieren.«

Trotz ihrer Aufregung über das Gehörte mußte Elsa doch lachen.

Amery ging in sein Zimmer, und sie folgte ihm, denn sie wollte von ihm noch eine Antwort auf eine Frage haben.

»Major Amery«, begann sie. »Sie erinnern sich der Nacht, in der Mr. Tupperwill überfallen wurde?«

»Ganz genau.«

»Sie wissen, daß ich die Waffe in Ihrem Schränkchen gefunden habe.«

»Auch das weiß ich.«

»Haben Sie ihn niedergeschlagen?«

Amery nickte. »Ja, ich war es. Zu Ihrer Beruhigung, es war ein Unfall. Der Schlag war nicht für Mr. Tupperwill bestimmt, und ich hatte nicht die geringste Ahnung, daß er im Bereich der Waffe war, als ich zuschlug. Und nun wollen wir diesen unangenehmen Vorfall vergessen!«

Als Elsa Jessie Tame ihren Besuch ankündigte, schien diese nicht sehr erfreut zu sein.

»Ich weiß nicht recht, ob es heute abend passen wird«, murmelte sie verlegen, und Elsa war bereit, jede Entschuldigung zu ergreifen und ihr Vorhaben fallenzulassen. Sie war froh, als sie etwas über einen anderen Abend sagen konnte, und verschwand.

Doch der Besuch sollte nicht aufgeschoben werden. Gerade als Elsa gehen wollte, kam Jessie Tame, schon vollständig angezogen, herein.

»Ich habe mit Papa telefoniert«, rief sie hastig, »und er sagte, daß er sich freuen würde, Sie kennenzulernen. Wenn Sie nichts dagegen haben, wollen wir mit einem Auto nach Hause fahren.«

Zu jeder anderen Zeit hätte die Verschwendung dieser romantischen jungen Dame Elsa stutzig gemacht, da sie jetzt aber über den Reichtum der Tames informiert war, kamen ihr keine Bedenken.

Das Haus der Tames stand in einer kurzen Sackgasse, die von Ladbroke Grove abzweigt. Es hatte einen kleinen Rasenplatz an der Straßenseite, am Zaun entlang standen die unvermeidlichen Lorbeerbüsche, und die üblichen Stufen führten zum Eingang hinauf. Es war die typische Bauweise des Viktorianischen Zeitalters, in dem die englischen und amerikanischen Architekten anscheinend von der Idee besessen waren, daß London und New York jeden Augenblick überschwemmt werden könnten, und daß man daher das Erdgeschoß zehn Fuß über der Erde bauen müßte.

Sobald Elsa das Haus betreten hatte, erkannte sie, daß Jessie Tame viel besser lebte, als sie sich vorgestellt hatte. Das Zimmer, in das sie geführt wurde, war nicht nur gut, sondern sogar schön ausgestattet, und wenn es einen Fehler hatte, dann den allzu großer Verschwendung.

»Ich will Papa gleich sagen, daß Sie da sind«, rief Miss Tame und eilte aus dem Zimmer. Erst nach einiger Zeit kam sie mit ihrem Vater, einem kahlköpfigen, gesund aussehenden Mann zurück, den Elsa bereits im Mispah-Klub gesehen hatte.

»Es freut mich, Sie kennenzulernen«, begrüßte er sie.

Die Stimme klang rauh, als wenn er an einer Erkältung litte.

»Ich habe schon lange erwartet, daß Sie Jessie mal besuchen würden. Wollen Sie sich das Haus ansehen?«

Er war anscheinend sehr stolz auf sein Heim und nicht eher zufrieden, als bis er ihr jedes Zimmer und auch die peinlich saubere Küche gezeigt hatte. Bei der Besichtigung von drei Stockwerken ein höfliches Interesse zu zeigen, wäre zu jeder anderen Zeit nicht leicht gewesen, aber an diesem Heim und der Persönlichkeit des Besitzers war etwas, was Elsa interessierte. Sie bewunderte ohne Ermüdung alle Räume und auch die wunderbare Kücheneinrichtung.

»Ich habe keine Ausgaben gescheut!« erklärte Mr. Tame selbstzufrieden. »Ich habe Jeß oft gesagt, auf so ein Haus könne sie stolz sein und brauche keine Fragen zu stellen. Ich will damit sagen, sie soll zufrieden sein mit dem, was sie hat. Finden Sie nicht auch, Miss?«

»Allerdings!«

Anscheinend war Jessie manchmal unzufrieden, dachte Elsa, als sie dem stolzen Besitzer in den Garten folgte. Es war ein langgestrecktes Stück Land und verriet die geübte Hand eines erfahrenen Gärtners. Auch hier war nicht gespart worden, um auf Mr. Tames kleinem Anwesen die beste Wirkung zu erzielen.

Am Ende des Gartens stand ein solide gebauter Schuppen mit zwei kleinen Fenstern, die unmittelbar unter dem vorspringenden Dach eingelassen waren. Während sie den Garten betrachtete, ging die Tür des Schuppens auf, und ein Mann mit einem Spaten kam heraus. Er war in Hemdsärmeln, und als er an die frische Luft kam, wischte er sich mit dem bloßen Arm die Stirn. Er schien Mr. Tame und seinen Gast nicht zu bemerken, aber in dem Augenblick, als Elsa ihn erkannte, lief er eilig in den Schuppen zurück und schlug die Tür zu. So schnell auch alles vor sich ging, Elsa hatte ihn doch erkannt. Es war der bärtige Chauffeur, der Mörder von Maurice Tarn.

41

Anscheinend hatte Mr. Tame das kleine Intermezzo nicht bemerkt, denn seine Gedanken beschäftigten sich mit dem Steingarten, und er sah nicht, daß Elsa zum Schuppen hinüberstarrte.

»Ist das eine Garage?« erkundigte sie sich.

»Ja, das ist eine Garage«, antwortete Mr. Tame kurz. »Der Eingang liegt auf der anderen Seite, dort führt eine Gasse vorbei. Sie müssen einmal im Sommer herkommen, Miss, und meine Rosen ansehen!«

Offenbar war Mr. Tame vom Stolz auf sein Besitztum so eingenommen, daß er nicht bemerkte, wie blaß Elsa plötzlich war. In diesem Augenblick läutete eine Glocke und rief sie ins reichgeschmückte Eßzimmer, wo der Teetisch gedeckt war. Elsa hatte jetzt ihre Fassung wiedergefunden.

»Nun, was halten Sie von Ihrem Chef, Miss?« fragte Mr. Tame, indem er den halben Inhalt seiner Tasse in die Untertasse goß.

Elsa hatte keine Lust, über den Unheimlichen zu sprechen, am wenigsten mit jemand, dessen Bekanntschaft sie erst vor wenigen Minuten gemacht hatte.

»Ich höre, daß er seinen Damen ein Höllenleben bereitet«, fuhr Tame fort. »Ich sage Jessie andauernd, sie soll die Stelle aufgeben und zu Hause bleiben, aber sie ist so eigensinnig, sie muß ihren Willen haben! O Frauen, Frauen!«

Durch die Art, wie er seine Worte hervorbrachte, wurde Elsa

einen Augenblick an Mr. Tupperwill erinnert, doch der dicke Bankier gefiel ihr, während sie gegen diesen Mann mit den listigen Augen eine ausgesprochene Abneigung empfand.

»Haben Sie ein Auto, Mr. Tame?« fragte sie, um das Gespräch von Amery abzulenken.

»Noch nicht, aber ich will in der nächsten Zeit eines kaufen. Ich habe die Garage schon vor drei oder vier Jahren bauen lassen, bin aber über ein Jahr nicht darin gewesen.«

»Vater will niemand in die Garage lassen«, erklärte Jessie. »Er sagt, solange er keinen Wagen hat, braucht auch niemand in die Garage zu gehen. Es wundert mich, daß er nicht schon längst einen gekauft hat.«

»Alles zur rechten Zeit. Eile mit Weile!« versetzte Mr. Tame selbstgefällig.

Als endlich die Zeit des Aufbruchs heranrückte, begleitete Jessie Elsa bis auf die Straße.

»Wie gefällt Ihnen Papa?« fragte sie.

»Ein sehr interessanter Mann!« antwortete Elsa unverbindlich.

»Ja, er ist ziemlich interessant«, äußerte Jessie, ohne irgendwelche Begeisterung zu verraten. »Sie gehen jetzt wohl nach Hause; es muß sehr angenehm sein, allein zu leben.«

Elsa schaute Jessie schnell an. Es war etwas in ihren gedankenvollen Augen und in ihrer Stimme, das sie ganz verändert erscheinen ließ. Aber das war nur wie ein vorüberhuschender Schatten, schon war sie wieder die alte Jessie.

»Kommen Sie bald wieder mal zu einer Tasse Tee! Papa wird sich freuen, Ihnen seine Blumen zu zeigen«, rief sie und eilte wieder ins Haus.

Mr. Tame schnitt vorsichtig die Spitze einer Zigarre ab und erwartete seine Tochter im Eßzimmer.

»Das ist sie also?«

»Ja, das ist Elsa Marlowe. Warum wolltest du sie eigentlich kennenlernen, Vater?«

»Warum wolltest du sie eigentlich kennenlernen, Vater«, äffte er sie nach. »Du mußt dir das Fragenstellen abgewöhnen! Nun, was hast du für mich?«

Jessie holte ihre Aktentasche und nahm einige Blätter zerknittertes Papier heraus, die sie ihm hinreichte.

»Was ist das?« fragte er sie zornig.

»Das ist alles, was ich finden konnte. Ich habe sie aus dem

Papierkorb gefischt.«

»Hat er denn keine anderen Briefe geschrieben?«

»Das kann möglich sein«, erwiderte sie. »Vater, ich glaube, er hat Verdacht geschöpft. Bis jetzt kamen die Briefe zu mir, damit sie ins Ausgangsbuch eingetragen wurden. Heute nachmittag hat er alle seine eigenen Briefe zurückgehalten, und als ich den Büroboten danach schickte, ließ er sagen, daß er in Zukunft seine eigenen Briefe selbst zur Post bringen wolle.«

Mr. Tame schaute mit finsterem Blick erst seine Tochter und dann die zerknitterten Schreibmaschinenblätter in seiner Hand an.

»Das ist doch alles ein und derselbe Brief«, knurrte er. »Was hat das für einen Zweck für mich?«

»Ich weiß nicht, Vater. Ich habe getan, was ich konnte. Manchmal schäme ich mich, ihm in die Augen zu schauen. Immer das Herumschnüffeln und Spionieren! Wenn Miss Marlowe wüßte...«

»Sage nicht, ›wenn Miss Marlowe wüßte‹! Ich möchte wissen, warum ich seine Briefe nicht bekomme.«

»Das habe ich dir doch erklärt«, rief Jessie verzweifelt. »Kann ich sie ihm aus der Hand reißen und abschreiben? Das war leicht, als ich sie zum Eintragen bekam, aber jetzt hat das aufgehört, und ich muß es wie früher machen – alle nur möglichen Papierfetzen aus dem Papierkorb herausholen.«

Tame las den Brief aufmerksam durch und fuhr mit dem dicken Finger die Zeilen entlang.

»F.O.I. – was ist das?« murmelte er vor sich hin. »Gut, Jessie, du kannst auf dein Zimmer gehen. Sei um sieben Uhr fertig angezogen, dann will ich mit dir zum Essen fahren!«

»Ich möchte heute abend nicht.«

»Was du willst und was ich will, sind zwei verschiedene Sachen!« schrie er. »Geh, zieh dich um!«

Jessie lief wie ein ängstlicher Hase davon, und als sie um sieben Uhr zurückkehrte, sah sie, daß er noch immer im Straßenanzug war.

»Ich habe meine Absicht über das Ausgehen geändert«, bemerkte er. »Du mußt allein gehen. Unterschreibe vorher dies!«

Auf dem Tisch lagen drei unausgefüllte Schecks der Stebbings-Bank. Sie nahm eine Feder, unterzeichnete die Schecks mit ihrer eckigen Handschrift ›H. Stillman‹ und gab sie ihm zurück.

»Noch etwas, Vater?« fragte sie furchtsam.

»Ja, noch etwas. Iß im Cardinal und geh um halb zehn in den

Mispah-Klub. Wenn jemand nach mir fragt, sagst du, daß ich auch dort bin. Im Mispah bleibst du bis zwei Uhr. Du hast immer gesagt, daß du die Gesellschaft vornehmer Leute liebst – nun, heute kannst du etwas länger mit ihnen zusammen sein. Verstehst du mich?«

»Ja, Vater.«

»Du sollst auch nicht eine Minute vor zwei Uhr zurück sein!«

»Ja, Vater.« Dann nahm sie ihren Mantel vom Stuhl und verließ das Zimmer. Keiner hätte beim Anblick ihres verschlossenen Gesichtes geglaubt, daß Jessie Tame sich in die begehrteste Gesellschaft der vornehmen Welt stürzen wollte.

42

Lange noch, nachdem Elsa das Büro verlassen hatte, saß Major Amery vor seinem Schreibtisch, und seine flinke Feder füllte ein Blatt nach dem anderen. Er hatte eine außerordentlich deutliche Handschrift und schrieb mit bewundernswerter Geschwindigkeit.

Er war am Ende des sechsten Blattes angelangt, als es leise klopfte. Amery ging zur Tür, schloß auf und öffnete. Es war der Nachtwächter, der das Gebäude während der Nachtzeit betreute.

»Verzeihen Sie, Sir, daß ich störe, aber ein Herr möchte Sie sprechen – ein Mr. Tupperwill.«

Amery schaute auf die Uhr, es war halb sieben.

»Führen Sie ihn bitte herauf!« Dann ging er an den Schreibtisch zurück, legte alle Papiere in eine Schublade und drehte seinen Stuhl so, daß er der Tür zugewandt war, durch die Mr. Tupperwill kurz darauf eintrat.

Der Bankier war sichtlich in gedrückter Stimmung. Er schloß die Tür und blieb hinter dem Stuhl stehen, den Amery ihm mit einer Handbewegung anbot.

»Sie werden diesen Besuch sehr merkwürdig finden, Major Amery«, begann er mit heiserer Stimme, »besonders, da ich nicht die Ehre habe, ein guter Freund, nicht einmal ein guter Bekannter von Ihnen zu sein.«

»Ich hatte erwartet, daß Sie kommen würden«, entgegnete Amery kurz. »Wollen Sie sich nicht setzen?«

Mr. Tupperwill nahm vorsichtig Platz.

»Tatsächlich bin ich so verwirrt, daß ich nicht weiß, an wen ich mich wenden, noch wessen Rat ich einholen soll. Ich habe mich entschlossen, Sie als einen Mann von Welt, der über große Erfahrung verfügt, um Hilfe zu bitten. Major Amery, ich habe Feinde. Wenn Ihnen das zu exaltiert klingen sollte, bitte ich Sie, mir einen Augenblick Gehör zu schenken. Es geht nicht nur um meinen ehrlichen Namen, sondern auch um die Grundlage meines Geschäftes.«

Er hielt inne und befeuchtete seine trockenen Lippen. Amery wartete aufmerksam auf das, was folgen würde.

»Sie haben mir einmal etwas prophezeit, was jetzt leider einzutreffen scheint«, fuhr Mr. Tupperwill fort, »nämlich, daß ein gewisser Kunde meiner Bank mich und mein ganzes Geschäft in Mißkredit bringen würde. Ich befürchte sehr, daß Ihre Worte wahr werden. Major Amery, meine Bank ist der tückischen Niedertracht eines Mannes zum Opfer gefallen, und jetzt ist nicht nur mein Vermögen, sondern auch mein Leben bedroht. Vor zwei Jahren stand ich an der Spitze eines blühenden Unternehmens, das in der City geachtet dastand ...«

»Vor zwei Jahren«, unterbrach Amery, »standen Sie an der Spitze eines bankrotten Unternehmens, das durch Buchfälschungen erhalten wurde!« Seine Worte klangen hart wie Stahl. »Die Stebbings-Bank ist seit Jahren pleite!« fuhr er brutal fort. »Sie haben geprahlt, daß Sie dem Versuch der Großbanken, Sie aufzusaugen, widerstanden haben. Die Wahrheit ist aber, daß Sie es nicht wagen dürfen, die Geschäftsführung der Stebbings-Bank einer unparteiischen Revision unterziehen zu lassen, denn Sie wissen ganz genau, daß ehrliche Bücherrevisoren Sie vor Gericht und zu guter Letzt in eines der Staatsgefängnisse bringen würden.«

Mr. Tupperwills Gesichtsfarbe veränderte sich nicht, doch seine Unterlippe sank herab, und seine Augen sahen den Ankläger flehend an.

»Ich hoffe nur, daß Ihre Behauptung nicht wahr ist«, sagte er leise. »Denn, wenn das zutrifft, bin ich mehr betrogen worden, als ich mir vorstellte, und bin das Opfer einer Verschwörung. Gewisse Unbedachtsamkeiten haben mich in die Macht eines gewissenlosen Mannes gegeben. Die Umstände habe ich schwarz auf weiß niedergelegt, und ich möchte Sie fragen, ob dieses Dokument Ihnen oder mir von Nutzen sein könnte, wenn es in Ihre Hände gelegt würde?«

»In keiner Beziehung!« entgegnete Amery, ohne zu zögern, und Tupperwill schien allen Mut zu verlieren.

»Bei unserer letzten Rücksprache erwähnten Sie einen Mr. Stillman. Major Amery, ich möchte Unannehmlichkeiten aus dem Wege gehen, ich möchte auch den Ruin vermeiden! Sie, der so gut Bescheid weiß, Sie können mir raten. Es ist möglicherweise die letzte Gelegenheit zur Aussprache!«

Amery schaute ihn ernst an. »Es werden sich noch andere Gelegenheiten bieten«, betonte er.

Bevor die Unterredung zu Ende ging, hatte Mr. Tupperwill noch etwas zu sagen.

»Ich bin ein Mann des Friedens und möchte die schreckliche Erfahrung von damals nicht noch einmal machen.« Er deutete auf die Narbe am Kopf. »Und doch habe ich das Gefühl, daß ich weiteren Gewalttätigkeiten entgegengehe. Ich bin von gewissenlosen und möglicherweise grausamen Männern umgeben, die nicht davor zurückschrecken werden, an mir Rache zu üben. Ich bitte dringend um Ihre Hilfe, Major Amery! Vor einer Woche habe ich einen neuen Chauffeur engagiert, er hatte die besten Empfehlungsschreiben, aber« – er zögerte – »ich kann den Verdacht nicht loswerden, daß er nicht der Mann ist, den er vorstellt. Er ist in meinem Haus aus und ein gegangen wie jeder andere Angestellte, und einmal hat ihn mein Diener in meinem Schlafzimmer angetroffen.« Tupperwill beugte sich vor und fuhr mit leiser Stimme fort:

»In meinem Schlafzimmer ist ein kleiner eingemauerter Safe, in dem ich einige wichtige Papiere und einigen Schmuck aufbewahre. Heute morgen vermißte ich ein kleines Buch, das die Einzelheiten meines Privatkontos enthielt. Es ist kein gewöhnliches Buch, sondern sieht aus wie ein goldenes Etui und wurde mir vor vielen Jahren von meinem Vater geschenkt.«

»Was steht in dem Buch außer Ihrem Privatkonto?«

»Nichts – nur einige Adressen, Aufzeichnungen über unser Familienvermögen und meine persönlichen Depositen bei der Bank von England, sowie das Stichwort zum Öffnen meines Geldschrankes im Geschäft.«

»Wenn Sie glauben, daß dieser Mann das Buch gestohlen hat«, meinte Amery gelangweilt, »warum benachrichtigen Sie nicht die Polizei?«

Mr. Tupperwill schaute Amery fest an.

»Sie haben mir gesagt, daß mein Geschäft bankrott ist, Sie haben mir vorgeworfen, daß ich mein Geschäft nicht einer unparteiischen Revision unterziehen lassen darf. Sie haben angedeutet, daß um die

Stebbings-Bank Geheimnisse schweben, die nicht gelüftet werden dürfen. Ein oder zwei dieser Geheimnisse stehen in diesem Buch, Major Amery!«

Er stand auf und holte tief Atem. »Ich glaube, ich habe Sie ermüdet, aber bedenken Sie, daß ich von Furcht und Zweifel gepeinigt werde und mich in der größten Verlegenheit befinde. Ihr Rat, Ihre Hilfe, Ihre Mitarbeit hätten mir viel genützt und wären gewiß auch Ihnen von großem Nutzen gewesen.«

Er fuhr mit dem Rockärmel über seinen Zylinder, schaute gedankenvoll auf das zertrümmerte Wandschränkchen neben dem Kamin und wankte aus dem Zimmer.

Amery horchte, bis seine Schritte verhallten, dann brannte er eine dünne schwarze Zigarre an und blies dicke Rauchwolken zur Decke. Tiefe Falten gruben sich in seine Stirn, und sein Gesicht verriet Gereiztheit. Niemand hätte geglaubt, daß seine Gedanken sich mit Elsa Marlowe beschäftigten.

43

Die Kirchturmuhr verkündete die siebente Stunde, als Major Amery die Wood Street betrat. In Cheapside ließ er drei Taxis an sich vorbeifahren, bevor er das vierte anhielt. Er hatte noch nicht die Hand auf die Klinke seiner Tür gelegt, als Feng Ho ihm schon öffnete und ihm ins Arbeitszimmer folgte.

»Kennen Sie einen Mann namens Jarvie?«

Amery bejahte.

»Er ist heute nachmittag verhaftet worden. Auch ein gewisser Sainson in Hull.«

Amery nickte. »Bickerson wird fleißig! Man darf annehmen, daß auch Dr. Hallams Stunde bald schlagen wird!«

»Wenn es nach mir ginge, würde er im Garten der ewigen Nacht schlafen«, meinte Feng Ho bedeutungsvoll. Sie sprachen chinesisch miteinander. Feng Ho stand am Schreibtisch und schaute auf seinen Herrn, der die eingegangenen Briefe durchsah.

»Das wäre eine schwere Strafe für Narrheit, Feng Ho!«

»Für Mord, Herr! Denn Hallam hat den alten Mann getötet. Ich durchsuchte gerade das Zimmer, als er hereinkam, und ich habe mit meinem ausgezeichneten Gehör das Geräusch des Messers wahrgenommen, als es aus der Tasche gezogen wurde. Vielleicht hätte ich das Licht im Hause nicht abstellen sollen, aber es war zu verlockend. Der Hauptanschluß ist gleich unten an der Tür, wenn man hereinkommt, und ich wollte sicher sein, daß der alte Mann wirklich schlief. Wenn er wach gewesen wäre, hätte er beim Verlöschen des Lichts gewiß sein Zimmer verlassen.«

»Trotzdem hast du unrecht. Der Mann, der Tarn tötete, ist Stillman.«

Der Chinese öffnete und schloß ungeduldig seine Lippen, sprach aber nicht weiter. Er folgte seinem Herrn hinauf, und während Amery ein Bad nahm, legte Feng Ho den Frack zurecht. Der Unheimliche hatte seine Toilette beinahe beendet, bevor er seine Anordnungen traf.

»Ich werde in Loge I sein – das ist die Loge unmittelbar neben der Bühne. Gib mir den Horcher!«

Feng Ho holte ein kleines, flaches, schwarzes Kästchen, das Amery in die Rocktasche steckte.

»Und eine Pistole!« befahl Amery.

Feng Ho gab ihm einen kurzen schweren Browning, prüfte das Magazin und schob die Sicherung vor.

»Das ist besser«, bemerkte er. Wie durch Zauber erschien in seiner Hand ein kurzes, breites Messer mit einem lackierten Griff. Er strich es sorgsam an seiner Handfläche ab, rollte ein Stückchen Seidenpapier zu einer Kugel zusammen und warf sie in die Luft. Als sie wieder herunterfiel, schnellte das Messer vor, und die Kugel war in zwei Teile gespalten.

»Alle Männer fürchten den Stahl!« zitierte er stolz ein altes chinesisches Sprichwort. »Er ist geräuschlos, schnell und wirkungsvoll.«

Major Amery lächelte. »Das glaube ich«, sagte er trocken, »aber ich will eine Pistole nehmen.« Er steckte sie in die Tasche. »Und nun besorge mir noch ein paar belegte Brote und ein Glas Tokaier! Halte den Wagen in der kleinen Straße am Covent Garden Market bereit! Du mußt dich unter die Menge vor dem Haupteingang mischen.«

Schnell nahm er sein sogenanntes Dinner ein, ging ans Telefon und rief eine Nummer an.

»Ist dort Scotland Yard? Ich möchte Kommissar Wille sprechen.« Nach einer Weile meldete sich Wille.

»Hier Major Amery. Ich habe der Polizei eine wichtige Mitteilung zu machen und möchte Inspektor Bickerson um elf bei mir zu Hause sprechen.«

»Worum handelt es sich?« erkundigte sich Wille.

»Das möchte ich lieber Bickerson mitteilen, denn er bearbeitet die Sache.«

»Also eine Rauschgiftgeschichte? Gut, ich werde mich mit ihm in Verbindung setzen und den Inspektor zu Ihnen schicken.«

»Um elf Uhr!« wiederholte Amery und legte lächelnd den Hörer auf.

Die Nachricht von Jarvies Festnahme hatte auf Ralf Hallam wie ein Donnerschlag gewirkt, und als kurz darauf ein Ferngespräch von Hull ihm die Festnahme eines zweiten Mitgliedes der Bande meldete, ergriff ihn fast eine Panik. Er verbrachte eine sehr unangenehme Stunde, während er sich in seinem Zimmer einschloß und Papiere und kleine Rechnungsbücher verbrannte. Es war schon neun Uhr, als er sich erinnerte, daß Lou auf ihn wartete.

Er traf seine Frau ganz aufgebracht an.

»Ich muß zu einem Essen gehen«, fauchte sie. »Hast du denn keine Uhren im Haus?«

»Dann geh doch«, brummte er. »Wo ist Elsa?«

»In ihrem Zimmer«, fuhr Mrs. Hallam ihn an, »wo sie alle ihre Abende verbringt. Soll sie ihr Leben lang hier bleiben?«

»Sie wird dich in ein oder zwei Tagen verlassen. Komm hier herein!«

»Hör zu, Lou! Ich habe Unannehmlichkeiten – mit der Polizei. Mein ganzer Scharfsinn wird erforderlich sein, um aus den Trümmern wieder hervorzukriechen, wenn meine Geschäfte zusammenstürzen – unds das dürfte bald der Fall sein. Ich habe etwas Bargeld, aber ich brauche eine ganze Menge, und du mußt mich nach Möglichkeit unterstützen, wenn du nicht willst, daß dein Zuschuß plötzlich aufhört.«

»Was soll das alles bedeuten?« fragte sie mißtrauisch, sie merkte jedoch, daß er es ernst meinte.

»Ich möchte, daß du bis elf Uhr hier bleibst und dann zum Abendessen gehst. Du wolltest doch zum Mispah-Klub? Die Tanzerei wird lange dauern. Bleib bis zum Schluß – das ist um zwei Uhr.«

Sie warf einen argwöhnischen Blick auf ihn. »Ich verstehe!« meinte sie höhnisch.

»Dem Mädchen wird nichts geschehen, da brauchst du keine

Angst zu haben«, versicherte er.

»Selbst das würde mich nicht am Schlaf hindern«, bemerkte sie kaltblütig. »Aber ich hoffe, du weißt, wie weit du zu gehen hast. Sie hat einen Brief für dich.«

Er öffnete erstaunt den Mund. »Einen Brief für mich?«

»Das Mädchen fand ihn heute früh unter ihrem Kissen. Die Anschrift lautet ›An Dr. Ralf Hallam; es ist Amerys Handschrift. Oben auf dem Umschlag stehen die Worte: ›Im Falle dringender Not zu benutzen!‹ Du wirst so blaß, Ralf. Weiß er etwas über dich?«

»Nichts!« erwiderte er grob. »Woher weißt du überhaupt, daß der Brief von Amery stammt?«

»Wenn ich es nicht wüßte, könnte ich es erraten. Unter die Bemerkung hat er seine Anfangsbuchstaben gesetzt – P.A. Sei bloß vorsichtig, ich warne dich.«

»Ich versichere dir nochmals, Elsa wird nichts geschehen. Ich bin gar nicht an ihr interessiert, ich brauche etwas anderes. Ich habe mir alles gut überlegt, Lou. Angenommen, ich käme mitten in der Nacht, dann wäre sie natürlich beunruhigt, doch wenn ich ihr sage, daß ich nur die Kiste ansehen will, wird sie sich zufriedengeben.«

»Was ist in der Kiste?« fragte Lou neugierig. »Ich habe neulich nachgesehen, aber der untere Teil ist festgeschraubt... Soll ich wirklich bis elf Uhr hierbleiben? Ist das nötig?«

Er nickte. »Es ist besser, wenn sie denkt, daß du hier bist. Was macht sie?«

»Hört Radio«, erwiderte Lou ungeduldig. »Also gut, ich will tun, was du willst. Brauchst du etwas?«

»Nur den Wohnungsschlüssel. Sie hat meinen.«

Mrs. Hallam gab ihm den Schlüssel, den er einsteckte. Dann hielt sie ihn zurück: »Warte! Bevor du gehst, möchte ich noch etwas mehr über diesen Krach und Zusammenbruch hören, über den du vorhin gesprochen hast, Ralf. Was treibst du? Rauschgiftschmuggel?«

»Wie hast du das erraten?«

»Weil es das einzige Verbrechen ist, das mit so wenig Gefahr verbunden ist, daß du es auf dich nehmen würdest«, antwortete sie ruhig.

»Tarn war doch auch dabei? Ich dachte es mir. Und Tupperwill?«

»Tupperwill?« bemerkte Hallam verächtlich. »Ich glaube nicht, daß er zuviel Geld hat, aber sonst ist bei ihm alles in Ordnung.«

Lou lachte.

»Das ist auch meine Ansicht – ich meine, daß er nicht zuviel Geld hat. Selbst, wenn er seine Bücher in Gold einbindet ...« Sie unterbrach sich selbst, als er sie forschend anblickte. »Ich habe in seinem Bücherschrank nachgesehen«, erklärte sie, nicht im mindesten verlegen. »Er besitzt allerdings ausschließlich klassische Bücher.«

Mrs. Hallam begleitete ihn zur Tür und schloß sie hinter ihm. Dann ging sie in ihr Schlafzimmer zurück, öffnete eine kleine Tischlade und entnahm ihr einen kleinen goldenen Gegenstand, den man für ein flaches Zigarettenetui halten konnte, der aber ein Notizbuch mit goldener Einbanddecke war. Sie wendete die dünnen Blätter mit einem verächtlichen Lächeln um und warf dann das Buch in die Lade zurück. Sie hatte sich umsonst einer Gefahr ausgesetzt, und sie empfand mehr Befriedigung und Stolz, als sie den diamantenen Stern betrachtete, den sie in Indien ›erworben‹ hatte.

Um zehn Uhr klopfte sie an Elsas Zimmertür und trat ohne Aufforderung ein, denn sie wußte schon aus Erfahrung, daß ein enthusiastischer Radiohörer nichts anderes als die Musik hört.

Elsa drehte sich lächelnd um.

»Es ist wunderbar! Ich wundere mich, Mrs. Hallam, daß Sie nicht auch zuhören wollen. Gehen Sie aus?«

»Ich weiß es noch nicht, ich habe mich noch nicht ganz entschlossen. Fühlen Sie sich hier behaglich?«

»Durchaus!« versetzte Elsa. »Sorgen Sie sich nicht um mich, Mrs. Hallam, ich glaube, ich habe eine passende Wohnung gefunden. Ich möchte Ihnen auch nicht einen Tag länger als nötig zur Last fallen.«

»Aber Sie sind mir stets willkommen«, antwortete Lou Hallam heuchlerisch. »Bleiben Sie nur so lange, wie Sie wollen, meine Liebe!«

Sie schaute auf die Kiste an der Wand.

»Warum lassen Sie diese alte Kiste nicht in meine Rumpelkammer stellen?« schlug sie vor. »Sie nimmt doch viel Platz weg und kann ohne alle Mühe dort untergebracht werden.«

»Ich glaube, sie kann ruhig hier bleiben, bis ich fortgehe!« wehrte Elsa ab. Die weitere Unterhaltung bestand mehr aus Pausen als aus Reden, denn Elsa wollte wieder ihrer Oper zuhören, und Mrs. Hallam hatte die Absicht, sich umzukleiden.

Endlich hatte sie einen Vorwand, Elsa zu verlassen, denn das

Telefon läutete im Eßzimmer. Es war Ralf.

»Behalte die Straße etwas im Auge«, rief er. »Wenn du merken solltest, daß jemand das Haus beobachtet, laß es mich wissen!«

»Befürchtest du das?« fragte sie gespannt, wurde aber grob angefahren.

Als Elsa sich wieder ihrem Radio widmen konnte, kamen der Wetterbericht, die letzten Tagesnachrichten und ähnliches. Endlich sagte der Sprecher: »In wenigen Minuten folgt die Übertragung des letzten Aktes der Oper ›Faust‹ aus dem Opernhaus.«

Elsa lehnte sich in ihrem Sessel zurück und versuchte, sich zu konzentrieren. Aber ihre Gedanken waren woanders. Der Unheimliche hatte etwas Fesselndes an sich und beherrschte ihr Denken. Er war ihr immer noch ein Rätsel, sie fühlte, daß er ein guter Mensch sein mußte, trotz seiner manchmal irritierenden Eigenschaften. Sie versuchte, ihn zu beurteilen, war sich aber nicht sicher, ob sie ihn gern hatte. Aus all ihren Überlegungen riß sie der Beifall, der der Eröffnungsarie folgte.

Die Übertragung war ausgezeichnet. Sie hätte die Musik nicht besser hören können, wenn sie in einer Loge in der Nähe der Bühne gesessen hätte. Jeder Ton, jede Modulierung kam klar heraus.

Plötzlich brach die Musik jäh ab und ein Stimmengewirr drang aus dem Lautsprecher. Jemand rief: »Fort – gehen Sie von der Bühne!« Dann hörte sie eine donnernde Stimme: »Elsa!«

Sie fuhr erschrocken auf. Es war die Stimme Major Amerys.

»Elsa, verschließen Sie Ihre Tür und verbarrikadieren Sie sich! Lassen Sie niemand herein. Beeilen Sie sich, Sie sind in Lebensgefahr!«

44

Major Amery saß im Hintergrund seiner Loge und lauschte, aber nicht auf die wunderbaren Melodien der Oper. Die Loge neben ihm war leer. Zweimal hatte er das kleine Kästchen geöffnet, etwas herausgenommen, das einem Stethoskop ähnlich sah, und das Ende mit der Platte an die Wand gelegt. In der Nebenloge war es still, bis der Vorhang zum letzten Akt von ›Faust‹ in die Höhe ging. Dann hörte er das Rücken von Stühlen. Zwei Männer hatten die

Loge betreten, und nach dem Schall der Stimmen zu urteilen, saßen auch sie im Hintergrund. Er legte den Empfänger an die Wand und horchte. Die Stimmen erkannte er sofort.

»... sie ist die beste Karte, die wir haben. Ich glaube, wir können hier mit einer ganz großen Sache durchkommen ...«

Die zweite Stimme murmelte etwas, und dann verstand Amery:

»... daran hatte ich gedacht. Wir können zwei Fliegen mit einer Klappe schlagen. Das Zeug ist doch bestimmt in der Kiste. Der Alte hat es am Abend vor seinem Tod fortgeschafft und in sein Haus in Elgin Crescent gebracht. Es sind lauter Amerikaner und leicht umzuwechseln, aber ich muß das Mädchen haben. Ich habe Vorkehrungen getroffen – elf Uhr – fünf Minuten vor elf – ich bin gewohnt, genau nach der Uhr zu arbeiten.«

Es wurde still. In demselben Augenblick zog Amery unvorsichtigerweise an dem dünnen Draht, der das Mikrophon mit der kleinen Batterie im schwarzen Kästchen verband, und der Draht zerriß. Sofort entfernten seine gewandten Finger die Seidenumwicklung an den zerrissenen Enden und stellten die Verbindung wieder her. Als er aber den Empfänger aufs neue an die Wand legte, blieb alles ruhig. Er dachte, daß die Batterie nicht in Ordnung sei, daher entfernte er die Hörer, ging auf den Gang hinaus und öffnete behutsam die Tür der Nebenloge. Sie war leer!

»Fünf Minuten vor elf!«

Und sie arbeiteten genau nach der Uhr! Er schaute auf seine Uhr und erschrak. Es stimmte ganz genau.

Nur einen Augenblick zögerte er. Margarete stand in der Mitte der Bühne und bezauberte die Zuhörer, aber Amery sah weder die Sängerin noch hörte er ihre Stimme. Seine Sinne weilten irgendwo in London bei einem wehrlosen Mädchen, das am Radio lauschte. Im nächsten Augenblick sprang er aus seiner Loge auf die Bühne.

Im Haus entstand sofort ein großer Tumult. Margarete flüchtete entsetzt in den Hintergrund, wütende Stimmen riefen ihm aus den Seitenkulissen zu, aber Amery ging an den Rampenlichtern entlang und suchte das Mikrophon. Als er es gefunden hatte, beugte er sich nieder und rief die Warnung. Doch schon hatten ihn starke Arme erfaßt und vor den erzürnten Intendanten gezerrt.

»Holen Sie die Polizei!« rief eine gellende Stimme. »Er ist betrunken.«

Zwei kräftige Bühnenarbeiter hielten seine Arme fest; der vor Wut zitternde Intendant fuchtelte mit den Fäusten vor Amerys ausdruckslosem Gesicht herum.

»Führen Sie mich in Ihr Büro«, sagte der Major, »ich habe Ihnen etwas mitzuteilen.«

»Sie können es auch hier sagen! Was fällt Ihnen ein?«

Amery flüsterte etwas, und der Gesichtsausdruck des Intendanten änderte sich.

»Wahrscheinlich bluffen Sie, aber kommen Sie mit!« meinte er, und der Unheimliche folgte ihm in ein Büro hinter der Bühne.

Auf dem Tisch stand ein Telefon, und Amery nahm den Hörer auf. Die Verbindung war sofort hergestellt, und der erschrockene Intendant hörte, wie Amery schnell und erzürnt sprach. Als er den Hörer niedergelegt hatte, rief er: »Zum Ausgang – schnell!«

Sie eilten durch enge Gänge und gelangten endlich auf die Straße.

»Wo steht Ihr Wagen? Brauchen Sie Hilfe?«

Amery schüttelte den Kopf und winkte einem Taxi. »Herbert Mansions!« befahl er, als er sich neben den Fahrer setzte. »biegen Sie langsam um die Ecke, ich muß Feng Ho mitnehmen. Nachher existieren für mich keine Londoner Verkehrsvorschriften!«

Elsa hatte die Worte gehört, ohne im Augenblick zu begreifen, was das Ganze bedeutete. Die Stimme des Unheimlichen hatte ihr befohlen, die Tür zu verschließen.

Sie stand schnell auf und drehte den Schlüssel um. Dabei hörte sie draußen ein Rascheln, und die Klinke bewegte sich in ihrer Hand.

»Wer ist da?« rief sie erschrocken.

Da hörte sie einen Aufschrei, der in einem erstickten Stöhnen endete, einen Aufschrei, der ihr Herz fast stillstehen ließ.

»Hilfe!«

Es war Lou Hallams Stimme, die mit einem Gurgeln erstarb.

Elsa glaubte ohnmächtig zu werden, doch sie riß ihre ganze Willenskraft zusammen und schob die schwere Kiste vor die Tür. Im nächsten Augenblick zerrte sie auch das Bett durch das Zimmer und wuchtete es vor die Kiste.

»Öffnen Sie, ich will hinein!« befahl eine Stimme.

»Wer sind Sie?«

»Ich sage Ihnen, Sie sollen die Tür öffnen! Es wird Ihnen nichts geschehen, ich will nur die Kiste haben.«

»Wer sind Sie?« fragte sie wieder mit bebender Stimme. »Wo ist Mrs. Hallam? Was haben Sie ihr getan?«

Sie hörte einen Fluch, dann erzitterte die Tür, denn der Sprecher hatte sich dagegen geworfen.

Jetzt waren zwei Männer auf dem Gang. Elsa hörte sie sprechen. Was sollte sie tun? Sie lief zum Fenster und öffnete es. Die Straße lag ganz verlassen. Niemand, dessen Hilfe sie anrufen konnte! Und Mrs. Hallams Wohnung lag im dritten Stock, also war auch hier keine Flucht möglich. Plötzlich sah sie eine Gestalt über die Straße kommen und schrie laut auf.

»Hören Sie damit auf!« brüllte eine heisere Stimme wütend vom Gang her. »Hören Sie auf zu schreien oder ich schieße!« Im gleichen Augenblick krachte die Täfelung der Tür, und zwei Augen funkelten sie bösartig an. Erschrocken wich sie zurück.

Da vernahm sie das Geräusch eines Autos. Sie schaute wieder hinaus. Ein Wagen war vor der Haustür stehengeblieben, drei Männer stiegen aus und eilten dem Eingang zu. Auch die Angreifer hatten etwas gehört.

»Gott sei Dank!« rief Elsa laut. Sie hörte Schritte auf dem Gang, und plötzlich wurde der Flur, der bis jetzt ganz dunkel gewesen war, hell erleuchtet, und sie hörte eine wohlbekannte Stimme.

»Bewegen Sie sich nicht, mein Freund, es sei denn, daß Sie eine Verabredung mit dem Teufel haben!«

Es war Amery.

Eine Tür flog zu. Es war die Küchentür, die ihrem Zimmer beinahe gegenüber lag, und sie hörte einen ärgerlichen Ausruf des Majors. Dann sah sie durch das Loch in ihrer Zimmertür, wie er in die Küche ging und das Licht anknipste. Die Außentür der Küche stand offen.

Er ging auf einen Balkon und schaute hinab; dann kam er zurück.

»Fehlt Ihnen etwas?« fragte er kurz.

»Nein – nein!« erwiderte sie zitternd. »Mir fehlt nichts. Sind sie fort?«

»Ja, sie sind entkommen«, war die grimmige Antwort. »Außerhalb der Küche ist ein Aufzug, sie müssen am Seil heruntergerutscht sein.«

Elsa machte einen schwachen Versuch, die Barrikade zu entfernen, aber ihre Kräfte waren plötzlich geschwunden, und sie mußte sich zweimal hinsetzen. Endlich hatte sie das letzte Hindernis beseitigt und konnte ihre Tür öffnen.

In der Nähe der Eingangstür sah sie Feng Ho und einen Mann in Uniform, den sie als Amerys Chauffeur erkannte.

»Feng Ho, hole dem Fräulein ein Glas Wasser!« befahl Amery. »Wo ist Mrs. Hallam?«

Elsa konnte erst antworten, nachdem sie einen Schluck Wasser getrunken hatte. »Ich weiß nicht – ich glaubte, sie wäre ausgegangen. Aber ich hörte einen schrecklichen Aufschrei!«

Amery verließ sie und ging ins Eßzimmer, wo er das Licht andrehte. Der Raum war leer, ebenso der Salon.

Die Tür zu Mrs. Hallams Zimmer war verschlossen; er rüttelte an der Klinke.

»Da ist jemand drin!« rief er und warf sich mit voller Kraft gegen die Tür, so daß sie mit einem lauten Krach aufsprang.

Er knipste das Licht an und starrte für einen Augenblick auf das Bild, das sich ihm bot. Mrs. Hallam lag halb auf dem Bett, ihr Gesicht war blau, ihr schönes Kleid zerrissen, und auf ihrer weißen Schulter war Blut. Aber das Gefährlichste war der seidene Schal, der um ihren Hals geschnürt war.

Augenblicklich stand Amery neben ihr und lockerte die würgende Schlinge. Dann rief er Elsa herbei, die bei diesem Anblick ihre eigene Schwäche vergaß. Sie hoben Lou Hallam gemeinschaftlich aufs Bett, und während Elsa aus dem Eßzimmer Weinbrand holte, unterzog er das Zimmer einer schnellen Durchsuchung.

In vieler Beziehung glich es seinem eigenen Arbeitszimmer nach dem Besuch der unbekannten Einbrecher. Die Tischladen waren herausgerissen, ihr Inhalt lag auf dem Fußboden. Vom Toilettentisch war jeder Gegenstand verschwunden. Amery fragte sich, wonach die Männer gesucht hatten. Bis jetzt betrachtete er Mrs. Hallam nicht als eine wichtige Persönlichkeit im Kampf der Banden. Und doch war es nicht ein zufälliger Angriff, sondern ein bestimmter Grund mußte dahinter stecken, den er ausfindig machen wollte. In wenigen Minuten kam die Frau wieder zur Besinnung und starrte ihn verwirrt an.

»Waren Sie es?« keuchte sie.

Amery schüttelte den Kopf. »Wenn Sie meinen, daß ich Sie überfallen habe, kann ich Sie beruhigen. Haben Sie etwas – verloren?«

Mit Mühe erhob sie sich und wankte zum Toilettentisch.

»Das Buch ist fort – das ist alles, das Buch!«

»Welches Buch?« fragte er schnell. Ihm kam plötzlich eine Ahnung.

»Das kleine goldene Buch.«

»Tupperwills...?«

Sie nickte.

»Wie ist es in Ihren Besitz gekommen? Die Antwort kann ich erraten. Sie haben es also fortgenommen?«

»Ich habe es geliehen«, antwortete sie mühsam.

»Ich verstehe.«

Also das war die Erklärung – und eine sehr einfache!

»Mein junges Fräulein«, wandte er sich dann an Elsa, »ich glaube, wir können Mrs. Hallam für einen Augenblick sich selbst überlassen. Ich möchte Sie an einem sicheren Ort wissen. Wollen Sie fünf Minuten hierbleiben und nicht fortgehen?«

Sie versprach es, und im nächsten Augenblick war er verschwunden. Sie konnte sehen, daß er in ihr Zimmer ging und wunderte sich, was ihn dorthin führte. Wie versprochen, kehrte er in fünf Minuten mit einem Handkoffer zurück, der ihr gehörte. Der Gedanke, daß er ihre Kleider zusammengesucht hatte, war so seltsam, daß sie beinahe gelacht hätte.

»Ich glaube, das Palace Hotel wird heute ein sicherer Ort für Sie sein.«

Elsa schaute Mrs. Hallam an, die inzwischen ihre normale Gesichtsfarbe wiedererlangt hatte.

»Es wäre gut, wenn Sie Ihren Mann anriefen und ihm sagten...«, begann er, als er plötzlich das Geräusch eines Schlüssels in der Eingangstür hörte.

Ralf Hallam kam herein und blieb wie angewurzelt stehen, als er die unerwartete Erscheinung des unheimlichen Amery vor sich sah.

45

»Was machen Sie denn hier?« fragte er rauh.

»Dieselbe Frage könnte ich an Sie richten«, war die kühle Antwort. »Wirklich, Hallam, Sie sind schneller als irgendeiner, den ich kenne.«

»Wohin gehst du, Elsa?« wollte Hallam wissen.

»Ich will der Dame die Antwort ersparen. Ich werde sie ins Palace Hotel bringen, wo sie sicherer aufgehoben sein wird.«

Ralf sah Licht im Zimmer seiner Frau und ging den Flur entlang.

Er warf nur einen Blick hinein, auf die umhergeworfenen Sachen und auf Lous blasses Gesicht, dann drehte er sich schnell um.

»Wie ist das alles zu erklären?« rief er heftig. »Sie wollen doch nicht so ohne weiteres fort, Amery?«

»Jemand hat Ihre Frau überfallen und ist entwischt, als ich hereinkam.«

»Und wie kamen Sie herein?«

Amery lächelte. »Heute abend werde ich keine weiteren Fragen mehr beantworten, denn ich habe keine Zeit«, bemerkte er und wandte sich zur Tür. Ralf trat ihm entgegen:

»Was haben Sie in dem Handkoffer?«

Amery überlegte, dann antwortete er kühl: »Etwas über eine Million Dollar, das Eigentum Miss Marlowes. Ich habe sie auf dem Boden der Kiste gefunden und will sie jetzt in Sicherheit bringen.«

Ralf wurde rot und blaß.

»Sie gehen nicht eher hier fort, bis Sie mir erklärt haben ...«

»Morgen werden Sie eine Erklärung bekommen, die Sie befriedigen wird«, erwiderte Amery etwas gereizt. »Vorläufig können Sie sich noch den Kopf zerbrechen. Aber noch eins, Hallam! Ich habe Sie schon einmal gewarnt, daß für zwei Banden Ihres Gewerbes kein Platz ist, und Sie werden sehr bald erfahren, wie recht ich habe. Gehen Sie nach Hause und schließen Sie sich ein – oder noch besser: schlagen Sie einen Polizeibeamten nieder, damit Sie festgenommen werden! Der Todesengel geht heute um!«

Ralf Hallam wankte und lehnte sich gegen die Tür. Wie ein Träumender, betäubt und unfähig, sich zu bewegen, beobachtete er, wie die beiden sich entfernten.

Feng Ho wartete vor der Tür, und Amery befahl ihm: »Bleib hier und verfolge Hallam – ich muß wissen, wo ich ihn finden kann!«

Sie stiegen die Treppe hinab und kamen auf die verlassene Straße. Amerys Chauffeur wendete gerade den Wagen. Auf der anderen Seite hielt ein Taxi, das anscheinend soeben vorgefahren war, denn zwei Männer sprachen mit dem Fahrer.

Amerys Irrtum war daher erklärlich.

»Kommen Sie von Kommissar Wille?«

»Wille? Uns geht Wille nichts an, aber wir kommen von Scotland Yard«, erklärte einer von ihnen höflich. »Sind Sie Amery?«

»Das bin ich.«

»Ich habe einen Haftbefehl gegen Sie, Herr Major.«

Amery schaute ihn ungläubig an. »Einen Haftbefehl? Warum denn?«

»Das kann ich Ihnen nicht sagen. Sie werden das auf der Polizeiwache erfahren. Ich habe nur den Befehl, Sie festzunehmen.«

Es entstand eine Pause.

»Hier liegt ein Irrtum vor. Aber ich will trotzdem mit Ihnen gehen, doch zuvor werden Sie mir gestatten, diese Dame ins Palace Hotel zu bringen.«

Der Mann sagte nichts, sondern folgte ihm zur Taxe und reichte den Handkoffer dem Fahrer. Im Licht der Straßenlaterne erblickte der Verhaftete einen langläufigen Revolver in der Hand des Polizeibeamten. Der Mann mußte bemerkt haben, daß die Waffe gesehen worden war, denn er sagte:

»Nehmen Sie einen Rat an, Major Amery. Bewegen Sie Ihre Hand nicht, sonst schieße ich! Ich will Ihretwegen in keine Gefahr kommen. Da wir gerade bei dem Thema sind«, er drückte die Mündung des Revolvers gegen Amerys weiße Weste, griff hinter ihn und zog aus dessen Tasche den Browning hervor. Im nächsten Augenblick schon schnappte ein Stahlring um Amerys Handgelenk. »Bleiben Sie still oder es passiert etwas!« sagte der andere Mann, der jetzt zum erstenmal den Mund auftat.

Die Stimme klang Elsa bekannt, aber es war Major Amery, der den Mann wiedererkannte.

»Ist das nicht der ›Papa‹?« fragte er höhnisch. »Wirklich, Mr. Tame, ich habe Sie verkannt – ich dachte nicht, daß Sie für Ihren Lebensunterhalt arbeiten.«

Jessie Tames Vater? Elsa schrie überrascht auf. Was bedeutete das? War er denn Kriminalbeamter?

Amerys folgende Worte klärten alles auf.

»Das ist eine Falle, und ich bin hineingegangen!« Er schlug sich an die Stirn. »Wohin gehen wir jetzt?«

»Das werden Sie bald erfahren.«

Elsa hörte das Klirren von Amerys Handschellen, und dann zerriß ein heller Lichtstrahl die Dunkelheit, denn einer der Männer beleuchtete mit einer Taschenlampe die gefesselten Hände.

»›Einfach herrlich!‹ würde Ihre Tochter ausrufen«, höhnte Amery. »Keine Vorsicht wird unterlassen und kein Risiko eingegangen! Ich sehe, daß wir durch Seitenstraßen fahren und einen großen Umweg machen, aber nicht zur Polizeiwache! Also, wohin fahren wir?« fragte er abermals.

»Warten Sie nur ab, Sie werden schon sehen!« brummte Tame.

»Wenigstens werden Sie gestatten, daß die Dame uns verläßt?«

Tame lachte laut auf. »Damit sie zum nächsten Polypen rennt und uns verzinkt?« Er knurrte verächtlich: »Außerdem brauchen wir sie unbedingt.«

Selbstverständlich brauchten sie Elsa, erinnerte sich Amery jetzt. Sie war doch ›die große Sache‹, mit der sie durchkommen wollten.

Das auf seine Hände scheinende Licht nahm ihm jede Möglichkeit, sich der Handschellen zu entledigen, und Amery kannte den Charakter dieser Leute nur zu gut, um auch nur zu versuchen, die Aufmerksamkeit der wenigen Fußgänger auf sich zu ziehen.

Sie hatten nicht mehr weit zu fahren. Der Wagen landete in einer Straße, die aus landhausähnlichen Gebäuden bestand, fuhr in eine enge Durchfahrt und hielt vor einem anscheinend einstöckigen Gebäude. Der Fahrer stieg aus, öffnete die Tür, und dann wurde erst Amery, darauf Elsa in die Dunkelheit geführt.

Kaum war der Wagen mit Amery und seinen Entführern verschwunden, als Feng Ho auf der Straße erschien und den Chauffeur anrief, der gerade vor dem Haus anhielt.

»Wo ist der Major?« erkundigte er sich.

»Ich weiß nicht, ich warte auf ihn.«

»Er hat eben das Haus verlassen. Haben Sie ihn denn nicht gesehen, Sie törichter, blinder Mann?«

»Ich sah einen Herrn und eine Dame, wußte aber nicht, daß es der Major war. Warum ist er in einer Taxe fortgefahren?«

Feng Ho stieß einige chinesische Worte hervor, und in diesem Augenblick kam auch der beunruhigte Ralf Hallam hinzu.

»Haben Sie ihn fortfahren sehen, Doktor?«

»Wen fortfahren sehen?« brummte der andere mürrisch. »Wenn Sie Amery meinen – nein!«

Er wollte sich umdrehen und gehen, doch Feng Ho faßte ihn am Arm und hielt ihm eine so schwülstige englische Rede, daß Hallam zunächst überhaupt nichts verstand.

»Wer ist er?« wollte er wissen.

»Ich sage Ihnen, Doktor, sie haben ihn gefangen«, äußerte der Chinese, dem man die Seelenqual anmerkte.

»Wiederholen Sie nochmals, was Sie sagten – wer ist Amery?«

Als Feng Ho geendet hatte, wandte sich Hallam an den Chauffeur.

»In welche Richtung ist die Taxe gefahren?«

»Ich habe nicht darauf geachtet, Sir. Aber Sie können es leicht herausfinden, wenn Sie bis ans Ende der Straße fahren.«

Feng Ho gab den Befehl, und der Chauffeur setzte den Wagen in Gang.

Am Ende der Straße stand ein Polizeibeamter, der eine Taxe gesehen hatte. Vielleicht war es der Wagen, in dem Amery fortgebracht wurde. Doch als sie nach einer Fahrt von fünf Minuten die Taxe überholt hatten, stellte es sich heraus, daß sie leer war. Ein anderer Anhaltspunkt führte auch zu nichts, und Feng Ho entschloß sich, den Wagen in eine andere Richtung zu schicken. Er selbst wollte zur nächsten Polizeiwache gehen. Da kam ein Auto vorbei, und im Schein einer Straßenlaterne, die das Innere kurz erleuchtete, erblickte Feng Ho ein Gesicht, das er sofort erkannte.

Er sah den Mann nur während des Bruchteils einer Sekunde. Die Taxe fuhr schnell, und es blieb keine Zeit, den eigenen Wagen zurückzurufen. Mit langen, raumgreifenden Schritten nahm Feng Ho die Verfolgung auf. Der Wagen kreuzte die Bayswater Road, fuhr in eine enge Straße, die auf einen Platz mündete, und rollte dann einen kleinen Hügel hinauf. Die Entfernung zwischen dem Wagen und dem Verfolger begann schon kleiner zu werden, als plötzlich aus dem Nichts vier Männer auftauchten, auf jeder Straßenseite zwei, und auf den Chinesen zuliefen. Atemlos keuchend stand Feng Ho vor ihnen, ein Messer in der Hand. Den ersten Mann schlug er zurück, aber der zweite durchbrach seine Deckung. Feng Ho sah nicht mehr das Aufblitzen des Stahls, der ihn niederstieß. Mit einem erstickten Stöhnen brach er zusammen.

»Schnell in den Garten dort!« flüsterte der Angreifer.

Sie hoben die bewegungslose Gestalt auf und warfen sie mit einem Schwung über den Zaun. Der Körper schlug dumpf auf dem Boden auf, dann war alles still.

»Passen Sie auf, wohin Sie treten!« warnte Tame. »Wo ist die Kette?«

Der Fahrer eilte an ihnen vorbei, und im nächsten Augenblick hörte Amery das Geklirr einer Kette, die anscheinend durch einen Eisenring gezogen wurde. Dann wurden seine Hände gepackt, etwas erfaßte die Verbindungskette der Handschellen, und er fühlte sich gegen eine Wand gedrängt, bis seine Hände einen Eisenring berührten, durch den die Kette gezogen war.

»Rühren Sie sich nicht, Miss«, ermahnte Tame nun Elsa, »oder Sie werden sich den Hals brechen!«

Die Tür wurde geschlossen. Ihre Stimmen klangen sehr dumpf, was nicht nur von der Enge des Raumes herrühren konnte. Plötzlich flackerte ein Streichholz auf, und Tame zündete eine Kerze an. Amery sah, daß der Fahrer verschwunden war.

Das Gebäude, in dem sie sich befanden, war ein Schuppen, aus Ziegelsteinen erbaut, ungefähr zwanzig mal zehn Fuß groß. Allerdings vermochte er die Bauart nur zu erraten, denn die Wände waren mit dunkelbraunen Armeedecken verhängt, und nun konnte Amery sich auch den dumpfen Schall der Stimmen erklären. Mitten im Raum, dessen Fußboden zementiert war, befand sich ein tiefes Loch, das schätzungsweise sechs Fuß tief, ebenso lang und ungefähr drei Fuß breit war. Anscheinend hatten geübte Hände die Grube ausgeworfen.

»Was ist das?« flüsterte Elsa, die an Amerys Seite kauerte.

»Es sieht wie ›Papas‹ Garage aus«, antwortete er kühl. »Wissen Sie, Tame, woran mich das erinnert?«

»Ich will von Ihnen nichts hören«, brummte Tame.

»Es erinnert mich an einen Hinrichtungsplatz. Das Loch könnte etwas breiter und tiefer sein. Hinzu käme noch eine hölzerne Falltür, ein Hebel, ein dicker Eichenpfosten und eine eiserne Winde. Schrecklich, wenn man um sechs Uhr morgens geweckt und aufgefordert wird, den Anzug anzuziehen, den man während der Gerichtsverhandlung getragen hat. Ich habe Männer gesehen, die vor Angst verrückt wurden, und die waren besser als Sie, Tame!«

»Verdammter Kerl!« brüllte Tame, dessen Gesicht sich gerötet hatte und aus dessen Augen die Furcht schaute. »Ich werde Ihnen Ihre verfluchte Zunge herausreißen, wenn Sie nicht das Maul halten!«

Amery lachte leise. Um Tame sehen zu können, mußte er über seine Schulter blicken, denn die Kette hatte ihn an die Wand gefesselt.

»Kommen Sie!« sagte Tame zu Elsa; Amerys Augen blitzten:

»Passen Sie gut auf die Dame auf, Tame, denn für einfachen Mord kann man noch begnadigt werden. Aber jede weitere Verschärfung des Verbrechens wird Sie und Stillman ins Verderben stürzen!«

»Raus mit ihr!« schrie Tame heiser. »Durch jene Tür!« Seine Hände zitterten. Der Fahrer war wieder zurückgekommen und griff nach dem Mädchen.

Elsa klammerte sich an Amery.

»Ich will hierbleiben!« flehte sie, vor Entsetzen halb wahnsinnig.

»Beruhigen Sie sich!« Seine Stimme klang sanft und freundlich. »Es wird Ihnen kein Leid geschehen, denn ich liebe Sie. Denken Sie immer daran, der Unheimliche liebt Sie mehr als sein eigenes Leben.«

Er beugte seinen Kopf zu ihr und küßte sie auf die blassen Lippen. Doch im nächsten Moment schon hatte die Hand des Verbrechers sie gepackt und zerrte sie auf die andere Seite des Schuppens.

»Seien Sie ganz leise!« keuchte er. »Wenn Sie schreien, schlage ich Ihnen den Schädel ein!«

Amery warf ihm einen so drohenden Blick zu, daß der Mann trotz seiner überlegenen Situation zusammenzuckte.

Elsa sträubte sich mit aller Kraft und versuchte loszukommen, doch der Arm des Verbrechers umklammerte sie fester und seine breite Hand preßte sich auf ihren Mund.

»Los, helfen Sie mir!« rief er, und Tame kam über die Grube gesprungen, doch Elsas Widerstand war schon gebrochen, und sie sank in sich zusammen.

»Gott sei Dank, daß sie ohnmächtig geworden ist«, dachte Amery und beobachtete in hilflosem Zorn, wie Elsa hinausgeschleppt wurde. Jetzt war er allein mit dem Mann, der wohl sein Henker werden sollte.

46

Tame kam einen Schritt auf ihn zu. »Nun, junger Freund«, sagte er, »Sie haben nicht mehr lange zu leben. Die Zeit wird bald vorbei sein!«

Er kam seinem Opfer aber nicht zu nahe. In einer Ecke des Raumes stand ein Faß, das Tame in die Nähe der Grube rollte. Er entfernte den Deckel, kippte es um und eine Menge grauer Sand rieselte heraus. Dann füllte Tame zwei Eimer mit Wasser, schleppte sie herbei, wühlte eine Vertiefung in den grauen Haufen und goß das Wasser vorsichtig hinein. Mit einer Schaufel vermischte er das Wasser mit dem Sand.

»Ich glaube, Sie sind der Oberhenker«, bemerkte Amery kühl.

Obwohl Tame versuchte, unbekümmert zu erscheinen, zitterte er doch am ganzen Leibe. »Nein, das bin ich nicht«, widersprach er. »Ich habe damit nichts zu tun. Ich muß Sie nur dahin bringen, wo Sie nicht gefunden werden können.«

»Sind Sie denn Maurer? Ich hätte Sie eher für einen Zimmermann gehalten«, meinte Amery.

»Wer hat Ihnen das erzählt? Ja, ich war Zimmermann ... Aber ich habe keine Lust, mich mit Ihnen zu unterhalten.«

Er fuhr in seiner Arbeit fort, warf ab und zu eine Schaufel voll Sand auf die Mischung und rührte so lange, bis der ganze Haufen in Mörtel verwandelt war. Dann stützte er sich auf die Schaufel, um auszuruhen. In diesem Augenblick bewegte sich die Wolldecke, die über der Tür hing. Amery wandte seinen Kopf und blickte in das Gesicht seines Todfeindes.

Der Mann war groß, trug einen Bart und hatte eine Autobrille über den Augen. Es war Stillman, der ihn lächelnd begrüßte. Der Bart saß so gut, daß er wie echt wirkte.

»Nun, Amery, es wird Sie interessieren, daß Ihr Chinese gegenwärtig bedauert, sich in unsere Angelegenheiten eingemischt zu haben.«

»Sie überraschen mich!« entgegnete Amery.

»Er war Ihrer Taxe gefolgt, das haben Sie wohl nicht gewußt. Laufen kann er, das muß ich zugeben. Aber wir haben ihn doch erwischt! Jetzt weiß er, daß er nicht der einzige ist, der ein Messer benutzen kann.«

»Ich weiß es auch«, erklärte Amery. »Sie können es recht gut, wie der arme, alte Maurice Tarn erfahren mußte. Es ist seltsam, ich hatte gedacht, daß Sie die Taxe gefahren haben. Und was kommt nun?«

Stillman zündete sich eine Zigarette an, bevor er antwortete.

»Das müssen Sie nicht mich fragen, ich bin nur ein interessierter Zuschauer. Der hohe Herr macht die Arbeit selbst.« Er schaute in die Grube und dann auf den Zement. »Tame und ich sind nur der erste und der zweite Totengräber – weiter nichts.«

»Was werden Sie mit dem jungen Mädchen machen?«

Der andere schüttelte den Kopf und blies eine Rauchwolke in die Luft.

»Ich weiß es nicht, der hohe Herr hat seine eigenen Absichten. Sie weiß mehr, als für uns gut ist. Das verstehen Sie doch?«

»Sie weiß gar nichts. Sie weiß nicht einmal, wer ich bin.«

»Sie wollen doch nicht etwa sagen, daß Sie ihr diesen wichtigen Punkt nicht anvertraut haben? Ich dachte, Sie hätten ihr, um sicher zu sein, gesagt, daß Sie der Leiter der Nachrichtenabteilung zur Bekämpfung des Rauschgifthandels beim Auswärtigen Amt waren und daß man Sie herübergeholt hat, als der arme alte Bickerson versagte. Die falsche Nachricht über Ihren Skandal in Shanghai lenkte hier jeden Verdacht ab. Ich muß zugeben, daß Sie mich für kurze Zeit getäuscht haben. Das ist aber jetzt das Ende, Amery! Wenn es nach mir ginge, wäre es auch für das Mädchen das Ende! Es ist wahnsinnig, sie am Leben zu lassen, aber der hohe Herr hält es für richtig. Ich stehe in der letzten Zeit nicht mehr so gut mit ihm, um etwas dagegen sagen zu können.«

Amery fühlte leise an seinen Handschellen. Einmal hatte ein indischer Gefangener seine Bewunderung erweckt, der sich leicht seiner Fesseln entledigte. Mit einer Handvoll Rupien hatte er das Geheimnis gekauft. Ob er den Trick noch konnte? Plötzlich kam Stillman zu ihm herüber, nahm einen Strick aus der Tasche und band Amery die Füße zusammen.

»Es täte mir leid, wenn unser Freund durch einen Fußtritt verletzt würde!« Er grinste zynisch.

Amery versuchte mit großer Mühe, seine Handknöchel zusammenzudrücken, wie der Inder es ihn gelehrt hatte. Aber sein Mut schien ihn verlassen zu wollen, als er an die Worte des Inders dachte. »Herr, diesen Trick müssen Sie jeden Tag üben, denn sonst können sie es nicht machen.«

»Was soll es werden – Erhängen oder Erschießen?«

»Keines von beiden!« sagte Stillman und schaute zu Tame, der vor Furcht zitterte. »Sie sollten besser nach dem Mädchen sehen. Ich will auf den Herrn warten – da kommt er schon! Kommen Sie in einer Viertelstunde zurück, Tame, länger brauchen Sie kaum zu warten!«

Tame war froh, daß er den Schuppen verlassen konnte.

»Ich höre nichts«, bemerkte Amery.

»Feng Ho hätte es gehört!« meinte Stillman. »Da ist der Chef!«

Die Decke vor der Tür bewegte sich wieder und man hörte die Tür zuklappen. Eine fette weiße Hand erschien hinter der Decke, und das lächelnde Gesicht des Mr. Tupperwill, Bankier und Puritaner, kam zum Vorschein.

47

Das breite, feiste Gesicht Tupperwills nahm den Ausdruck von Schmerz und Ekel an. Erst musterten seine milden Augen den Gefangenen, dann betrachtete er die tiefe Grube und den Mörtel.

»Alles ist nach Vorschrift gemacht worden«, betonte er. »Es ist doch eine große Erleichterung, wenn man sich auf seine Freunde verlassen kann. Ich glaube, Sie haben unter der Unfähigkeit Ihrer Untergebenen zu leiden gehabt?«

Amery lächelte verächtlich, sagte aber nichts. Die Stille in dem Raum, dessen Wände und Decken gedämpft waren, war so groß, daß er das Ticken seiner Uhr hören konnte.

»Man muß auch die trivialsten Sachen zuverlässigen Leuten anvertrauen«, dozierte Tupperwill. Wieder schaute er Amery an. »Theologen, große Denker, Metaphysiker, die größten Männer der Wissenschaft haben das herauszufinden versucht, was Sie bald wissen werden, Major Amery!« sagte er und seufzte tief. »Gibt es ein Leben nach dem Tode? Wer weiß es? Ist es möglich, daß die Theorie vom Leben nach dem Tode nur aus der Eitelkeit und der albernen Einbildung geboren wurde, daß so vollendete Geschöpfe, wie wir es sind, als Belohnung auch ein zukünftiges Leben genießen sollen?«

Während er sprach, fuhr er mit der Rechten in die Tasche seines Gehrocks, und als er sie wieder hervorzog, hielt er einen dicken Stock in der Hand. Amery erkannte den Knüppel aus Nilpferdhaut, mit dem der Bankier in jener denkwürdigen Nacht niedergeschlagen worden war, als er und seine Komplicen den ersten Überfall auf ihn versucht hatten, und Tupperwill etwas zu nahe an den sich wehrenden Mann herangekommen war.

»Ich glaube, den kennen Sie. Er wurde vor einigen Tagen bei einer – eh – Inspektion Ihres Hauses in Ihrem Arbeitszimmer gefunden. Dieser Fleck« – er deutete darauf – »ist Blut. Es ist mein Blut. Denken Sie daran!« Er beugte den Kopf, so daß Amery die Narbe sehen konnte, die sein Schlag hinterlassen hatte. »Mein Blut ist mir sehr teuer und hat für mich einen größeren Wert als irgend etwas anderes, wie Sie noch erfahren werden. Mit so einer Waffe«, fuhr Tupperwill in seiner ruhigen Art fort, »kann man einen Mann bis zur Unkenntlichkeit verletzen, ja sogar totschlagen. Ich nehme an, daß Sie jetzt wissen, welchen Tod ich Ihnen zugedacht habe. Vielleicht dachten Sie an Erschießen, Erhängen oder etwas gleich

Schmerzloses? Selbst meine Freunde werden sich etwas Ähnliches ausgemalt haben.«

Dabei schaute er zu Stillman hinüber, als ob er eine Bestätigung erwartete. Stillmans Verhalten verriet Neugier. Er schien vollständig im Bann der Beredsamkeit Tupperwills zu stehen und hatte anscheinend weder Gedanken noch Augen für den Gefangenen. Er starrte den Bankier an und bewegte seine Lippen, als ob er jedes einzelne Wort, das der ›hohe Herr‹ sprach, wiederhole.

Tupperwill prüfte die Ketten und den Ring, indem er alle seine Kräfte anspannte, und betastete die Handschellen und den Strick an den Füßen des Gefangenen. Er schien zufrieden zu sein, denn er schritt über die Grube hinweg und legte den Knüppel nieder. Dann breitete er auf dem Boden ein Taschentuch aus, entledigte sich seines Gehrocks, faltete ihn sorgfältig zusammen und legte ihn auf das Tuch. Auf den Rock stellte er seinen glänzenden Zylinder, öffnete die goldenen Manschettenknöpfe und rollte die beiden Hemdsärmel auf, bis seine dicken Arme zu sehen waren.

»Wo ist der Mantel?« fragte er freundlich.

Amery konnte ihn von seinem Platz aus nicht sehen.

»Ein Mantel, wie ihn die Fleischer benutzen«, erklärte Tupperwill, als Stillman ihm in das lange schwarze Gewand half, das vom Kinn bis zu den Füßen zugeknöpft wurde. Er nahm nun die Laterne auf, um zu seinem Gefangenen zu gehen.

»Ich möchte sehen, was ich tue«, lächelte er und feuchtete sich die Handflächen an. »Wollen Sie hinausgehen?«

»Ja, ich werde gehen«, antwortete Stillman heiser.

»Vielleicht ist es besser so«, bemerkte Tupperwill mit großer Höflichkeit. »Glücklicherweise habe ich gar keine Nerven. Wenn Sie in zehn Minuten zurückkehren, werde ich fort sein, und Mr. Tame und Sie werden nicht mehr viel zu tun haben. Nun, Major Amery, sind Sie bereit?«

Der erste Schlag drang noch an Stillmans Ohr, als er eilig die Tür schloß. Er fand Tame in der Küche vor einer halbleeren Whiskyflasche. Der Mann sah leichenblaß aus und war nahe am Weinen. Als Stillman hereinkam, krächzte er:

»Nun, ist es vorbei? O Gott! Haben Sie gehört, was er über das Wecken am Morgen gesagt hat? Stillman – haben Sie je eine Hinrichtung gesehen?«

»Halten Sie den Mund, Sie Narr!« knurrte Stillman. Er schaute sich nach der Tür um, durch die er eingetreten war. »Ich möchte die Geschichte am liebsten aufhalten!« knirschte er zwischen den Zähnen, und Tame lachte hysterisch.

»Wagen Sie das ja nicht! Er würde Sie wie einen Hund niederschießen! Sie kennen ihn doch besser als ich. Außerdem stecken wir beide mit drin. Auf einen mehr oder weniger kommt es nicht an.«

»Wo ist das Mädchen?«

»Dort.« Tame deutete auf eine Tür. »Es ist die Vorratskammer. Ich habe ein Bett hineingestellt. Was sollen wir mit ihr anfangen?«

»Sie festhalten.«

»Hier?« rief Tame erschrocken. »Hier kann sie nicht bleiben. Meine Tochter würde sie finden.«

»Dann schicken Sie Ihre Tochter fort. Sie haben doch eine ganze Menge Zimmer ... Hier, betäuben Sie das Mädchen damit!«

Er stellte eine kleine Flasche auf den Tisch, die Tame einfältig betrachtete.

»Hat er das besorgt?«

Stillman nickte.

»Er denkt auch an alles!« sagte Tame und drückte damit seine volle Bewunderung aus.

»Geben Sie ihr ein paar Tropfen davon in den Tee! Sie wird Ihnen dann keine Scherereien machen. Die Zimmer im obersten Stock sind doch möbliert?«

Tame nickte.

»Bringen Sie sie dort rauf! Wann erwarten Sie Ihre Tochter zurück?«

»Nicht vor zwei Uhr.«

Tame schaute auf die Uhr, die geräuschvoll tickte.

»Es ist zwölf Uhr. Erst zwölf, und es kommt einem wie Jahre vor. Was wird er mit ihr tun?«

»Ich weiß es nicht«, wehrte Stillman ungeduldig ab. »Er will sie morgen erledigen. Sie wird nicht viel Arbeit machen, sie ist jetzt ganz ruhig.«

Er öffnete die Tür und schaute hinein. In der Vorratskammer brannte keine Lampe, aber bei dem Licht, das aus der Küche hineinfiel, sah er in einer Ecke ein Bett und eine Gestalt, die regungslos darauf lag. Er schloß geräuschlos die Tür und setzte sich zu Tame. Ihre Blicke wandten sich gleichzeitig der Uhr zu.

»Zehn Minuten!« ächzte Tame. »Sie werden mir doch helfen?«

Stillman schaute ihn scharf an.

»Das ist nicht meine Arbeit, Tame. Seien Sie nicht albern! Es wird keine zehn Minuten dauern.«

Tame beleckte seine trockenen Lippen.

»Angenommen, man fände seine Spur. Das wäre der erste Ort, den man durchsuchte. Man könnte sofort sehen, daß der Boden frisch zementiert ist.«

»Wer sollte seine Spur finden – der Chinese? Seien Sie beruhigt, der Chinese ist tot. Ich habe ihn selbst ins Jenseits befördert. Schauen Sie her!« Die weiße Manschette unter dem Ärmel hatte rote Flecken. Tame stöhnte.

»Oh, ich wünschte, ich wäre aus der Sache heraus!«

»Lassen Sie ihn das nicht hören«, warnte Stillman, »oder er wird Sie auf eine Weise aus der Sache herausbringen, wie Sie es am wenigsten wünschen!«

Die Uhr tickte, aber die Zeiger schienen sich nicht zu bewegen. Sie saßen schweigend da und warteten, bis die endlosen zehn Minuten um waren.

»Los jetzt! Machen Sie sich an Ihre Arbeit!«

Doch Tame rührte sich nicht. Fünfzehn Minuten waren vergangen, als Stillmans Hand schwer auf seine Schulter fiel und Tame mit einem Stöhnen aufstand. Wie ein Blinder wankte er durch den Garten und stand volle fünf Minuten vor der Schuppentür, bis er sich ein Herz faßte. Endlich biß er die Zähne zusammen und öffnete die Tür. Die Kerze war fast niedergebrannt. Sie flackerte noch ein paarmal auf, dann verlöschte sie. Dieser kurze Augenblick hatte jedoch genügt, um ihm die leeren Handschellen und am Boden der Grube eine Gestalt zu zeigen.

Der Schweiß rann Tame das Gesicht herab und er ächzte. Er arbeitete wie ein Wahnsinniger, warf den Mörtel in die Grube und bedeckte ihn mit Erde, bis das Loch ausgefüllt war.

Er mußte aufhören! Länger hielt er es in der Dunkelheit nicht aus! Er riß die Tür auf und stürzte in den Garten, als wenn der Geist Paul Amerys ihn verfolgte!

Stillman sprang auf, als Tame kreidebleich vor Schrecken hereintaumelte. Er hatte gerade noch Zeit, ihn aufzufangen und auf einen Stuhl zu setzen. Dann schenkte er ihm ein volles Glas Whisky ein.

»Trinken Sie das, Sie Esel!« befahl er. »Ich habe ein Vorhängeschloß angebracht, hier ist der Schlüssel dazu. Und passen Sie jetzt auf Miss Marlowe auf!«

Tame nickte stumm.

»Sie haben mich doch verstanden? Sie nehmen das Mädchen mit hinauf und passen auf sie auf! Unter keinen Umständen darf sie die Aufmerksamkeit auf sich lenken.«

»Wohin gehen Sie denn? Lassen Sie mich doch nicht allein!« wimmerte Tame mit klappernden Zähnen.

»Ich will Tupp aufsuchen, um ihm zu sagen, daß Sie alles erledigt haben. Dann muß ich ihn fragen, was mit dem Mädchen geschehen soll. Das ist sehr wichtig.«

Im nächsten Augenblick war Tame allein – allein mit seinen Gedanken, seinen Ängsten und den Geistern. Die seltsamen Geräusche der Nacht, das Heulen des Windes im Kamin, die Regentropfen, die an das Fenster schlugen, wollten ihn schier zum Wahnsinn treiben.

Er setzte das Glas an seine Lippen und leerte es zur Hälfte. Plötzlich erinnerte er sich an Amerys Worte; er verbarg das Gesicht in den Händen und weinte wie ein Kind.

48

Elsa wußte, daß sie ohnmächtig war – sie wußte, daß etwas Schreckliches geschehen war, und sie stöhnte, als sie sich auf dem harten Bett bewegte. Ihr Ellbogen stieß gegen die Wand, und der Schmerz brachte sie zu voller Besinnung. Ihr Kopf schmerzte und ihr Hals war wie zugeschnürt. Sie versuchte aufzustehen, doch die Knie gaben nach, und sie fiel auf das Bett zurück. Paul Amery war gefangen, man wollte ihn ermorden und – er liebte sie!

Endlich vermochte sie sich aufzuraffen und sich zu vier kleinen Lichtpunkten zu schleppen, die sich als Löcher in der Tür erwiesen. Sie schaute hindurch in eine Art Küche. Ein Man saß am Tisch, sein Kopf lag auf den Armen, und neben ihm standen ein leeres Glas und eine fast leere Flasche. Mr. Tame! – Jessies Vater!

Elsa versuchte, die Tür zu öffnen, aber sie war zugeschlossen. Doch war Hoffnung vorhanden, denn der Mann schlief, und wenn sie ein Mittel finden konnte, die Tür zu öffnen, mußte ihr die Flucht gelingen. Sie hörte ihn schnarchen, und mit aller Gewalt drückte sie gegen die Tür, jedoch vergeblich. Sie fühlte sich schwach, doch auch wenn sie bei vollen Kräften gewesen wäre, hätten sie kaum ausgereicht, das Schloß zu sprengen. Es blieb ihr nichts anderes übrig, als zu warten. Aber während des Wartens marterten sie die Gedanken, was mit Amery geschehen war, in dessen Augen sie mehr Liebe und Zärtlichkeit gesehen hatte, als sie je für möglich gehalten hätte.

Der Gedanke trieb sie fast zum Wahnsinn. Abermals warf sie sich gegen die Tür. Plötzlich hörte sie Schritte im Hausflur, und ihr Herz schien zu stocken. Eine Stimme klang von der Treppe her, dann war es wieder ruhig. Nach einer Weile hörte sie wieder Schritte, und dieselbe Stimme rief: »Vater?«

Es war Jessie Tame.

War es möglich, daß sie mit diesen schrecklichen Männern gemeinsame Sache machte?

»Vater, bist du unten?«

Jessie hatte anscheinend ein Licht gesehen, denn jetzt hörte Elsa, wie sie sich der Küche näherte.

»Vater, was ist los?«

»Jessie, um Himmels willen!«

Das Flüstern erschreckte Jessie Tame so, daß sie zusammenfuhr.

»Wer ist das?« stammelte sie ängstlich.

»Ich bin es, Elsa Marlowe.«

»Wo sind Sie? Sie haben mich so erschreckt«, wimmerte Jessie.

»Machen Sie kein Geräusch! Ich bin hier.«

»In der Vorratskammer?« flüsterte Jessie erstaunt.

»Bitte, lassen Sie mich heraus!«

Jessie Tame bewegte sich vorsichtig bis zur Tür, wobei sie den schlafenden Mann nicht aus den Augen ließ.

»Das Vorlegeschloß ist zu – er muß den Schlüssel in der Tasche haben. Hat er Sie hier eingeschlossen? O Himmel, ich ahnte schon immer, daß etwas nicht richtig ist!«

Sie versuchte, das Schloß loszureißen.

»Ich will gehen und meinen Schlüssel holen«, flüsterte sie.

Elsa schien sie eine Stunde fortgewesen zu sein, obgleich es nur wenige Minuten dauerte, bis sie zurückkam. Auf den Fußspitzen schlich Jessie an die Tür heran und versuchte einen Schlüssel nach dem andern, bis sich endlich das rostige Schloß öffnete und Elsa in die Küche trat. In diesem Augenblick grunzte Mr. Tame im Schlaf und bewegte sich.

»Schnell, schnell!« hauchte Jessie und zog ihre Freundin auf den Gang. »Er wird mich töten, wenn er merkt, was ich getan habe.«

Gerade, als sie die Treppe hinaufstiegen, wachte Tame auf. Er warf einen Blick auf die offene Tür und fuhr mit einem Schrei auf, der das Blut seiner Tochter erstarren ließ. Er rannte den Gang entlang und die Treppe hinauf. Jessie versuchte, das Schloß zur Eingangstür zu öffnen, aber ihre Finger waren wie gelähmt. Elsa schob sie zur Seite. In dem Augenblick, als Tames Kopf auf der Treppe erschien, öffnete sich die Tür – die beiden Mädchen stürzten ins Freie und schlugen die Tür hinter sich zu.

Die Straße lag vollkommen im Dunkeln. Nicht eine Seele war zu sehen, als sie der Hauptstraße zueilten. Tame verfolgte sie schwankend. Teils in seiner Trunkenheit, teils aus Furcht brüllte und schrie er fürchterlich.

Elsa schaute sich beim Laufen um und entdeckte, daß sie allein war. Jessie, die die Gegend kannte, war, von ihrem Vater unbemerkt, in eine Seitenstraße gerannt. Tame schien sich von seiner Benommenheit zu erholen, denn er kam ihr immer näher.

Plötzlich, als Elsa ihre Kräfte schon schwinden fühlte, kam die Rettung. Im Schein der Straßenlaternen erschien eine Reihe uniformierter Männer, die Nachtstreife kehrte vom Dienst zurück.

Sie lief wie besinnungslos in die Gruppe hinein, und ein dicker Polizeibeamter fing sie in seinen Armen auf, als sie ohnmächtig zusammenbrach. Die Nacht und der Schrecken verschwanden in der Bewußtlosigkeit, aus der sie erst erwachte, als die Morgensonne das Hospitalbett beschien, in dem sie lag.

49

Um elf Uhr am nächsten Morgen betrat Inspektor Bickerson das Büro seines Kommissars und sank ermüdet auf einen Stuhl. Wille schaute unter seinen buschigen Augenbrauen hervor und fragte: »Nun?«

»Sie haben es gut, Kommissar«, brummte Bickerson ärgerlich, »für mich aber war es ziemlich aufreibend. Wegen der Aussagen dieses wahnsinnigen Mädchens und der verrückten Räubergeschichten über Soyoka habe ich seit fünf Uhr keinen Augenblick verschnaufen können! Sie haben mir am Telefon gesagt, daß das Mädchen behauptete, Amery würde in Tames Haus festgehalten, wenn er nicht schon tot wäre. Entweder ist sie nicht normal oder sie träumt. Ich war vor acht Uhr bei Tame. Anscheinend hatte er viel getrunken, denn er war noch nicht nüchtern. Ich war auch in der Garage und wurde selbstverständlich argwöhnisch, als ich im Fußboden ein ausgefülltes Loch sah. Im ersten Augenblick hatte es den Anschein, als ob Miss Marlowes Geschichte wahr sei. Ich ließ die Grube ausheben, wobei die Erde und der Zement entfernt wurden – glücklicherweise war der Zement noch nicht ganz fest –, aber es war auch nicht die geringste Spur eines menschlichen Körpers zu finden!«

»Blutflecke?«

»Keine. Der Boden war zwar frisch gescheuert, aber Tame behauptete, daß er am Tage vorher habe aufräumen lassen. Die Grube habe er für seinen Wagen ausheben lassen wollen, aber er sei auf Gasrohre gestoßen, daher habe er sein Vorhaben aufgegeben. Die Arbeiter haben auch in sechs Fuß Tiefe die Leitungen gefunden.«

Der Kommissar schaute in einen Bericht.

»Waren die Wände mit Decken verhängt, um den Schall zu dämpfen?«

»Nein, aber die Möglichkeit besteht, denn ich fand in einer Ecke der Garage eine Anzahl Decken.«

Der Kommissar lehnte sich in seinen Stuhl zurück.

»Ist es nicht seltsam, daß Amery sich nicht hat sehen lassen?«

»Ich habe mir keine Mühe gegeben, Amery zu verfolgen.«

»Was ist mit der Geschichte?« fragte Wille und suchte aus einem Stoß von Papieren ein Dokument heraus, »daß Tupperwill der Anführer der Soyokabande sein soll? Haben Sie mit ihm gesprochen?«

»Ich komme eben von ihm. Meiner Ansicht nach ist sein größtes Vergehen seine Geschwätzigkeit. Ich fragte ihn geradeheraus, ob er in irgendeiner Weise mit Soyokas Leuten in Verbindung stehe, oder ob er in seinen Büchern ein Konto führe, das einem Agenten Soyokas gehören könne. Er meinte, er habe nie etwas von Soyoka gehört und könne nicht verstehen, wie er in den Verdacht gekommen sei, Soyoka zu sein. Ich hatte das Glück, ihn vor seinem Büro zu treffen. Er hatte die Nacht in Brighton zugebracht. Als ich ihm sagte, daß ich Polizeibeamter sei, war seine erste Frage, ob man in seinem Haus eingebrochen habe.«

Das Gesicht des Kommissars wurde immer finsterer.

»Ich weiß nicht, etwas Wahres muß an der Geschichte sein. Außerdem ist Amerys chinesischer Geschäftsführer nur ein paar hundert Yards von Tames Haus entfernt halbtot aufgefunden worden; er wurde durch einen Messerstich verwundet. Wie befindet sich eigentlich der Chinese?«

»Der Arzt meint, daß er außer Gefahr ist«, berichtete Bickerson, »und daß er in wenigen Wochen wiederhergestellt sein wird. Der Mann, der ihn überfallen hat, scheint um Haaresbreite das Herz verfehlt zu haben. Eine seltsame Geschichte, und ich wollte Feng Ho befragen, aber die Ärzte ließen es nicht zu. Ich will noch Miss Tame aufsuchen. Anscheinend ist sie zeitig ins Büro gegangen. Vielleicht werde ich dort auch unseren Freund Amery finden ...«

»Von dem Sie annehmen, daß er Soyoka ist?« fragte Wille.

Bickerson schüttelte den Kopf.

»Nein«, gab er freimütig zu, »das war ein Irrtum, der dem gescheitesten Mann passieren konnte, und ich behaupte von mir nicht, daß ich der gescheiteste bin.«

Bickerson machte sich sehr nachdenklich auf den Weg. Jessie Tame war in ihrem kleinen Büro, und es bedurfte keiner besonderen Beobachtungsgabe um zu erkennen, wie sehr sie sich verändert hatte. Ihre Gesichtsfarbe war niemals blühend, aber heute sah sie aschfahl aus, und ihre tiefliegenden Augen deuteten auf eine schlaflose Nacht hin.

»Guten Morgen, Miss Tame!« begrüßte der Inspektor sie. »Wann sind Sie gestern abend nach Hause gekommen?« fügte er hinzu: »Sie kennen mich doch? Ich heiße Bickerson.«

»Ja, ich kenne Sie«, antwortete Jessie ruhig, ohne ihn anzusehen. »Sie waren ja schon öfter hier. Ich kam etwa um ein Uhr nach Hause. Eigentlich sollte ich bis zwei Uhr im Klub bleiben, aber ich war so unruhig. Ich meine«, verbesserte sie sich verlegen, »ich wollte länger ausbleiben, aber Geschäftssorgen trieben mich früher nach Hause.«

»Das klingt ziemlich unglaubhaft«, entgegnete Bickerson. »Was für Geschäftssorgen haben Sie denn?«

»Ach, das Büro, und wie Major Amery sich benimmt und allerlei anderes noch«, versetzte Jessie verzweifelt. »Ich kann es nicht so recht ausdrücken.«

»Sind Sie heute früh sehr zeitig von zu Hause fortgegangen? Ich war schon vor acht Uhr dort, habe Sie aber nicht gesehen.«

»Ja, es war sehr zeitig.«

Jessie war die ganze Nacht durch die Straßen gewandert. Die Antworten, die sie jetzt gab, waren ihr in einem Brief befohlen worden, den sie im Büro vorgefunden hatte. Diese Anweisungen endeten mit einer Drohung, die ihr Blut erstarren ließ.

»Haben Sie in Ihrem Haus Miss Marlowe eingesperrt gefunden?«

Jessie mußte sich anstrengen, um sprechen zu können.

»Nein!« stieß sie endlich hervor, »wenn Miss Marlowe so etwas behauptet, spricht sie die Unwahrheit. Ich weiß nicht, was gestern vorgefallen ist, ich weiß es wirklich nicht. Ich hatte ein Glas Wein getrunken, und das scheint mir zu Kopf gestiegen zu sein.«

»Sie haben auch nichts davon gehört, daß Major Amery in Ihrer Garage eingeschlossen worden ist?«

Die graue Gesichtsfarbe wandelte sich in Totenblässe, Jessie wankte rückwärts gegen den Tisch.

»Major Amery?« fragte sie tonlos. »In unserer Garage eingeschlossen? Was meinen Sie damit?«

»Ich merke schon, daß Sie nichts davon wissen. Hat Ihnen Miss Marlowe nichts davon erzählt?«

Jessie schüttelte stumm den Kopf.

Bickerson fragte weiter: »Ist Major Amery noch nicht gekommen?«

Als Jessie nicht antwortete, ging Bickerson in Elsas Büro und versuchte, die Tür zu Amerys Zimmer zu öffnen. Da er sie verschlossen fand, kehrte er zu Jessie Tame zurück.

»Wo ist Miss Marlowe?« stieß sie hervor.

»Als ich sie zuletzt sah, war sie im West-London-Krankenhaus!«

»Ist – ihr ein Unfall zugestoßen?«

»Das gerade nicht. Der Arzt meint, sie würde heute noch entlassen werden können, aber ich zweifle daran.«

Er hatte kaum die Worte ausgesprochen, als auf dem Gang leichte Schritte ertönten und Jessie Tame sah, wie eine zierliche Gestalt an der Tür vorbeiging. »Das ist sie!« rief sie erstaunt.

»Miss Marlowe? Unmöglich!«

Bickerson ging hinaus und schaute ihr nach. Jessie Tame hatte recht. Als er bei Elsa eintrat, legte sie gerade Mantel und Hut ab, und er fragte sich, woher die Frauen die Energie nehmen, daß man ihnen am nächsten Tag kaum ansehen konnte, welch schreckliche Nacht sie durchgemacht hatten. Elsa war kaum verändert, nur die Augen waren umschattet und ihr Gesicht war blaß.

Sie begrüßte ihn mit einem ernsten Kopfnicken und nahm den Deckel von ihrer Schreibmaschine ab, als ob sie erwartete, jeden Augenblick zum Diktat gerufen zu werden.

»Warum hat man Sie aus dem Krankenhaus entlassen?« fragte

Bickerson. »Als ich heute bei Ihnen war, waren Sie mehr tot als lebendig.«

»Man hat mich entlassen, weil ich es wollte«, erwiderte sie.

»Das scheint kein genügender Grund zu sein. Ich nehme an, Sie wissen, daß ich Ihre Angaben geprüft habe?«

»Das haben Sie mir schon mitgeteilt.«

»Ich habe Ihnen auch gesagt, daß in der Garage keine Leiche gefunden wurde, und daß keine Spuren da waren, die auf einen Mord hindeuten. Im übrigen stimmen Ihre Angaben über die Lage des Gebäudes – und eine Grube im Boden war auch da.«

Sie erschauerte.

»Aber in der Grube befand sich nichts weiter als Erde und Zement, der noch nicht ganz ausgetrocknet war. Ich glaube, Sie haben geträumt. Hatten Sie nicht am Tag vorher Miss Tame in ihrem Haus besucht?«

»Ja.«

»Haben Sie dabei etwas entdeckt, was einer Grube ähnlich sah?« fragte er.

Sie schaute ihn mit gerunzelter Stirn an.

»Ich ...«, begann sie. »Ja, ich sah einen Mann mit einem Spaten aus der Garage herauskommen.«

»Das ist es!« triumphierte er. »Ich kenne zwar nicht den Namen der Krankheit, an der Sie leiden, aber Dr. Hallam wird es Ihnen sagen können.«

»Was ich letzte Nacht gesehen habe, war keine Einbildung«, entgegnete sie leise. »Sie haben mit Jessie Tame gesprochen. Sie wird meine Aussage bestätigen.«

»Im Gegenteil!« versetzte Bickerson. »Das tut sie gerade nicht. Miss Tame sagt, daß sie Sie nicht in einer Kammer gefunden und herausgelassen hat.«

50

Für einen Augenblick starrte Elsa ihn ungläubig an, dann veränderte sich ihr Gesichtsausdruck.

»Das kann schon möglich sein, denn das arme Mädchen hat Angst vor ihrem Vater.«

Mr. Bickerson schlug die Hände über dem Kopf zusammen.

»Ich möchte lieber jede andere Sache behandeln als diese. Ein Zeuge mit Einbildungen ist wie Alpdrücken. Ich will Sie nicht beleidigen, aber ich kann Ihnen nicht glauben. Ist Major Amery da?«

»Nein, ich glaube noch nicht«, antwortete sie und überging seine Andeutungen über ihre Zurechnungsfähigkeit. Sie versuchte die Tür zu öffnen. »Sie ist verschlossen!«

»War sie gestern abend verschlossen?«

»Ich weiß es nicht, denn ich bin vor Major Amery fortgegangen«, sagte sie ruhig. Sie bückte sich und schaute durch das Schlüsselloch.

»Der Schlüssel steckt nicht. Ich glaube, ich kann die Tür mit meinem Schlüssel öffnen«, meinte sie und schloß auf.

Amerys Büro war in genau demselben Zustand, in dem er es verlassen hatte. Im Kaminrost lagen einige Zigarettenenden und eine halbgerauchte Zigarre. Sie machte keine Bemerkung, und nachdem Bickerson sich umgesehen hatte, verließ er das Zimmer. Elsa folgte ihm.

»Amery ist zwar ein geheimnisvoller Mensch«, bemerkte der Inspektor, »aber nicht ganz so ...« Er konnte kein passendes Wort finden.

»Unheimlich ist das Wort, nach dem Sie suchen«, half Elsa lächelnd.

»Ja, das ist es. Nein, er ist nicht so unheimlich, wie ich dachte. Eigentlich ...« Er schien noch etwas sagen zu wollen, änderte jedoch seine Absicht. »Was ist das für ein Buch?« fragte er und zeigte auf einen abgenutzten Lederband, der auf dem Tisch lag.

»Das ist das Buch, in das der Nachtwächter seine Berichte einträgt. Er bringt es jeden Morgen herauf, damit Major Amery sehen kann, wer vorgesprochen oder angerufen hat, und welche Telegramme nach Büroschluß eingegangen sind.«

Sie öffnete das Buch an der Stelle, wo das Löschblatt lag und unterdrückte einen Ausruf.

»Mr. Tupperwill war zehn Minuten vor sechs da!«

Einen Moment war sie so beeindruckt, daß sie die Anwesenheit des andern vergaß.

»Tupperwill war hier?« fragte Bickerson ungläubig und schaute über ihre Schulter. »Das ist seltsam!« sprach er vor sich hin. »Heute morgen sagte mir Mr. Tupperwill, daß er von der Bank direkt nach Hause gegangen sei, nachdem er sich entschieden hatte, die Nacht in Brighton zu verbringen. Er ist mit dem Neun-Uhr-Zug fortgefahren.«

Nachdem Bickerson noch einige Besuche gemacht hatte, rief er seinen Vorgesetzten an.

»Die Sache wird immer verwickelter«, berichtete er. »Ich habe eben mit Mrs. Hallam gesprochen, die angibt, daß sie gestern abend von einem Einbrecher beinahe getötet worden sei. Wer es war, weiß sie nicht, aber die erste Person, die sie sah, als sie wieder zur Besinnung kam, war Major Amery. Anscheinend hat er das Haus mit dem Mädchen verlassen – ich meine Miss Marlowe.«

»Das erhärtet ihre Angaben«, sagte der Kommissar nach einer Pause. »War er allein?«

»Nein, sein chinesischer Geschäftsführer Feng Ho war bei ihm, und Dr. Hallam kam bald darauf hinzu.«

»Ist sie mit Dr. Hallam verwandt?«

»Sie ist seine Frau«, antwortete Bickerson, »aber sie sagt, er habe lange nach Amery die Wohnung verlassen. Ich wollte ihn aufsuchen, aber er war nicht zu Hause.«

Es folgte abermals eine lange Pause.

»Diese Sache wird ganz wunderlich. Behalten Sie das Büro im Auge, Bickerson!«

»Ich werde noch mehr tun. Ich werde das Mädchen beobachten. An diesem Büro ist etwas, was mir nicht gefällt.«

Elsa war es ganz gleichgültig, ob sie beobachtet wurde oder nicht. Die Stunden wollten nicht vergehen. Bei dem geringsten Geräusch fuhr sie zusammen, und es mochte wohl fünfzigmal gewesen sein, daß sie die Tür zu Amerys Zimmer öffnete, um hineinzuschauen, ob er nicht etwa in seiner gewöhnlichen, verstohlenen Art hineingegangen war. Sie hoffte aber umsonst, denn jedesmal, wenn sie die Tür öffnete, sah sie nur seinen leeren Stuhl. Auch die Glocke über ihr blieb stumm.

Er mußte aber entkommen sein – ohne Zweifel!

Elsa war sehr erschöpft – trotzdem wollte sie das Büro nicht verlassen, da sie hoffte, daß er zurückkäme. Doch sie fuhr schnell noch zum Krankenhaus, um sich nach Feng Hos Befinden zu erkundigen. Zu ihrer Freude erfuhr sie, daß er außer Gefahr war und daß sie ihn sprechen könne.

Elsa war begierig, alles über seinen Herrn zu hören, denn sie vermutete, daß dieser kleine Chinese mehr über ihn wußte als die gesamte Kriminalpolizei.

Feng Ho begrüßte Elsa mit seinem gewohnten Grinsen, als sie sein Krankenzimmer betrat.

»Trotz der Durchlöcherung des Thorax«, sagte er matt, »wird der Bakkalaureus der Wissenschaften diesmal der Sterblichkeit entrinnen.«

Sie las die Frage von seinen Augen ab und schüttelte den Kopf.

»Ich weiß nichts. Wann haben Sie den Major zuletzt gesehen?«

»Letzte Nacht, junges Fräulein«, entgegnete er ernst. »Ist er nicht im Geschäftszentrum der City erschienen?«

»Nein, Feng Ho!« antwortete sie ruhig.

»Dann weiß es Tupperwill.«

»Mr. Tupperwill?«

Er nickte. »Mr. Tupperwill ist ein äußerst gefährlicher Mensch. Er steht mit Soyoka, dem Händler von schädlichen und giftigen Rauschmitteln, in Verbindung.«

»Sie müssen sich irren! Doch nicht Mr. Tupperwill?«

»Jawohl, junges Fräulein. Der ehrenwerte Major hat zuverlässige Nachrichten darüber. Ein Irrtum ist ausgeschlossen.«

Elsa konnte Feng Ho nur verwundert anstarren. Der langweilige, freundliche Tupperwill sollte in ein verbrecherisches Unternehmen verwickelt sein? Das schien unmöglich!

»Haben Sie es Bickerson mitgeteilt?« erkundigte sie sich.

»Junges Fräulein, der hervorragende Kriminalinspektor hat mich noch nicht befragt, da es den ärztlichen Beamten widerstrebte, eine Steigerung der Temperatur zu riskieren. Junges Fräulein« – seine Stimme sank zu einem Flüstern –, »Sie müssen infolge der Abwesenheit des Majors sehr vorsichtig sein. Ich bitte Sie, zum Haus des Majors zu gehen und Chang zu sagen, daß er zu mir eilen soll. Geben Sie ihm ausführliche Anweisungen, denn Sie müssen bedenken, daß er ein armer, unwissender Chinese von zweifelhafter Geburt und jämmerlicher Erziehung ist!«

Feng Ho schien jetzt so erschöpft zu sein, daß sie keine weiteren Fragen mehr an ihn richtete, sondern eine Taxe nahm und in die Brook Street fuhr.

Weder die Wirtschafterin noch der Diener hatten etwas von Major Amery gehört.

»Kann ich seinen chinesischen Diener sprechen?«

»Jawohl, Miss«, antwortete die Wirtschafterin, »aber er versteht nicht viel Englisch.«

Ob er Englisch sprach oder nicht, der kleine Chinese verstand doch alles, was sie sagte. Er nahm die Adresse und die kleine Skizze, die ihm den Weg zum Krankenhaus zeigen sollte, und nickte mit dem Kopf, zum Zeichen, daß er verstanden hatte.

Als Elsa ins Büro zurückkehrte, lag nichts Neues vor. Mit großer Kühnheit hatte sie einen der Abteilungsleiter gebeten, sich um Feng Hos Arbeit zu kümmern, und einen anderen hatte sie beauftragt, die Korrespondenz zu erledigen, die gewöhnlich Amery selbst durchsah. Jetzt war sie frei, die Nachforschungen in Richtung von Feng Hos ungeheuerlichen Anklagen gegen den Bankier aufzunehmen.

Elsa war mit Mr. Tupperwills Gewohnheiten genügend vertraut, um zu wissen, daß er bis drei Uhr in der Bank sein würde. Sie blieb nur so lange im Büro, um eine Aufgabe zu erledigen, die eingelaufen war, und mit der der Abteilungsleiter nicht vertraut war. Dann fuhr sie mit einem Omnibus nach Osten. Es dauerte einige Zeit, bis sie die Stebbings-Bank fand.

»Stebbings-Bank?« fragte der Polizeibeamte und schaute sie eigenartig an. »Der erste Hof an der linken Seite. Haben Sie dort Geld, Fräulein?« fragte er mit der väterlichen Zutraulichkeit, die den City-Polizeibeamten eigen ist.

»Nein«, erwiderte sie, »ich habe nicht das Glück.«

»Seien Sie froh!« meinte er bedeutungsvoll.

Sie glaubte, daß er scherze, aber als sie in den Hof einbog, sah sie eine kleine Ansammlung von Menschen vor der verschlossenen Tür, an die ein Zettel geheftet war. Sie schaute auf das Firmenschild – ja, es war die Stebbings-Bank. Aber warum war die Tür verschlossen?

Elsa bahnte sich einen Weg durch die Menge und las:

›Die Bank hat vorübergehend die Zahlungen eingestellt. Anfragen sind zu richten an Slake & Stern, Rechtsanwälte, Bolt Street, E.C.‹

Sie zog sich von der Menschenansammlung zurück, denn die Nachricht hatte sie verwirrt. Armer Mr. Tupperwill! Im Augenblick hatte sie Feng Hos schreckliche Anklage vergessen und dachte nur an die Freundlichkeit des gutmütigen Bankiers. Dann hörte sie jemanden sagen »... ein Mann namens Tupperwill – er soll alles Geld, das er finden konnte, zusammengepackt haben und heute morgen mit dem Flugzeug auf den Kontinent geflüchtet sein.«

51

Der Bankrott der Stebbings-Bank wurde dem wachhabenden Beamten in Scotland Yard unmittelbar, nachdem der Zettel angeheftet worden war, berichtet. Kommissar Wille ließ sofort Bickerson durch einen Wachtmeister suchen. Der hatte die Jalousien in seinem Zimmer heruntergelassen und hielt ein Mittagsschläfchen, als der Wachtmeister hereinkam. Der Inspektor eilte sofort in das Zimmer seines Chefs.

»Was halten Sie davon?« brummte Wille und schob ihm einen Zettel hin.

Bickerson las und stieß einen Pfiff aus.

»Anscheinend hat die Polizei die Bank aufgrund von Informationen, die Major Amery während der Nacht gegeben hat, geschlossen«, erklärte Wille. »Gegen Tupperwill ist ein Haftbefehl erlassen worden, aber Tupperwill scheint durchgebrannt zu sein. Um welche Zeit haben Sie ihn gesehen, Bickerson?«

»Kurz vor elf Uhr.«

»Wollte er zur Bank? Dieser Bericht meldet, daß er heute nicht in der City gesehen worden ist.«

»Ich habe nicht gesehen, daß er in die Bank ging. Ich traf ihn am Eingang von Tredgers Court, zweifelte aber nicht daran, daß er zur Bank wollte.«

»Haben Sie etwas Auffallendes an ihm beobachtet? Sah er besorgt aus?«

»Nein«, meinte Bickerson nachdenklich. »Ich fand es nur seltsam, daß er in der vergangenen Nacht in Brighton war. Das berührte mich eigenartig bei einem Mann mit so geregelten Gewohnheiten. Aber in seinem Erscheinen und seinem Benehmen lag nichts Auffallendes.«

Der Kommissar las den Zettel noch einmal durch. Er enthielt eine ziemlich genaue Personalbeschreibung des Gesuchten. Dann klingelte er seinem Sekretär.

»Geben Sie diese Beschreibung an alle Häfen und Bahnhöfe weiter mit der Bitte um Festnahme und Benachrichtigung! Rufen Sie den Flughafen an und fragen Sie, ob er ein Flugzeug gechartert hat! Die Polizei glaubt es wenigstens. Benachrichtigen Sie das Polizeirevier C, daß sein Haus weiter überwacht wird! Das ist vorläufig alles.«

»Wir müssen jetzt warten«, erklärte Wille, als sie allein waren,

»bis wir den Bericht bekommen, auf den hin die Stadtpolizei gehandelt hat. In der Zwischenzeit können Sie Tupperwills Freunde aufsuchen. Kennen Sie sie?«

Bickerson dachte nach. »Ich glaube, Hallam gehört dazu. Und wenn er auch keiner seiner Freunde ist, so haben sie doch miteinander gespeist, und Hallam war ein Kunde der Bank.«

»Der Arzt?«

Bickerson nickte.

»Gut. Gehen Sie zu Hallam! Vielleicht können Sie etwas über Tupperwills Freunde erfahren. Versuchen Sie herauszufinden, wer Stillman ist! Ich habe nur Andeutungen über diesen Herrn gehört, aber anscheinend war er ein Kunde der Bank. Aus der telefonischen Rücksprache, die ich mit dem Polizeiobersten der City hatte, muß ich entnehmen, daß Stillman zu den Leuten gehört, die nach dem Bankkrach gesucht werden. Er war anscheinend ein Mann, der das Vertrauen Tupperwills besaß, und ich habe eine Ahnung, daß Hallam Sie auf die Fährte dieses Mannes bringen kann. Melden Sie sich wieder bei mir, sobald das erledigt ist! Ich habe heute eine Besprechung mit dem Obersten über Miss Marlowes Geschichte.«

»Glauben Sie, daß Stillman und Hallam identisch sind?« fragte Bickerson grob.

»Ich weiß es nicht. Ich habe mir noch keine endgültige Meinung gebildet. Doch werde ich klarer sehen können, nachdem Sie mit Hallam gesprochen haben.«

Ralfs Diener öffnete dem Inspektor die Tür. Sein Herr sei oben und kleide sich an, gab er Auskunft.

»Ein später Vogel, was?« erkundigte sich Bickerson in dem freundlichen Ton, der schon oft die Falle für unschuldige und geschwätzige Diener gewesen ist.

»Ja, Sir, letzte Nacht ist es sehr spät geworden, er war bei einer Gesellschaft.«

»Sagen Sie ihm, daß ich hier bin!«

Der Diener führte ihn in das Arbeitszimmer, das nach dem Hof zu lag und ein kleiner, bequem eingerichteter Raum war. Die Fenster standen offen, denn es war ein herrlicher Tag, und die Sonne schien auf die goldfarbigen Narzissen auf dem Fensterbrett.

Bickerson ging zu den Bücherregalen hinüber und schaute gedankenlos auf die Titel. Dann schweiften seine forschenden Blicke systematisch durch das Zimmer. Anscheinend hatte Ralf seine Kleider teilweise hier abgelegt, als er in den frühen Morgenstunden zurückgekehrt war. Sein Mantel lag über der Lehne eines Stuhles. Ohne zu zögern, nahm Bickerson ihn auf, fuhr mit der Hand in eine der Taschen, dann in die andere. Da fiel ihm etwas auf, und er trug den Mantel ans Fenster. Einer der Ärmel zeigte Flecken, die von einer Flüssigkeit herrührten. Er kehrte das Futter heraus – auf dem hellen Stoff waren rote Flecken!

»Blut!« Er sah sich den anderen Ärmel an. Hier war der Fleck noch größer und reichte vom Ärmelaufschlag bis zum Ellenbogen. Vor sich hinpfeifend, hob der Inspektor einen Schuh auf, der achtlos unter einen Stuhl geschoben war. Auch hier fand er Flecken. Als er sie mit den Fingernägeln abkratzte, bedeckten sich seine Fingerspitzen mit einem dunkelroten Staub.

Bickerson hörte Ralf die Treppe herunterkommen und legte Schuh und Mantel an ihren Platz zurück.

»Guten Morgen, Inspektor!« begrüßte Hallam ihn mit einem gleichgültigen Gesicht. Seine Augen fielen auf Mantel und Schuhe – er wartete.

»Guten Morgen, Doktor! Ich wollte mich bei Ihnen über Tupperwill erkundigen. Wissen Sie, daß seine Bank Pleite gemacht hat?«

Hallam schien nicht gerade überrascht. »Ich wußte es nicht. Wann ist das passiert?«

»Heute morgen. Tupperwill ist in aller Eile abgereist. Sie kannten ihn doch gut?«

»Ziemlich gut«, erklärte Hallam.

»Haben Sie eine Ahnung, wo er stecken könnte?«

»Nicht im geringsten«, entgegnete Hallam ruhig. »Wenn er nicht in seinem Haus ist, wüßte ich nicht, wo man ihn finden könnte.«

»Sie wissen auch nicht zufällig, wo Major Amery ist?«

Ein mattes Lächeln zuckte um Hallams Mundwinkel.

»Das ist auch eine Persönlichkeit, die mich selten in ihr Vertrauen gezogen hat. Ist er verschwunden?«

»Ja!« erwiderte Bickerson und bückte sich, um einen Mantelärmel aufzuheben. »Haben Sie diese Nacht einen Unfall gehabt?«

»Sie meinen das Blut am Ärmel?« fragte Hallam gelassen. »Am Aufschlag ist auch welches.«

»Haben Sie sich etwa in den Finger geschnitten?« erkundigte sich der Inspektor höhnisch.

Hallam lachte. »Blödsinn! Ein Schnitt in den Finger würde nicht solche Flecken machen.«

»Was würde denn solche Flecken machen?«

»Nun« – Ralf wählte seine Worte vorsichtig –, »wenn man einen verwundeten Chinesen aufhebt, der von irgend jemand Unbekanntem mit dem Messer niedergestochen worden ist, das würde solche Flecken machen.«

Bickerson staunte. »Sie haben Feng Ho gefunden?«

Hallam nickte. »Ich war einer von denen, die ihn ins Krankenhaus brachten.«

»Die Polizei von Hammersmith hat nicht berichtet, daß Sie zugegen waren, als Feng Ho gefunden wurde.«

»Sie werden mich übersehen haben«, äußerte Hallam leichthin. »Und dann fühle ich mich in Anwesenheit von Polizeibeamten auch so unwichtig, daß ich mich darüber gar nicht wundere. Um die Wahrheit zu sagen, Bickerson, Feng Ho und ich haben Amery gesucht. Der Major verließ Herbert Mansions sehr plötzlich, und sein Diener glaubte, daß er und Miss Marlowe entführt worden seien. Aber wie ich gehört habe, soll es Miss Marlowe ganz gut gehen.«

»Wer hat Ihnen das gesagt?« fragte der Inspektor schroff.

»Ich habe heute morgen im Büro angerufen, weil ich in der Zeitung gelesen hatte, daß eine junge Dame in Kensington aufgefunden worden sei.«

»Auch Sie erzählen die Geschichte, daß Miss Marlowe entführt worden ist? Eine sonderbare Sache! Wahrscheinlich werden Sie über jede Minute Auskunft geben können, wo Sie diese Nacht gewesen sind?«

»Beinahe über jede.«

»Wann sind Sie heute morgen zurückgekehrt?«

Ralf zögerte.

»Die Zeit, die mein Diener angegeben hat, wird ungefähr richtig sein. Um vier herum – es kann auch etwas später gewesen sein. Über Tupperwill aber, wenn das wirklich der Grund Ihres Besuches ist, kann ich Ihnen absolut keine Auskunft geben. Ich weiß nichts über ihn, als daß ich mein Konto bei seiner Bank überzogen habe, und daß wir ein- oder zweimal zusammen speisten. Über seine Gewohnheiten und sein privates Leben weiß ich weniger als Sie.«

Hallam erwartete, daß Bickerson nochmals auf den befleckten Mantel zurückkommen würde, aber zu seiner Erleichterung erwähnte der Inspektor darüber nichts mehr, sondern verabschiedete sich. Bickerson meldete sich aber nicht sofort bei Wille, sondern rief erst die Kensington-Polizeiwache an.

»Wer hat den Chinesen aufgefunden?« erkundigte er sich.

»Wachtmeister Simons. Er hatte Außendienst und hörte ein Stöhnen in einem Garten. Er ging dem Geräusch nach und fand den Mann. Von einem vorbeifahrenden Auto ließ er ihn ins Krankenhaus bringen.«

»Hat niemand dabei Hilfe geleistet? Niemand namens Hallam?«

»Nein, darüber besteht kein Zweifel. Simons und der Autobesitzer sind die einzigen Leute, die in Betracht kommen.«

»Vielen Dank!« rief Bickerson und legte den Hörer auf. »Doktor Hallam«, murmelte er vor sich hin, »Sie sind ein Lügner! Und wenn Sie nicht noch etwas anderes sind, irre ich mich sehr.«

52

Bickersons Unterredung mit Wille war nur kurz. Wille hatte mit dem Polizeichef Elsas Aussage durchgesprochen, und es war entschieden worden, daß weitere Nachforschungen unnötig seien.

»Gehen Sie zu Tame und verhaften Sie ihn! Sprechen Sie aber vorher bei der zuständigen Polizeiwache vor und lassen Sie sich einen Beamten mitgeben!« waren Willes Befehle für Inspektor Bikkerson.

Infolge der Instruktion, die Jessie Tame am Morgen von ihrem Vater erhalten hatte, kam sie zeitig am Nachmittag nach Hause. Beklommenen Herzens stieg sie die Stufen des verhängnisvollen Hauses empor und klingelte. Tame selbst öffnete die Tür. Er hatte sich so verändert, daß seine Tochter ihn kaum erkannte. Der gelbe Schnurrbart war verschwunden, und sie starrte in ein fremdes Gesicht.

»Komm herein«, brummte er. »Da – du hast mich schön reingelegt. Und du mußt auch dafür sorgen, daß ich wieder herauskomme!«

»Was ist nur los, Vater?« fragte sie zitternd.

»Was los ist?« brüllte er.

Sie brauchte nicht zu fragen. Sein Gesicht verriet den Ernst der Lage. Er zog sie ins Eßzimmer, auf dessen Tisch schon seine fertiggepackte Reisetasche stand.

»Ich verlasse sofort London«, erklärte er.

»Und wohin fährst du?«

»Das werde ich dir gerade verraten!« schrie er sie an. »Hier hast du Geld.« Er warf ihr eine Handvoll Banknoten zu. »Ziehe vorläufig in eine Pension und verhalte dich ruhig! Wenn ich soweit bin, werde ich dir schreiben und dich nachkommen lassen.«

»Aber Vater, was ist denn los? Ist es so schlimm? Hat es etwas mit Miss Marlowe zu tun?« wimmerte sie.

»Es geht dich gar nichts an, was los ist. Ich gehe jetzt. Wenn jemand nach mir fragt, sagst du, daß du mich gegen Abend zurückerwartest. Verrätst du, daß ich mir den Schnurrbart abgenommen habe, dann ist es um dich geschehen! Die Möbel kannst du verkaufen, hebe das Geld auf, bis ich es brauche. Und ...«

Von der Tür ertönte lautes Klopfen. Er lief ans Fenster, schob die Gardinen etwas zur Seite und taumelte zurück.

»Zwei Kriminaler!« krächzte er heiser. »Bickerson und noch einer.«

Es klopfte wieder.

»Ich werde in die Küche gehen. Sag ihnen, daß ich fort bin!« flüsterte er und schlich auf den Fußspitzen die Treppe hinab.

Mit beklommenem Herzen öffnete Jessie die Tür und konnte nur stammelnd Antwort geben.

»Ist er nicht da?« fragte Bickerson heiter. »Miss Tame, solche Geschichten sollten Sie mir nicht erzählen! Ich will ihn nur einen Augenblick sprechen.«

»Er ist wirklich nicht da, Mr. Bickerson«, behauptete sie und war nahe daran, ohnmächtig zu werden.

Bickerson ging an ihr vorbei ins Eßzimmer, wo er die Reisetasche auf dem Tisch sah.

»Warten Sie hier!« wandte er sich an seinen Begleiter, »ich glaube, ich werde meinen Weg in die Küche finden. Bewachen Sie die Treppe!«

Eine Sekunde später krachte ohrenbetäubend ein Schuß. »Schnell!« rief Bickerson aus der Küche, und der zweite Kriminalbeamte sprang die Treppe hinunter.

Tame lag zusammengekrümmt auf dem Boden und neben ihm ein Revolver, aus dessen Lauf noch der Rauch emporstieg.

»Rufen Sie schnell die Polizeiwache an, daß sofort ein Krankenwagen und ein Arzt kommen soll. Das Telefon ist oben. Und halten Sie das Mädchen fern!« befahl Bickerson schroff.

Man brauchte Jessie nicht zu sagen, was geschehen war. Mit einem Aufschrei stürzte sie auf die Tür zu, aber der Kriminalbeamte fing sie auf und schob sie ins Eßzimmer zurück.

Bis der Arzt und der Krankenwagen ankamen, hatte Bickerson Tames Taschen einer sorgfältigen Durchsuchung unterzogen, und der Küchentisch lag voller Sachen, die Tame bei sich gehabt hatte.

»Er ist tot!« stellte der Arzt fest. »Selbstmord – aus Furcht vor der Verhaftung?«

Bickerson nickte.

»Ich kenne die Vorgänge noch nicht, ich hatte noch keine Zeit, die Tochter zu befragen. Ich nehme aber an, daß er uns durchs Eßzimmerfenster hat kommen sehen, wenigstens bemerkte ich, wie sich die Gardine bewegte.« Er dachte einen Augenblick nach. »Der Schuß erspart der Tochter vielleicht manche Unannehmlichkeit«, fügte er hinzu.

Elsa las den Bericht in der Abendzeitung. Die Nachricht erschütterte sie kaum, denn obgleich sie Jessie aus tiefstem Herzen dankbar war, weil sie ihr unzählige Qualen erspart hatte, konnte sie doch nur Befriedigung darüber empfinden, daß der Mann sich selbst gerichtet hatte, der zum großen Teil schuld war an Paul Amerys Leiden.

An den Unheimlichen und an sein Los durfte sie nicht denken. Immer wieder sagte sie sich, daß er noch am Leben sei! Sie saß an ihrem Tisch und wartete, daß die Klingel ertönen und seine scharfe Stimme sie hereinrufen möge. Spät am Abend, als sie allein im Haus war, brach sie vollständig zusammen und fing bitterlich zu weinen an. Ihr Kopf schmerzte, die Augen brannten und Sorgen umschnürten ihr Herz, so daß sie kaum atmen konnte. Nach langer Zeit stand sie endlich auf, kühlte ihr Gesicht mit kaltem Wasser und ging die Treppe hinunter, ohne zu wissen, wohin sie sich wenden sollte.

»Elsa!«

Eine bekannte Stimme klang ihr auf der Straße entgegen, und sie drehte sich um. Da stand Ralf Hallam, ganz der alte Freund.

»Ich gehe nicht nach Herbert Mansions zurück, Dr. Hallam«, sagte sie ruhig.

»Ich weiß«, nickte er. »Ich habe für dich ein Zimmer im Palace Hotel belegt. Lou hat deine Sachen schon hingeschickt.«

Elsa zögerte. Sie war zu der Überzeugung gelangt, daß Ralf Hallam ein Feind war. Sie wußte, daß er Amery haßte, und dieser

Gedanke machte es ihr schwer, auch nur einen kleinen Dienst von ihm anzunehmen.

»Danke«, entgegnete sie zurückhaltend. »Hast du gehört, was mit Jessies Vater geschehen ist?«

»Mit Tame? Ja. Er war in irgendeine Sache verwickelt, und als die Polizei kam, um ihn zu verhaften, hat er sich selbst erschossen.«

Sie ging langsam die Wood Street entlang und Hallam folgte ihr, obwohl er fühlte, daß seine Anwesenheit ihr lästig war.

»Ich fürchte, du hältst mich für einen sehr schlechten Kerl.«

»Es kümmert mich wenig, ob du es bist oder nicht«, antwortete sie teilnahmslos. »Ich bin gegen alles abgestumpft.«

»Auf alle Fälle traust du mir nicht!«

»Warum sollte ich auch?«

»Willst du mir einen Gefallen erweisen?«

Elsa blieb stehen und schaute ihn argwöhnisch an.

»Willst du mit mir in die Half Moon Street gehen? Ich will dir alles erzählen – die Wahrheit über mich, und die Wahrheit über Amery, die ich erst kürzlich erfahren habe.«

Sie wußte die Wahrheit über Amery – daß er sie liebte, das war die wichtigste und herrlichste Wahrheit, die alles andere überstrahlte!

»Ich möchte es lieber nicht. Außerdem weiß ich nicht, was ich noch über Major Amery erfahren sollte, er hat mir schon alles gesagt.«

»Weißt du, daß Amery ein Kriminalbeamter war – vielmehr ist?« fügte er hastig hinzu, und als er merkte, daß sie darüber erstaunt war, fuhr er fort: »Amery gehört zur Nachrichtenabteilung des Auswärtigen Amtes; man hat ihn von Indien herübergeholt, um den Rauschgifthandel zu unterbinden. Ich hätte niemals angenommen, daß er mit Bickerson zusammenarbeitet, aber Feng Ho hat es mir gestern abend gesagt. Es heißt, daß er der tüchtigste Nachrichtenoffizier ist, der je in Indien war. Dort hat er Soyokas Bande bekämpft. Amery hatte überall seine Agenten, die manchmal mit den Banden zusammenarbeiten, so wie der Grieche Moropoulos, der ein Kriminalbeamter aus Washington ist. Er hat mein Geschäft vollständig erledigt. Die Hälfte der Leute, mit denen ich zusammenarbeite, ist schon verhaftet, und dasselbe kann jeden Augenblick mit mir geschehen. Amery hat Tupperwills Bank geschlossen, denn der Bankier war Soyokas Hauptagent und hat am Rauschgift ein Vermögen verdient. Auch ihm hat Amery das Handwerk gelegt!

Elsa, ich weiß nicht, was mit mir geschehen wird. Vielleicht werde ich nie wieder in der Lage sein, dich zum Essen zu bitten. Lou wird auch dasein.«

Sie zögerte noch immer.

»Ich werde kommen«, sagte sie endlich, »aber erst muß ich ins Hotel gehen und auspacken.«

»Das kannst du doch später machen«, drängte er.

Es war etwas in seinem Eifer, was sie nicht verstehen konnte, und was zu seiner Offenheit nicht ganz paßte.

»Gut, ich will mit dir gehen, aber ich kann nicht lange bleiben. Ich fühle, daß ich eine Dummheit mache, aber ich will es darauf ankommen lassen.«

Sie bemerkte das Lächeln um seine Mundwinkel nicht, als er ihr in eine Taxe half.

»Tupperwill wollte dich aus irgendeinem Grund als Geisel festhalten. Vielleicht hatte er ein persönliches Interesse an dir – oder vielleicht wußte er auch, was Amery wollte. Er hatte dich doch einmal nachmittags treffen wollen?«

»Ja«, äußerte sie erstaunt.

»Aber erst fragte er dich doch, ob Amery da sei. Tupperwill wollte dich entführen. Der Wagen sollte dich zu einem Hof in Islington bringen, wo man dich bis zum Abend festgehalten und dann irgendwo anders hingebracht hätte. Kurz bevor der Wagen in den Torweg einbog, erwähntest du, daß du Amery alles erzählt hättest, und das warf seinen Plan um. Kannst du dich dessen erinnern?«

Das also war die Erklärung! Feng Ho mußte ihr gefolgt sein. Jetzt erst begann sie zu begreifen, mit welcher Sorge der Unheimliche über sie gewacht hatte, und bei diesem Gedanken zitterte sie. Schon hatten sie die Half Moon Street erreicht. Hallam sprang zuerst aus dem Wagen, öffnete die Haustür und zog Elsa hastig ins Haus.

Seine Eile war ihr unbegreiflich.

53

Von Natur aus war Kommissar Wille ein skeptischer und ungläubiger Mensch. Er hatte in seinem langen und abwechslungsreichen Leben herausgefunden, daß in neun von zehn Fällen ein Verdacht gerechtfertigt war. Er war so davon überzeugt, daß sein Mißtrauen begründet war, daß er seinen Gefühlen während einer Konferenz mit seinen Untergebenen im Yard freien Lauf ließ.

»Bickerson, Miss Marlowe hat die Wahrheit gesagt!« behauptete er mit Nachdruck. »Wenn das nicht der Fall wäre, warum hätte sich Tame in dem Augenblick erschossen, als Sie ihn festnehmen wollten? Und wenn sie in einer Sache die Wahrheit gesagt hat, dann stimmt auch alles andere. Wir haben auch die Aussage Hallams, daß er und der Chinese die Taxe verfolgten, in der Major Amery und Miss Marlowe saßen. Als weitere Bestätigung haben wir, daß Feng Ho wahrscheinlich während der Verfolgung niedergestochen wurde, und daß Tame Selbstmord begangen hat.«

»Aber Miss Tame sagte ...«, begann Bickerson.

»Was die sagt, kümmert mich wenig. Als Tochter war es ihre Pflicht, für den Vater zu lügen, und Sie haben auch ganz richtig angenommen, daß sie nicht die Wahrheit sagte!«

Bickerson konnte dem nur beistimmen.

»Die Garage, die Grube, die Mordvorbereitungen, die Entführung – all dies hängt miteinander zusammen«, fuhr Wille nachdenklich fort, »und daß in der Grube keine Leiche gefunden wurde, beweist nichts weiter, als daß im Schuppen kein Mord begangen wurde. Es beweist nicht, daß der Mord nicht irgendwo anders durchgeführt wurde oder daß Tame nicht Beihilfe geleistet hat. Tames Vorleben ist uns bekannt; er hatte drei Vorstrafen, und entlassene Sträflinge wie er begehen nicht Selbstmord, um Dartmoor zu entgehen, sondern nur, um nicht mit der Falltür im Pentonville-Zuchthaus in Berührung zu kommen. Daher behaupte ich, daß er den Mord begangen hat. Wie spät ist es?« Er schaute auf seine Uhr. »Halb zehn. Wissen Sie, wo man Miss Marlowe finden könnte?«

»Ich glaube, sie wohnt noch in Herbert Mansions«, antwortete Bickerson.

»Gehen Sie hin und bringen Sie sie her! Wir wollen ihre Aussagen anhand der neuesten Ereignisse prüfen. Sie können unterdessen warten!« sagte er zu den anderen Beamten.

In Herbert Mansions traf Bickerson nur Mrs. Hallam an.

»Nein, sie ist nicht mehr hier. Mein Mann hat für sie ein Zimmer im Palace Hotel belegt, und ihre Koffer sind heute nachmittag dorthin gebracht worden.«

Bickerson ging ins Palace und überzeugte sich von der Richtigkeit der Angaben. Das ganze Gepäck befand sich auf Miss Marlowes Zimmer, aber sie selbst war noch nicht erschienen.

»Wissen Sie das genau?«

»Jawohl!« antwortete der Portier. »Miss Marlowe hat ihren Schlüssel noch nicht abgeholt.«

Um ganz sicherzugehen, wurde ein Page hinaufgeschickt, aber er kehrte mit der Meldung zurück, daß Miss Marlowes Zimmer leer sei. »Sie kann nicht hereinkommen, ohne daß wir sie sehen!« erklärte der Portier.

Bickerson war aufgeregter, als Kommissar Wille annahm. Er erinnerte sich, daß in Amerys Geschäftsräumen ein Nachtwächter war und rief deshalb dort an.

»Miss Marlowe hat das Büro ziemlich spät verlassen – ich glaube, es war beinahe sieben Uhr.«

»Ist sie allein fortgegangen?«

»Nein, Dr. Hallam hat sie an der Tür erwartet.«

Bei Ralf rief Bickerson nicht an, da er es vorzog, selbst hinzugehen. Es dauerte recht lange, bis auf das Klopfen geantwortet wurde. Ein Licht flammte im Vorsaal auf, und Ralf öffnete die Tür.

»Hallo! Was wollen Sie so spät?« fragte er heiter. »Wollen Sie mich für das Niederstechen des Chinesen festnehmen?«

»Über den Chinesen werden wir ein anderes Mal sprechen«, erwiderte Bickerson kühl. »Dann werden Sie mir auch erklären, warum Sie mich angelogen haben. Jetzt möchte ich etwas über Miss Marlowe wissen, die um sieben Uhr mit Ihnen gesehen worden ist.«

»Das stimmt ganz genau. Ich habe sie vom Büro abgeholt, habe sogar ziemlich lange auf sie gewartet.«

»Und dann?« fragte Bickerson.

»Dann bin ich mit ihr nach Notting Hill Gate gefahren. Sie wollte Miss Tame aufsuchen.«

»Ist sie nicht doch mit Ihnen hierher gekommen?«

»Ganz sicher nicht«, behauptete Ralf kühl. »Miss Marlowe ist schon seit Wochen nicht mehr in meinem Haus gewesen. Leider ist mein Diener nicht da, sonst würde er bestätigen können, daß ich allein zurückgekommen bin.«

Seine Augen blickten, ohne zu blinzeln, den Inspektor an.

»Man hat aber gesehen, daß Miss Marlowe hierher gekommen ist«, versuchte Bickerson zu bluffen.

»Wer das gesehen hat, muß an Halluzinationen leiden«, antwortete Ralf. »Ich sage Ihnen, sie ist nicht hier. Wahrscheinlich befindet sie sich im Palace Hotel, wo ich ein Zimmer für sie bestellt habe.«

Bickerson mußte unverrichteterdinge zu seinem Vorgesetzten zurückkehren.

»Bei Miss Tame ist sie nicht«, erklärte Wille bestimmt. »Die Polizei überwacht das Haus, und Miss Tame ist zu entfernten Verwandten gegangen.«

Sie schauten sich nachdenklich an.

»Die Sache gefällt mir nicht«, meinte der Kommissar. »Wer das Mädchen gestern abend mitgenommen hat, weiß auch, wo es heute abend ist. Benachrichtigen Sie alle Polizeiwachen und geben Sie eine vollständige Personenbeschreibung! Die Beamten im Außendienst sind anzuweisen, das Mädchen, wo es auch angetroffen werden mag, aufzuhalten. Morgen früh um neun Uhr treffen sich alle Beamten, die mit der Sache zu tun haben, in Tames Haus. Ich will es selbst durchsuchen.«

Bickerson ging in sein Zimmer zurück, während der alte schlaue Kommissar nochmals die Akten überprüfte und das Geld untersuchte, das bei Tame gefunden worden war. Er war noch damit beschäftigt, als plötzlich die Tür aufging und Bickerson hereinkam.

»Kann ich einen Haussuchungsbefehl für Hallams Haus haben?« fragte er.

»Nein, das können Sie nicht!« brummte der Kommissar, ohne aufzuschauen, und Inspektor Bickerson starrte ihn verdutzt an.

54

Nicht die Eile, mit der Ralf sie ins Haus zerrte, sondern die Schnelligkeit, mit der er die Tür hinter ihr wieder verschloß und den Schlüssel in die Tasche steckte, beunruhigte Elsa.

»Warum diese Hast?« fragte sie.

»Ich habe meine Gründe«, erklärte Ralf.

Er war überraschend ruhig. Sie erinnerte sich, wie leicht es noch vor kurzem gewesen war, ihn zu reizen, und sie konnte sich den plötzlichen Umschwung in seinem Benehmen nicht erklären.

»Wo ist Mrs. Hallam?«

»Soviel ich weiß, in Herbert Mansions«, antwortete Hallam gelassen. »Elsa, ich habe dich getäuscht, ich hatte gar nicht die Absicht, mit dir über meine Verfehlungen zu sprechen. Die Nacht würde auch nicht ausreichen, um dir meine zahlreichen Sünden zu beichten.«

Im Eßzimmer war für zwei gedeckt, aber Elsa wollte nicht bleiben, sondern wandte sich der Tür zu.

»Ich bin ganz sicher, daß du doch bleiben wirst.« Er hielt sie zurück. »Und ich will dir auch sagen, warum.«

Er winkte ihr und öffnete die Tür zum Arbeitszimmer. Vom Schreibtisch waren die Sachen, die gewöhnlich darauf lagen, verschwunden, statt dessen stand eine Schreibmaschine da; ein Stoß Papiere nebst einem Karton Kohlebogen lagen daneben.

»Du wirst so freundlich sein und den Abend damit zubringen, einen ausführlichen Bericht über meine Verbindung mit den ›Amateuren‹, meine Kenntnisse über Soyoka und einige andere Dinge zu schreiben, die ich jetzt nicht weiter erwähnen will. Nachher...«

»Nachher?« wiederholte sie, als er stockte.

»Nachher kannst du dich entscheiden, ob du gehen oder bleiben willst. Elsa, in diesem Haus sind Sachen, die noch niemand gesehen hat, und Bickerson würde seinen Kopf dafür geben, wenn er sie mit eigenen Augen sehen könnte. In einigen Tagen werde ich England verlassen und ein neues Leben beginnen, selbstverständlich unter einem anderen Namen« – er lächelte –, »obwohl die Stebbings-Bank pleite ist. Mein Freund Tupperwill ist, wie du wohl gehört hast, verschwunden. Wo er sich aufhält, weiß niemand, und ich kann dir auch versichern, daß sein Verschwinden für mich keine Rolle spielt.« Das Lächeln war von seinem Gesicht verschwunden, und er schaute sie wehmütig an, als er fortfuhr:

»Elsa, es gab eine Zeit, wo ich dich haben wollte – ja, ich gebe es heute zu. Vielleicht wird es lange dauern, bis du mir das verzeihen kannst. Aber jemand sehnt sich noch viel mehr nach dir.«

Er wartete auf eine Antwort, aber sie schwieg.

»Komm!« sagte er plötzlich und ergriff ihren Arm.

Sie versuchte, sich frei zu machen.

»Laß mich los – um Himmels willen, laß mich los. Ralf!«

»Komm doch. Es geschieht dir nichts.«

Sie war zu schwach und der Handgriff zu fest, als daß sie sich befreien konnte. Sie wußte kaum, was sie tat, als sie mit ihm die Treppe hinaufging. »Das ist dein Zimmer«, er zeigte auf eine Tür, »und hier« – seine Hand ruhte auf der Klinke der Tür, die zum kleinen Salon führte – »ist das Versteck eines Gentleman, der zu meinem Bedauern gegenwärtig Herr der Situation ist.«

Sie wich zurück, als er die Tür öffnete, doch er schob sie in das Zimmer.

»Hier ist Ihre Dame!« rief er und schloß die Tür wieder.

55

Am folgenden Morgen um neun Uhr versammelte sich eine Anzahl Polizeibeamter in Zivil im Speisezimmer von Tames Haus. Kommissar Wille, der von zwei Arbeitern mit Spaten begleitet wurde, erschien als letzter.

Bickerson war schon eine halbe Stunde vorher eingetroffen und hatte das Zimmer im obersten Stockwerk untersucht. Als er aus dem Vorsaal Stimmen hörte, ging er sofort hinunter.

»Haben Sie etwas gefunden?« fragte Wille.

»Nur alte Anzüge, was darauf schließen läßt, daß die Räume sozusagen als Hauptquartier von Tames Leuten benutzt wurden.«

Wille ging in die Küche. Die dunklen Flecken von Tames Blut waren noch immer am Boden, aber er schien sie kaum zu beachten.

»Da ist die Vorratskammer, genau wie Miss Marlowe sie beschrieben hat«, stellte er fest und öffnete die Tür. »Da ist auch das Bett.«

Er betrachtete die Tür mit großer Aufmerksamkeit, untersuchte den Riegel und nahm vom Boden ein Vorhängeschloß auf, in dem ein Schlüssel steckte. Am Schlüssel hing ein Ring mit einer Anzahl anderer Schlüssel.

»Miss Marlowes Aussagen bestätigen sich in allen Stücken.«

Bickerson bemerkte: »Ich glaube, daß die Sache von mir nicht so behandelt wurde, wie es hätte sein sollen.«

»Das war vielleicht nicht möglich, da Sie noch andere Sachen zu erledigen hatten. Dieser Fall lag nicht einfach.«

Er öffnete die Tür, die in den Garten führte.

»Dort am Ende des Gartens ist der Schuppen. Haben Sie den Schlüssel dazu?«

Bickerson nickte und holte zwei mit Bindfaden zusammengebundene Schlüssel aus der Tasche. Wille nahm sie, ging in den Garten und öffnete die schwere Tür. Als der Kommissar eintrat, schaute er erst auf das mit Erde ausgefüllte Loch im Zementboden, dann auf die Wände.

»Da ist ja auch der Eisenring. Das haben Sie doch auch gesehen, und Sie erinnern sich auch, daß Miss Marlowe aussagte, daß die Kette durch den Ring gezogen wurde?« Er hielt plötzlich inne und berührte eine Stelle an der Wand über dem Ring. »Sehen Sie das?« Es waren vier ovale Flecken an der Ziegelwand. »Das kann Blut sein. Da sind ja noch mehr Flecken am Boden.«

Er rief die beiden Arbeiter. »Graben Sie diese Stelle so tief aus, bis Sie nicht mehr weiter können!« befahl er.

Die Polizeibeamten gingen in den Garten, während die beiden Männer mit ihrer Arbeit begannen.

»Glauben Sie, daß Amery tot ist?« fragte Bickerson.

»Gestern habe ich es geglaubt, aber heute bin ich dessen nicht mehr so sicher«, antwortete der Kommissar und fuhr fort: »Sie haben doch gestern die Grube gründlich ausheben lassen?«

»Ganz gründlich, bis ich an die Röhren stieß.«

»Um welche Zeit war das?«

»Zeitig am Morgen, ungefähr um acht Uhr.«

»Und Sie haben nichts gefunden?«

»Absolut nichts.«

»Haben Sie die Grube wieder auffüllen lassen?«

»Ja«, erwiderte Bickerson. »Warum?«

»Und Sie haben beide Türen verschlossen? Sind noch andere Schlüssel vorhanden?«

»Soviel ich weiß nicht, aber möglich ist es natürlich.«

»Sie hätten die Türen versiegeln sollen!« brummte Wille.

»Da drin ist eine Leiche!« rief aufgeregt einer der Arbeiter.

Alle drängten sich vor den Eingang, um das schreckliche Bild zu betrachten. Bickerson aber, der sich gerade umdrehte, sah einen Mann aus der Küchentür heraustreten, mit einem weißen Verband um die Stirn und einem seltsamen, zynischen Lächeln auf dem Gesicht.

»Amery!« rief er bestürzt.

Amery sagte nichts, bis er an die erstaunten Männer herangekommen war.

»Haben Sie eine Leiche gefunden?«

Wille nickte.

»Ich befürchtete es«, entgegnete Amery. »Es ist Tupperwill, den ich getötet habe!«

Amery schwieg, während die Polizeibeamten ihn anstarrten.

»Es war ein Zufall. Er hatte mich an die Wand gekettet und mir schon einen Hieb versetzt, als es mir gelang, mich von den Handschellen zu befreien und nach ihm zu schlagen. Durch einen glücklichen Zufall gelang es ihm, mir nochmals einen Streich zu versetzen, der mich beinahe erledigt hätte. Wenn ich damals gefallen wäre, würden Sie jetzt nicht Tupperwills Körper vorfinden. Durch einen Schlag gegen sein Kinn stürzte er. Sein Kopf fiel auf die Grabenkante, und er rutschte in die Grube.«

Es entstand eine lange, unheimliche Pause.

»Ich hoffe nur, daß er sofort tot war«, sagte Amery, aber jeder wußte, daß er an eine andere Möglichkeit dachte.

»Sie haben eine sehr schwerwiegende Aussage gemacht, Major Amery«, begann Bickerson. »Vielleicht können Sie uns erklären ...«

»Ich werde noch eine Aussage machen.« Eine Pistole erschien in seiner Hand. »Hände hoch, Stillman!«

Bickerson riß die Hände hoch, und sein Gesicht wurde aschfahl.

»In der Innentasche seiner Weste werden Sie einen ausgezeichneten falschen Bart finden, Herr Kommissar. Er hat bei der Europäischen Bank in der Threadneedle Street ein Konto, dessen Höhe Sie in Erstaunen setzen wird. Er ist ein Schwindler gewesen von dem Tag an, als er die Uniform anzog, bis zum Höhepunkt seiner Laufbahn, als er Mitglied von Soyokas Bande wurde. In seinem Leben gibt es nicht einen ehrlichen Tag.«

Ein paar Handschellen legten sich um die Handgelenke des Inspektors, und zwei seiner früheren Kollegen führten ihn zum Auto, das vor dem Haus wartete.

Wille nahm den Unheimlichen am Arm, und beide entfernten sich etwas von den anderen, um nicht gehört zu werden.

»Ich habe Ihre Nachricht letzte Nacht erhalten. Wie sind Sie entkommen?«

»Fast wäre ich nicht entkommen, denn Bickerson hielt sich im Garten auf, und ich war durch den Blutverlust sehr geschwächt. Glücklicherweise gelang es mir die Tür zur Straße zu öffnen. Auch dann hätte Stillman noch das Werk des andern beenden können, aber ich fand dort einen Menschen, den ich am wenigsten erwartet hätte.«

»Doch nicht etwa Hallam?« fragte Wille.

»Ja, es war Hallam!« antwortete der Major. »Der ist wieder eine andere Art von Schwindler. Er nahm mich mit nach Hause, pflegte mich und verband meine Verletzungen. Dafür, daß er ein Verbrecher ist, gibt es eine Entschuldigung: Er ist ein sehr schlechter Arzt!« witzelte er. »Aber er war sehr hilfreich zu mir, obgleich er keine Hoffnung hatte, sich auf irgendeine Art und Weise den Folgen seiner Verfehlungen entziehen zu können.«

»Dann hat Bickerson auch Tarn getötet?« fragte Wille.

»Wer sonst! Es konnte nur Bickerson oder Hallam sein. Tarn erhielt ein Telegramm, das aus Versehen in mein Büro geriet. In diesem Telegramm hatte der Absender den Fehler begangen, Tupperwills Namen zu erwähnen – und hier ist das Merkwürdige bei Tarns Ermordung: Als Hallam erfuhr, daß Tarn sich mit Bickerson verabredet hatte, fürchtete er, daß Tarn die Bande verraten wolle. Er gab ein Betäubungsmittel in den Kognak des alten Mannes und hoffte dadurch die Aussage zu verhindern.

Um ganz sicherzugehen, sprach er bei Bickerson vor und traf ihn, als er gerade auf dem Weg zu Tarn war. Bickerson wußte zwar, daß Maurice Tarn im Rauschgiftgeschäft war, aber ich bezweifle, daß er die Absicht hatte, ihn zu ermorden, bis er im Laufe eines Telefongespräches erfuhr, daß Tarn den Anführer der Soyokabande kannte. Er hatte nichts einzuwenden, als Hallam mitgehen wollte, weil er damit die Tat auf einen anderen schieben konnte. Durch einen Zufall war aber mein Gehilfe Feng Ho zur selben Zeit im Haus, um eine Durchsuchung vorzunehmen. Er hatte das Licht abgeschaltet, und dadurch waren alle Umstände für das Verbrechen sehr günstig. In der Dunkelheit hat Bickerson dem alten Mann das Messer ins Herz gestoßen. Das Blut an seiner Hand konnte leicht erklärt werden, denn er war der einzige, der den Körper später berührt hat. Zwei Umstände aber erschreckten ihn. Das war die Anwesenheit Miss Marlowes und Feng Hos am Tatort.«

»Hm!« brummte der Kommissar. »Schade, daß Tame Selbstmord begangen hat ...«

»Tame ist auch ermordet worden!« sagte Amery ruhig. »Bickerson hat ihn in dem Moment erschossen, als er die Küche betrat. Dazu lag ein sehr triftiger Grund vor – Tame war in einem kritischen Moment zusammengebrochen.«

»Wußte Bickerson, daß Tupperwill tot war?«

Der Major schüttelte den Kopf.

»Nein, das war die einzige Überraschung, die Mr. Bickerson erlebte – daß Tupperwill und nicht ich auf dem Boden der Grube lag, die er so sorgfältig ausgeworfen hatte. Er wußte aber, daß Tupperwill verschwunden war, und das ängstigte ihn. Darum hat er auch die Geschichte erfunden, daß er den Bankier getroffen habe. Um einen Gefallen möchte ich Sie bitten: In Bickersons Wohnung wird ein Handkoffer gefunden werden. Ich bitte Sie, ihn mir unversehrt auszuhändigen. Er enthält Geld, das Tarn und Hallam mit ihrem schändlichen Gewerbe verdient haben. Ich schlage vor, daß es zu irgendeinem Zweck verwendet wird, denn wenn es zur Gerichtsverhandlung kommt, könnten Verwicklungen entstehen, die man vermeiden sollte.«

»Was wollen Sie eigentlich mit Hallam tun? Gegen ihn läuft ein Haftbefehl.«

»An Ihrer Stelle würde ich den zurückziehen«, meinte Amery ruhig. »Ich habe gestern etwas sehr Eigenartiges erfahren: Tupperwill muß gewußt haben, daß Maurice Tarns Geld verschwunden war, denn er versuchte Hallam zu überzeugen, daß ich das Geld in einem Tresor der Stebbings-Bank deponiert habe. Tupperwill hoffte, daß Hallam mich deswegen erledigen würde, denn sowohl er als auch Bickerson wußten, wer ich bin. Wenn ich mich nicht sehr täusche, ist Bickerson jetzt auch tot.«

»Tot?« rief der Kommissar.

»Bickerson trug immer Zyanidtabletten bei sich«, behauptete Amery. »Wenn er intelligent ist, wird er sie zu gebrauchen wissen, bevor man ihn durchsucht. Und nun«, fuhr er fort und schaute prüfend auf seine Uhr, »will ich mich meinem völlig vernachlässigten Geschäft widmen.«

Es war ein herrlicher Vormittag, als er in einem Taxi langsam durch die verkehrsreichen Straßen der City fuhr. Seine Gedanken waren vom Tod und von der Gefahr, von der schrecklichen Nacht in der Garage und von der Grube weit entfernt. Seine Arbeit, die viele Jahre in Anspruch genommen hatte, war nun beendet. Vielleicht würde noch eine Gerichtsverhandlung folgen. Aber dann begann für ihn eine andere Arbeit. Eine herrliche Zukunft lag vor ihm, mit einem Mädchen, das er liebte!

Ralf Hallam erwartete ihn bei seiner Ankunft.

»Nun, war es so, wie Sie dachten?«

Amery nickte.

»Was wird nun mit mir?«

»Kommen Sie heute abend zu mir!« sagte Amery. »Wenn unser Freund Wille seine Meinung nicht geändert hat, will ich Ihnen einen Teil des Inhalts der Handtasche aushändigen. Ist Miss Marlowe mit Ihnen gekommen?«

»Nein, Lou sagte, sie schlafe noch.«

Amery nagte an seiner Unterlippe.

»Es war sehr freundlich von Ihrer Frau, die Nacht bei Elsa zu verbringen. Fahren Sie übrigens allein an Ihren ungewissen Bestimmungsort?«

Ralf rieb sich das Kinn.

»Nein«, antwortete er. »Ich will einen Versuch machen, anständig zu sein. Lou ist keine Frau, die Begeisterung in einem erweckt, aber sie ist ein rettender Hafen.«

Er verabschiedete sich von Amery und war kaum die Wood Street bis zur Cheapside hinuntergegangen, als er sah, wie Elsa in das alte Portal einbog.

Dieser Tag war für Elsa Marlowe voll Staunen und Seligkeit gewesen, denn in dem Zimmer, vor dem sie sich fürchtete, hatte sie die Stimme gehört, die sie über alles liebte.

Der Himmel strahlte in tiefem Blau, nur hier und da zog ein Wölkchen vorüber – so weiß und duftig wie ein Brautschleier.

Elsa betrat ihr Zimmer, nahm den Hut ab und hob den Deckel von der Schreibmaschine. Doch bevor sie sich gesetzt hatte, läutete die Glocke.

Ihr Herz klopfte zum Zerspringen, als sie die Tür öffnete und eintrat.

»Wünschen Sie etwas, Major Amery?« fragte sie atemlos.

Ohne irgendeine Antwort nahm er sie in die Arme. Dann befahl er:

»Nehmen Sie folgendes auf!« und sie setzte sich lächelnd an den Tisch und öffnete ihren Stenoblock. Der Bleistift zitterte in ihrer Hand und machte ganz eigenartige Bewegungen, als er diktierte:

›An Monte-Rosa-Hotel, Como, Italien.
Bitte für mich und meine Frau in vier Wochen Zimmer reservieren.
Major Amery.‹